视野丛书

辑三　演讲之什

155　更衣对照亦惘然

179　鲁迅的文化研究

215　沈从文小说的视觉转换

236　当代文学中的“劳动”与“尊严”

辑四　访谈之什

271　批评总是同时代人的批评

297　文学批评和文学史

前言

本书书名套用了弗洛伊德的名著《文明及其不满》，只改了一个字，纯粹是为了好玩，别无什么深意。跨语际阅读、翻译、语词的置换和重组、对经典的致敬与模仿……所谓“好玩”，有点儿罗兰·巴特的“文本之愉悦”（Le plaisir du texte）的意思。在巴特的“文之悦”里，包含了比一般理解的“审美”更多更复杂的东西——“文之悦”还指涉完全未感知过的审美之物，尤其是文学之物，此物是“绝爽”（jouissance），一种失去了知觉的样态，取消了主体的样态。这样，在文本的编织实践里存在着主体离散的整个区域和幅度：两条漂移的边线，一端是稳固而协调（本义完足、满足、称心、愉悦之类），时时向着迷失的一端（消除、渐隐、迷狂之类）伸展。巴特用来解说“文本之愉悦”的是一系列这样的词：古典作品，文化（愈是文化的，愉悦便会愈强烈，与多姿多彩），灵性，反讽，优美，欣快，得心应手，安乐。这种愉悦可以被言说，于是产生了批评。

那么“绝爽之文本”呢？愉悦破碎了，整体语言结构破碎了，文化破碎了。绝爽是无法想象的，也是无法言说的，因而跟批评无涉，甚至只能引起厌烦（不满）。

不可言说，禁言，禁忌，这里就可能引向精神分析，引向弗洛伊德。弗洛伊德说，文明有两个作用：一是抵御外部自然力的伤害，二是维系人类社会的组织关系。而社会组织的维系不可避免地要剥夺人类原始本能的种种欲望，例如攻击性、破坏性本能，在人类幼年时期便受到了有力的压制。在这种压制过程中，超我起到了重要的作用，它代替人类文明的规则对自我和本我进行监管，这种监管有时候会发展到相当严厉的程度，并且在一定程度上造成个体的不幸福感。这压制本能（“绝爽”）的超我，岂不正是巴特所说的“整体语言结构”？

由此可以推知，让巴特最受烦扰的文本是一种“与要求打交道”之文，语法的要求，意识形态的要求。一种絮咿（babil）之文，“文的絮咿仅是语言的泡沫而已”，一种冷感之文，一切要求都是冷感的，所有的愉悦和绝爽都在其中凝结了。

跟随弗洛伊德对文明的追根究底，你会想到，这种凝固，这种冷感，岂不就产生在文字“诞生”的远古？

传说仓颉造字时，宇宙间是有感应的：“天雨粟，鬼夜哭。”而在柏拉图的对话《斐德罗篇》中，对文字持严厉的批评态度，指出与世代相袭的口语传统相较，文字有诸多不足。它只会提醒人们他们已经知道的东西，它会导致记忆的下降，它脱离说话人和听话人的灵魂。书面语言是无法永久保存人的话语的：一方面僵死的文字所具有的意义范围受到很大的局限，不同的读者面对同样的文字会产生不同的意见，而即使是同一个读者也有可能会出现危险的曲解。文字是无法调和各人的主观见解的，也不能够通过自辩来消除读者在理解上和作者不一致的地方。另一方面文字也会纵容人记忆上的惰性，读者会“不再用心回忆而是借助外在的符号来回想”，长此以往人便会丧失主动思考的能力，而只会被动地去接受文字符号的狭隘意义。

波兹曼指出，在古希腊人对文字弊病的指责里，还有两大启示：其一，文字的发明重新界定了“自由”“真理”“智能”“事实”“智慧”“记忆”“历史”等词汇的意义，所有这些词汇都是我们的生活必须依靠的词汇，因而我们对世界的理解全然改变了，生活方式也随之改变了。其二，文字的发明催生了一批新的“权威人士”，那些纯熟地运用和解释文字文本的人，而一大批“旧权威”（如说唱艺人、巫瞽等）黯然退出了历史舞台。

余生也晚，正逢中华文明及其表意文字面临总体性崩坏的历史时刻：“死文字”（“无声的中国”）正被“我手写我口”（“语音中心主义”）的要求所取代。恍若《斐德罗篇》古训的颠倒再颠倒：口语至上、语音第一、“大众语”和拉丁化。写作者无不身处主体被撕裂的状态之中，你使用了一种被时代诅咒的媒介来表达时代的启蒙要求。而“说话人和听话人的灵魂”也无可挽回地迷失了。除了发出嗫嚅的絮咿之文，到何处去寻觅文之愉悦和文之绝爽？

二〇一九年六月七日于北角

辑一　散文之什

七十年代日常语言学

一、起床啦！起床起床！

那些年每日里天蒙蒙亮，听到的第一声吆喝就是这“起床起床”。其实并没有所谓“床”，苗村黎寨，男女各占一个大谷仓，一溜稻草铺地的大通铺，阔气点的最多垫块塑料布隔隔湿气。兵团建制，明明是个种橡胶的农场生产队，偏要叫作某师某团某连。连长姓康，脸上有疤，因此显得有点凶狠，却是个耿直寡言的四川汉子。众人平日尊称连长，意见大发时，当面或背后就直接唤他“康疤”，他也不恼。那些年在海南和湛江聚数十万“兵团战士”，天天斫林劈山，只因有“光辉题词”，合辙押韵：“大力发展橡胶，满足全国人民需要。”据说六十年代初，大饥荒年头，不知为何领导人直至文人，一个个轮流到当时的农垦系统视察。来过都有题词，郭老书艺最是自成一家。十年之后，却都遮掩了不提，独尊“副帅”一人书法，每日里以此督促众人荷锄上山，挥刀破坏热带雨林。这橡胶非同小可，说是“重要战略物资”，“帝修反”那帮坏蛋，封锁了不卖给我们。如何封锁法？当时有个形象的换算，说是逼我们用二十吨大米换一吨橡胶。二十吨大米是什么概念呢？那年头大伙儿总也吃不饱，对大米有朴素的直观感受，二十吨大米如同古话说的“恒河沙数”，令人所谓“天文数字”，遂听得众人无名火起，发愤干活，起早摸黑大力发展没有怨言。那时也不敢细想，环球盛产橡胶的国家，巴西印度尼西亚马来西亚，好像都是第三世界最亲爱的朋友，何时给归到“帝修反”一堆儿去了。

于是就听沙哑的四川口令，还有口哨声尖锐入耳，条件反射，每日清晨从稻草铺上弹起，摸摸索索穿衣系鞋带。动作慢了，康疤的手电筒就扫将过来，众目就随那光柱而睽睽。四眼揉着眼睛起身，小声嘟囔：“半夜鸡叫。”被我一个胳膊肘堵了回去。“半夜鸡叫”典出自传体小说《高玉宝》，大意是说“地主周扒皮，为催长工起早干活，半夜爬入鸡窝学鸡叫，被长工小宝发现了。当周扒皮再次作祟时，长工们一拥而上，痛打偷鸡贼，令周扒皮狼狈不堪”。这故事曾收入小学语文课本，改编为连环画和木偶动画片，影响了几代国人。虚构的人物和情节只能糊弄城里孩子，乡下人都知道这是瞎掰。老人都说，摸黑种地，能不糟蹋庄稼？周扒皮时代，还没发明贼亮贼亮的汽灯。“狗吠深巷中，鸡鸣桑树颠。”陶潜时代的鸡那才真叫神气，居然在桑树巅引颈而鸣，伪满洲国的周老财非得钻到鸡窝里去叫，也太窝囊了点。四眼嘟嘟囔囔，把自己比作受地主剥削的雇工，幸亏没人听见，要不非挨斗不可。他引经据典，却错得离谱，引喻失伦。关键在于地主老财为何不用棍子直接把长工们赶起来，非要煞费周章，做这拟真的口技表演？闻鸡起舞，即使在“阶级斗争教材”中，也难以遮掩地主与雇工之间的某种“自然”关系。我听老辈讲那过去的事情，台上忆苦思甜，台下却忘乎所以，每每颠倒成“忆甜思苦”。说起农忙季节，东家如何招待把式们，未必三餐有肉，烙饼小米粥却是“可劲儿造”，令人神往而垂涎。农业社会里的阶级关系，与军事—工业国家时代不同，这远远超出了我等学生哥们的想象。

我有幸参加过一次黎寨的“批斗地主”大会。在海南岛八年多，没学会几句海南话。我的海南话只敢跟黎族人沟通，因为他们的海南话也是学来的。我很快就发现，我只需解决语音问题，而他们有语法词序方面的转换困难，且掌握的词汇比我要少得多。生活在热带的黎族百姓，其生产方式还是标准的刀耕火种。部落里只有

“奥雅”（头人），而没有农业文明中的所谓“地主”。把土改时的阶级划分硬套在黎寨绝对是个时代错误。在汉人工作队的主持下，黎家汉子鼓起勇气上台用海南话汉语批斗头人。指着奥雅的鼻子，汉子黧黑的脸涨得通红：“房系分子！……房斋无？……了！”（你是分子！你知道吗？完！）下了台，又意犹未尽，重新跑上台，指着奥雅的鼻子：“房仲系分子！……房斋无？……了！”（你还是分子！你知道吗？完！）这不是个语汇的问题，而是思维概念的问题。他只知道“分子”不是个好东西，至于更复杂的强加的概念，他根本无从表达。知之为知之，不知为不知，是知也。这就是圣人所说的“修辞立其诚”。回想自己，每日里熟练操弄许多概念术语，真的都明白了其中含义么？我望着那汉子通红的脸渐渐恢复黧黑，心底暗生愧疚。很多年以后，我读到捷克剧作家哈维尔的《无权者的权力》。哈维尔的“在真实中生活”（同理，巴金的“讲真话”），并不是要探讨有关真实或真实性的形而上学，而是要中断国家意识形态机器对其理想臣民的这种询唤。当然，这是后话不提，还是回头来说这睡眼惺忪中的“起床起床”。

因为是开荒“大会战”，一众人马才需要卷铺盖搬来住到这黎村苗寨，才需要康疤如此大声吆喝狂吹哨子。平日起床开饭开工，却是敲钟为号。在六连的驻地山脚有一棵高大的野生酸豆树，荚果里的酸豆熟透晒干，有话梅味，嚼之能生津止渴。全连中午“天天读”，树荫可覆盖一百余众。树下挂了一个废轮壳当钟使，起床、开工、集合，康疤敲得它当当响。平日也算是作息正常。如今这大会战，星期天不消说一概没收了，每日也是工时极长，从天刚亮干到伸手不见五指。国际工人阶级奋斗多年赢得的“八小时工作制”，在我们这里无声地终止了。工作量极大，一爿五磅重的宽锄板，挖山一星期，能磨成小锅铲一般大。手攥锄把一整天，到吃晚饭时连饭碗都端不稳，女生们说，梳头，梳子掉地上捡不起来。会战的日子，睡眠严重不足，早起最是艰难。平日的敲钟或吹号，把制度化的指令“符号化”了，令人浑然不觉。唯有这大通铺清晨的“起床啦！起床起床”，具体地从四川汉子口中发出，伴以尖锐哨声与手电筒光柱，以日常语言呈现意识形态国家机器的指令，最能凸显我和我的农友们所处的主体位置。

二、《五七一工程纪要》

最喜欢的是全团开大会的日子，不光是能从重体力劳作中得到一天的歇息，更重要的是分散在各连队的同乡、同学、亲戚乃至男女朋友，得到一个短暂的见见面的机会。会后还能顺便到供销社，一角七分一包，买一两包“百雀”牌香烟，阔气点的，“丰收”牌，那是要卖到两毛八一包了。也有提了白色塑料罐，拎二斤劣质甘蔗酒回来的。那玩意儿不能多喝，一喝就上头，酒气熏天大伙儿荒腔走板，齐唱李玉和的“临行喝妈一碗酒”，自以为都有了视死如归的气概。“会场”通常都是在团部附近，一片平坦的橡胶林，浓荫遮阳，清晨刚割过胶，白色的胶乳还在往瓷杯里滴，空气里闻得到新鲜胶乳味儿。摆几张桌子，挂一条横额，再牵几条电线，引往绑在橡胶树上的高音喇叭，一个会场就布置得了。但是一九七一年十月底的那个全团大会，一大早从连里出发，气氛就有点诡异。连排班骨干几天前办过学习班吹过风，貌似心中有鬼。平时集合往团部走，一路有言笑，有歌声，这回却一个个绷着脸。会场的横额也是语焉不详，只说是传达重要文件。那文件果然重要！多少年后我也还记得那个瞬间，聚集了两千人的一大片橡胶林寂静得邪乎，除了自己的呼吸，你仿佛还可以听见橡胶树叶子掉在地面的声音。

黑洞，虚无，空白。用来支撑这个史无前例的“革命”的整个意义系统，在那个瞬间坍塌了。“革命”死了——“革命”把自己掐死了。知识（“洞察一切”）和行为（“背后下毒手”）的强烈反差，揭示出拉康所说的那个命题，即“大他者并不存在”。他到底想要我们干什么，得了，他自己就蒙头转向。事件的所有细节和理由都根本不重要，重要的是关于一个历史时刻的宣告，在我看来，所谓“七十年代”是在那个瞬间开始的。其实九十年代的重要命题“告别革命”，恰恰是在此时此刻开始。其中最大的讽刺是：宣布皇帝没穿衣服的人，正是皇帝本人。

疑云重重的《五七一工程纪要》，于这一年年底作为“批判材料”发到了全国。史家唐德刚说这不过是“童子军帐篷笔记”，黄口小儿的白日梦呓，不足为训。于今读来却多么像一份争取金融投资的项目计划书：“可能性、必要性、必然性、基本条件、时机……”，从头到尾你听到的是历史理性如此冷静的计算的声音。与此对照，倘若把一九七一年以后，所有颠三倒四的最新指示连接起来，直接就是一出尤奈斯库式的荒诞剧的无聊台词。“反面教材”总是一把双刃剑，它带给人们的教益很可能是全然正面的。四眼在“天天读”的时候，就对“变相劳改”之类的词语把玩不已，嘀嘀咕咕，认为“变相”这个定语根本多余。我那时觉得获益良多的，则是历史的另类叙述，多重版本的众声喧哗。同样的政治术语，竟然可以讲述完全相反的历史故事，在此之前完全没法想象。

但这些都不能解释那个寂静得邪乎的瞬间，那个坍塌的心理瞬间。如果不是一个“共同犯罪”机制的刹那曝光，那又是什么呢？如果这不是所谓“话语内爆”的时刻，那又是什么呢？前几天还在大声背诵“光辉题词”的兵团战士们，就是此时此刻齐聚橡胶林两千余众的你和我啊。所以那根本不是所谓“信仰”崩溃的瞬间，而是——语言伦理失效、道德沦丧的时刻。

三、公开的情书

一日，阿凤气鼓鼓地走来，把什么物事塞到四眼手中，又气鼓鼓地走了。杰仔眼尖，瞥见是一折成菱形的纸条，就大嚷是什么是什么。四眼苦笑，说阿凤把我写的情书给退回来了。什么？这年头居然有人写情书！这四眼也太色胆包天了啊。大伙儿发一声喊，就要按倒他从裤袋往外掏纸条。四眼站稳了扶了扶眼镜，说，这有什么大不了的，我这情书完全可以公开的。

众人就眼光光地展了那纸条看，怪不得四眼如此镇静，那上头哪有什么绵绵情话，硬是干干净净，抄录了三条“最高指示”：

“我们都是来自五湖四海，为了一个共同的革命目标，走到一起来了。”

“要互通情报。”

“一是要抓紧，二是要注意政策。”

那年头“语录”都是“融化在血液里”的，大伙儿一看就明白其中的言外之意，话外之旨，不得不佩服四眼的“活学活用”，已臻化境。后来的人远离历史语境，未必能领略其中之妙，有必要在此略加注疏。第一条出自俗称“老三篇”(《为人民服务》《纪念白求恩》《愚公移山》)的名句，那是天天荷锄列队出工之前都要背的。最初是按顺序一天背诵一篇，后来嫌另两篇尤其是《愚公移山》太长耽误工夫，就天天单背比较短的《为人民服务》，再后来还是觉得耽误工夫，就单背其中的一段，背得最熟的自是开头的这句“我们都是来自五湖四海”。四眼的目标当然是要跟阿凤走到一起，可到底是不是阿凤的“共同目标”呢？于是来了第二条。这一条出自《党委会的工作方法》，原是要党委们之间保持信息通畅，不能藏着掖着把机密当私货，四眼的意思是希望阿凤给个回音，“情报”的“情”字在这里完全用活了，不是“情况”，而是“情意”。第三条出自七十年代的最新指示，绝对是断章取义，完整的版本是“清理阶级队伍，一是要抓紧，二是要注意政策”。四眼把血淋淋的上半句隐去，下半句移用于谈恋爱，千万别放松，同时要隐秘进行，这辩证的叮咛又是何等贴切。

你会问，难道四眼不怕阿凤一时恼了，把纸条上交到指导员那儿去？四眼说抄几条语录跟战友共勉，应该鼓励才对。言外之意？四眼说指导员是正派人，才不会像你们这帮坏小子尽往歪门邪道上想。一见到最高指示就肃然起敬，正确领会都来不及。谁要是乱理解，谁负责。那年头还没人能梦见“读者理论”“接受美学”之类的老外玄学，四眼却无师自通，确信言外之意，只可意会，无人够胆言传。果然平安无事，一夜无话。后来众人中但凡有人得了九十年代才命名的“大男大女综合症”，谈恋爱太猴急，都会循例叮咛：“哥们儿，悠着点儿，一是要抓紧，二是要注意政策哪！”

（只可意会，不敢言传，我想起一个更妙的例子。很多年以后，在芝加哥，我听张郎郎讲他的牢狱之灾。他说最麻烦的案子是审“呼反动口号”，因为审讯员不能重复那口号，重复了，他也犯了他原本要审的罪。只好约定俗成，用“一号反动口号”“二号反动口号”来指代之。结果审问就变成这样的滑稽场面：审讯员问：“你有没有呼喊过一号反动口号？”犯人就装傻，反问：“一号反动口号是什么？”审讯员当然不会上当，继续问：“你有没有呼喊过二号反动口号？”就这样三号四号一路问下去。犯人最后急了，说：“向毛主席保证，我哪敢喊什么反动口号，就是心里想一想也是杀头的罪呀！”）

细想言外之意的产生，有两个必要的条件。一是用以表述某领域的词汇匮乏，不得不挪用其他领域的语言词汇救急。二是作者和读者对此一被挪用的语言词汇非常熟悉，熟悉到了能够融会贯通的程度。先说这一。男女之事，古往今来无论雅俗，不知积累了多么丰富的语言词汇。古而俗的，譬如刘三姐唱的，“入山看见藤缠树，出山看见树缠藤，树生藤死缠到死，树死藤生死也缠”，要多棒有多棒。今而雅的，譬如冯至的《蛇》或穆旦的《诗八首》，更不用提巴金、茅盾以及众多的新文艺言情小说了。到了七十年代，这些都作为“四旧”或“小资情调”扫进了历史的垃圾堆，用来言说男女之事的词汇只剩下了最单纯的“好”，说谁谁谁跟谁谁谁“好”上了。很早就开始了从政治领域挪用词汇的程序，譬如，“找对象”（谁谁谁跟谁谁谁“对上象”了），“解决个人问题”（通常体现为一种“组织上”的关心），等等。

再说这二。在泛政治化的七十年代，政治语言直接等同于日常语言，人人都熟得不能再熟，随时挪用都能产生多重隐喻。其实明清两代的文人“四书五经”背得实在过于烂熟于心了，就经常很方便挪用来表述男女之事。戏曲大师汤显祖的《牡丹亭》有一折，石道姑出场，用尽《千字文》的全部句子，长篇大论地表述“石女”这个淫秽的主题。七十年代中，上头开始重视女知青被淫辱的众多事件，机务连的指导员被检举，暂时关在团部招待所的单间写交代，一时有许多人围观。司机大刘嗓门大，呸了一口浓痰，说：“嘿，这家伙，还真能改善生活哩！”众皆哈哈大笑。“改善生活”本义，乃指逢年过节，连队用“伙食尾子”（结余款）为众人加菜添点油水。这里的哈哈大笑，自是把众人平日清心寡欲的非分之想，全都投射到机务连指导员身上表达了出来。可见“活学活用”，绝非四眼一人之能事。

话说多年以后，四眼和阿凤有情人终成眷属。农友中自有书法好的，挥毫恭录三条最高指示，镶以红木镜框为贺。这时“一是要抓紧，二是要注意政策”，叮咛的就是生儿育女之事了。

四、笃卒·南风窗

杰仔说话有点结巴，在我旁边闷头挖山不止。几个月不见，他显得有点消瘦，剃光的脑袋青里透白。“看守所里的伙食不太好”，杰仔有点多余地解释说。他刚刚“笃卒”失败，被边防公安直接遣送回生产队。“笃卒”，动宾词组，粤语也，中国象棋里的卒子向前走一步，“笃”是手指往前推棋子的动作。笃卒过河，是当年流行的暗语，官方术语应该叫作“偷渡”。偷渡即叛逃，本是大罪，何以从轻发落，遣送原单位了事？杰仔就笑了，有点鄙夷我的跟不上形势。“看守所里挤满了笃卒的男男女女”，人满为患，一批批押了进来，先来的只好赶紧遣送腾位子。那年头，珠江里练游泳的青年特别多，主要练长距离，当然速度也很要紧。传说每年横渡珠江比赛的前十名，清一色是上山下乡的知青。

一九七二年，尼克松访华。康疤传达上头指示的时候说，美帝头子要来北京，主席说了，这回来了先不杀他，扣他几板乒乓再说。从此国门渐开，有出去的，也有进来的。当年乍着胆子，最早从罗湖返乡下探亲的，当然不是如今的红顶富豪，而是市井底层的打工仔。一家老小，身上全都穿了好几件衣服，鼓鼓囊囊过海关，肩挑手提都是些日常“手信”（礼物）。中产者尾随其后，手信也升级为“三转一响”（手表、单车、衣车和收音机）。有港澳关系的人不再被视为“特嫌”，而是被称为家有“南风窗”。那些年正是“四小龙”经济腾飞，映照内地一穷二白依然未见“最新最美的图画”，国人惊觉世界上还有三分之二的劳动人民“水深火热”，不在别处，就在此地。于是乎珠江弄潮，在大风大浪里成长，人数日增。其实“笃卒”很危险，淹死的、被鲨鱼吃掉的，不少。十四连的江仔，聪明好学，眉清目秀，开始学写诗，立志当文学青年。那一年回广州探亲，有人见他在珠江练泳，晒得全身黑泥鳅似的，后来就人间蒸发，再无音信。大伙儿都叹息，英年早夭，奈何苛政猛于鲨乎。

那一年我这个客家人开始学说粤语。倒不是心怀“笃卒”之志，想先打好语言基础，而是缘于同屋的广州知青小茅。其记性极好且颇有说书口才，返穗探亲识得有“南风窗”背景者，居然将金庸梁羽生古龙说部，一本一本地看过，回场后一本一本地开讲。新派武侠小说正是在此时流入内地，解了“样板戏”观众读者无书可读之渴。多年以后我在香港谋得教职，斗胆能用粤语授文学批评，不能不感激当年农友的孤灯如豆，连床夜话。

方言在现代中国史上，一向处境暧昧。胡适之倡“国语的文学，文学的国语”，说中了构建现代“民族—国家”两大关键：国家语言和文学教化。方言在这现代化要求的压力之下，难免有地方主义、分裂主义之嫌。虽说四十年代有短暂的一段时期，以大众化为旗帜、用陕北方言表演的秧歌剧时兴过一阵子。共和国了，当然是“汉语规范化”占了上风，这规范化的语音方面，自是以首善之区北京为标准。倒是港英当局，借来的时间、借来的空间，一百年没对香港进行正经殖民统治，除了公务员英文，放任市民照操粤语方言如仪。此时借着经济优势，所谓“语言价位”，于是七十年代起，由“南风窗”透入，粤语北进，势头不小，国家语言闪开了一条缝隙。多少年了，如今连敦煌戈壁滩上的饭店，也标榜有日日空运的“生猛海鲜”，吃完了不叫“结账”而叫“埋（买）单”。反而证明了国家语言的收编容纳能力，大有进展。

五、引文成篇

本雅明曾设想写一本全部用引文构成的书。这一构想其实有人小规模地实现过。我以前的同事陈永明教授，就说他听过一次牧师的布道，讲辞全部由《圣经》新约旧约的金句组成，没有一句他自己的话，却讲得分外精彩。陈村写过一个小小的短篇，题目叫作《我的前半生》，内文全部用我们这一代人唱过的歌的歌词连缀而成。让我们荡起双桨小船儿推开波浪水中倒映着美丽的白塔听惯了艄公的号子看惯了船上的白帆我们新中国的儿童我们新少年的先锋二呀么二郎山高呀么高万丈月亮在白莲花般的云朵里穿行晚风吹来一阵阵快乐的歌声我们坐在高高的谷堆旁边古有花木兰替父去从军四面青山侧耳听侧耳听晴天响雷敲金鼓金瓶似的小山山上虽然没有寺大海航行靠舵手万物生长靠太阳归根结底就是一句话造反有理造反有理我们有多少知心的话儿要对您讲我们有多少热情的歌儿要对您唱这个女人不寻常刁德一有什么鬼花样这小刁一点面子也不讲昏睡百年国人渐已醒酒干哪倘卖无酒干哪倘卖无……从题目到内文没有标点，文章一大抄，居然也有五千字之多。陈村说，抄就容易吗，难就难在组织拼贴的功夫。

想象一种语言，就是想象一种生活方式。我说故我在。我们就是我们唱过的歌，我们说过的话。这些飘散在琼岛红土上的歌声和话语，虚幻地构成了我们的真实人生。如今，当我竭力忆起七十年代的日常语言，悲哀地直面它的贫乏和苍白，琐碎与枯燥，难道这就是我消逝在热带雨林的青春岁月？我想起鲁迅关于记忆的一个比喻：血水中闪烁的鳞片……

二〇〇八年八月七日初稿

十一月九日二稿

（载《书城》，二〇〇九年第一期）

早晨，北大！

入学时，班上白皮细肉的学生哥不多，众同学来自天南地北，一个个面容沧桑，筋骨劳苦，隐隐然身上都有点江湖气息。小字辈机灵如梁左者，就四处打探各人底细。主要打探两项，一弱，一强。读中文系的嘛，不用说，弱项即高考时的数学分数。彼此问起，大都含糊其词语焉不详，最后消息灵通者透露，说是老叶和老颜并列居首。人家那是“老高三”，“文革”前就扎扎实实，经了足秤的全科训练。连弱项也强如此，梁左说，不能不写个“服”字。强项，乃入学前发表过些什么作品。文学专业七七级果然卧虎藏龙，探得诗人有三李（李彤、李矗、李志红）一孙（孙霄兵），小说家有陈建功黄蓓佳王小平，个个身手了得。梁左激动得直哆嗦，自始怀揣小说初稿若干，一有机会就掏出来向大哥大姐们讨教。孰料哥们儿姐们儿全都谦逊地直摆手，说，得得得，回家问你妈（谌容）去。这一摆手不要紧，造就了后来的“喜剧大师”，小梁左的才华往相声和情境喜剧的方向使劲发展去了。但我想他心底至死不渝的执念，还是要写一部“伟大的中国小说”出来的吧。

刚开学，老系主任杨晦先生经典的“定向培养原则”，就在不同的场合被一再宣示：“中文系培养学者不培养作家。”后来历届的系主任，似乎也仍然不断向新生宣示这原则。其实早在我们那年头，大家就已对原则心领神会。好多已然是作家的自是无须培养，一心要弄创作的文学少男少女，如李春、梁左、苏牧，也都明白，贵“文学专业”不培养，咱自个儿业余练练总行吧？不知怎的，这些人居然晓得现代史上有过一样东西，叫作“社团”，而且好像宪法上也说是可以自由“结”之的，就都嚷嚷着要立个文学社。诗人们心头热血一向澎湃，捋袖摩拳就要动真的，倒是小说家们习惯了起承转合，都说先问问领导的意思，终归稳当一些。不料问的结果，领导比咱的思想更解放，说，文学社，很好嘛，可以立一个！

班主任张老师就带了一众周身“文学细胞”超兴奋的同学，在未名湖石舫，聚会立那“社”。请来毕业留校十几年还是“青年助教”的谢冕老师当顾问。谢老师当时正给我们授“当代文学史”的诗歌部分，讲台上最受欢迎的是大声朗诵郭沫若“百花颂”里的那首《水仙花》：“活得多，活得快，活得好，活得省！”还有一首

《舱内舱外两个太阳》，然后一声长叹息，道：“现代中国最杰出的诗人，后来写的这叫什么诗嘛！”那一晚薄云拂天，星月微熹，石舫上花了最多热烈的时间，构想文学社的名字。谢老师比同学们兴致还高，回忆起多年以前，文学五五级，也立过一个“红楼”文学社的。火得很呐，都有谁，张炯、孙绍振、温小钰，数到林昭，就没再往下数。噩梦，但噩梦醒来是早晨。谢老师当然希望我们的文学社接棒还叫“红楼”，可是那年头谁都觉得干什么最好“从我做起，从现在做起”，总之有点开天辟地的意思。后来我说就叫“早晨”吧，大家就拍手，“早晨”一致通过。文学社下分诗歌小说评论各组，还要出油印刊物，刊名《早晨》。顺便把“主编”安了给我，张老师建议说，此人入学前在广东人民出版社文艺室（花城出版社的前身）当过“借用编辑”，有经验的。

那是文学社唯一的一次全体活动，平时还是分组行事。诗人们激情洋溢，在三李一孙带领下活动频繁，一有空就聚在一起朗诵新作。新作积累得很快，《早晨》的创刊号，理所当然是“诗歌专号”。有一回，借了校图书馆的活动室，与著名诗人顾工座谈。顾工闭口不谈自己的诗，郑重推荐的却是他儿子顾城发在朝阳区文化馆的刊物《向阳院》上的组诗《无名的小花》。那年头只知道顾工，没听说过顾城，于是轮流传阅，“让太阳的瀑布 / 洗黑我的皮肤 / 太阳是我的纤夫”，纷纷赞叹“好诗好诗”。顾城含羞坐在一旁，没说话。诗歌组也忘了跟他约点稿子。《早晨》创刊号的风格显然与朦胧诗相去甚远，还是与当年“拨乱反正”的主旋律同步，无意中延续了记忆犹新的、高考作文题的思路：“我在这战斗的一年里”（北京）、“大治之年气象新”（广东）——无非是怀总理、忆老帅，诅咒黑暗，顺便也赞颂了英明。真正“文变染乎世情”，敏感及时追上了“伤痕文学”脚踪的是小说组。

因了“主编”之责，各组有活动都叫上我。小说组没诗歌组浪漫，却更好玩。原来小说组的活动别具一格，坐一块儿不干别的，专门轮流“谈构思”。大约是之前“工农兵创作学习班”的传统，相信集体智能高于灵感与个性。照例是这样开始：“嗯，我想写一篇小说，题目嘛还没想好，人物都有谁谁谁，情节呢……”情节都还来不及展开，大伙儿就迫不及待，一通乱出主意。主意馊的居多，偶然也能支点高招。最爱谈构思的是陈建功，从宿舍到大饭厅打饭一个来回，《萱草的眼泪》就大致成形。当然到第二天那构思又改了，推倒重来面目全非，也不见得比昨天的好。总之在他定稿之前三番四次，去饭堂，去课室，去图书馆，逮谁是谁，你总得一路点头听他谈构思。吴北玲在小说组谈她的长篇小说设想，陕北的苦人们那个苦呵，谈得一组人直掉眼泪。后来我总爱揣想，那是我们班另一部湮没在忘川的“伟大的中国小说”了。黄蓓佳的《夏天最后的玫瑰》，类乎古诗说的“美人迟暮”，原来用的却是世界名曲的题目。王小平的《小罪犯》，题材很尖锐呀，写的时候分寸感该如何把握呢？岑献青写《夕阳下的江水》，“右派”改正错划，这是从“伤痕”推进到“反思文学”了……如此这般七嘴八舌，听人谈构思，竟然比读小说还过瘾。后来修读金开诚老师授《文艺心理学》，发现许多概念，原来小说组的同学早已无师自通。

《早晨》，十六开油印本，纯文学刊物，非卖品；一九七八年出了一期，一九七九年出了三期，总共四期。油印本也者，是相对于铅印本而言，在复印机和激光打印机发明之前，是小规模印刷的主要方式。小时候看红色电影，每见地下工作者在密室中哧啦哧啦推油墨滚筒，然后在十字街头长衫青年一甩围巾漫天撒传单。这与革命时代相始终的印刷工具，钢板、蜡纸、滚筒，俨然透着某种神秘的庄严，如今却只能在某印刷博物馆里见到了。《早晨》第四期的“版权页”总算列出了刻写者的名字：杨柳、高少锋、赵小鸣、孙霄兵、徐启华、李彤。每期的“主刻手”是李彤，他入学前是北京工艺美术厂的工人，曾经带同学回厂参观景泰蓝制作工艺。李彤写得一笔好字，文学史教到元曲部分，他住的32楼332室的墙上就元气淋漓，贴了一幅关汉卿的《不伏老》：我是个蒸不烂、煮不熟、捶不扁、炒不爆、响当当一粒铜豌豆，如何如何打折了腿还死不悔改愣往烟花路上走，同屋们遂自我命名332室为“铜豌豆庐”。每天早起看到他们一粒粒器宇轩昂往外蹦，我们住隔壁334室的同学无不讶叹：好的书法，鼓舞士气如此，难怪如今领导人到哪儿都有纸笔墨砚伺候呢。其实一个字一个字刻蜡纸，不比挥毫泼墨，很是枯燥乏味，李彤却乐此不疲。“诗歌专号”他一人包干了。再两期，则有琴棋书画多才多艺的赵小鸣帮手。第四期“小说专号”工作量实在太大了，才有杨高孙徐的加入。《早晨》的纸张等费用记得是由学校赞助的，每期印数一百本，除了七七级同学和班主任人手一册，其余主要是用来跟全国各大学中文系的社团交换。印数如此少，您如今若是还有一册在手，那就是珍本了。多年以后我在美国国会图书馆查数据，纯粹好奇用计算机检索，竟然有一份完整《早晨》库藏，当场傻在那里没动。同学如有熟人联系，也鼓励寄给一些体制内的媒体。中央人民广播电台、《工人日报》都分别广播或刊载过《早晨》的小说与诗歌。我每期都给广州的《花城》寄，后来他们专门来了两位编辑（罗沙和林振名），住在学生宿舍里看文学社的稿子，挑了《流水弯弯》等一批作品走。

那年头各省市的文学刊物雨后蘑菇似的，旧的复刊，新的创刊，稿子奇缺。体制内外的文学力量互相激荡，汇流得很快。一日，收到黑龙江大学中文系“大路社”寄给《早晨》主编的包裹，两大捆，每捆一百，三十二开铅印本，薄薄的小册子，蓝色封面，纸质差，校对更差，疑似哪一家县级印刷厂匆匆忙忙干的活。黑大的同学附有短函一封，说报告文学《人妖之间》，新时期最最重要作品，请“早晨社”同学在北大校园代售，成本费每本贰角伍分。都知道报告文学的功能，向来是激发公民责任心，坐而言、起而行。李春正在上铺摆弄某种乐器，一见来了两大捆，一跃而下忙问老黄又有什么活干。梁左别的方面懒散，读文学杂志倒是勤快，忙把大伙儿拦住，说，前两天才出的《人民文学》，这文章就是头条，写一东北女的，煤炭局长，贪污那叫一个多哟，二十万元人民币！得，平邮邮件的速度，赶不上文学界思想解放的速度。黑大的同学还在为这事挨查呢（听说后来还影响了毕业分配），报告文学却已经一炮而红，到处转载，连获大奖。作为黑大同学曾经铁肩担道义的见证，那两大捆就静静躺在我的床铺底下，到毕业迁出宿舍时，不知所终。“大路社”的同学好像也都忘了成本费的事。

又一日，《早晨》主编又收到沉甸甸的邮件，这回是上海寄来的。拆开是一大卷八开稿纸，工整小楷手抄小说三篇，篇篇题目很特别，都只有一个字：《锁》《猫》《火》，作者是上海某厂技术员曹冠龙。小说写得结实有力，譬如《火》这篇，说是有一年轻政治犯被枪决之后，眼睛移植给公安局局长，手术很成功，拆纱布那天局长一睁眼，眼前总是一片熊熊火。附有短函一封：拙作三篇，请“早晨社”同学帮忙在北大校园代为张贴，不胜感激云云。我把小说给建功看了，他也是击节叫好。我说，两点：第一，这位是来历不明的“社会人士”，不比各大学社团的同学，多少知道点根底；第二，这三篇可有点狠，比当时正挨批的《飞天》之类还厉害……建功说，是好小说不是？是咱就贴！这样吧，别让小字辈跟着，就咱俩贴去，出了事咱俩老家伙兜着。建功和我同年同月生人，我比他痴长几天，在文学七七级班上，算是依齿序排为老五老六。前矿工和前农场工，俩属牛的，一人刷糨糊，一人顺着页码贴了《锁》贴《猫》再贴《火》。大清早在32楼对面墙上贴了一长溜，中午时分，就挤满了端着饭碗读小说的人群。但是也没有热闹几天。不久新一期的《上海文学》，就全文刊载了《锁》《猫》《火》三篇，而且好评如潮。若干年后，我和建功在据说跟“文化寻根”有关的那次杭州会议上，见到了小说家曹冠龙。握手道了久仰，谁也没提北大校园贴稿子的事。

其实，跟“社会人士”的文学交往，小字辈比老家伙走得快多了。小刚、小聪、小楂、小平，隔三岔五，就骑车进城，到东四十条的一个大杂院，烟雾腾腾，参加《今天》杂志的文学活动。一日，小平和小楂引了北岛，到北大图书馆前的草坪，跟“早晨社”同学“随意聊聊”。聊聊才知道，北岛的来意非常明确。话题散开去又绕回来，老在说《今天》的诗歌最强，小说次之，评论就弱了。原来他读了《早晨》第四期上小楂的《最初的流星》和我的评论，说，武汉最新一期的《长江文艺》，终于刊登了原先在《今天》连载的中篇小说《波动》，准备在下一期组织一组评论，请他在北京这边也邀点稿。子平你也来一篇？好吧，来一篇就来一篇。两天后赶了出来，交稿，北岛吭哧吭哧地说，武汉那边正在展开对《波动》的大批判哩，这稿子只能给《今天》用了。此时《今天》的生存处境也日渐艰困，我的评论后来是发在“今天文学研究资料”上，也就是说，一个非正式社团的非正式出版物上。

《早晨》呢，也没有继续出。多年之后同学聚会，都纳闷，按说《早晨》当年的势头，如火如风，怎么归总才出了四期呢，好像不止吧？其实，一个班级，文学的能量终归有限，当年分流的渠道又多。成名作家的稿子，正式刊物都等着要，这边厢未来得及刻钢板，那边厢早已经上机变铅字了。文学少男与少女们，又忙着以“早晨剧社”的名义，排演话剧《美丽的爱情》和《良心》，分别是李春和建功的本子，多才多艺如李彤、北玲、蓓佳、小平，都是领衔主演。话剧轰动，还拿了奖，李彤差点当职业演员去了。不过《早晨》悄悄地没有再往下编，主要还是跟另外两家刊物有关，一家顺理成章吸纳了“早晨社”的骨干力量；另一家，却一波三折，说起来像长篇惊险故事。先说这“顺”的一家：《未名湖》。

所谓“顺”，是说来头大，来路也比较“正”。五四文学社是在北大团委领导下成立的，社长是当时团委文化部的负责人张幼华，副社长有三位之多，邹士方（哲学系七七级）、李志红、陈建功，还有北大党委书记当名誉社长，朱光潜、季羡林、王瑶、章廷谦、谢冕等任顾问。来头大的好处是可以请到许多名人来演讲，但当时最吸引人的是可以弄到不少“内部电影”的票，招待社员们观摩。我和小平、小楂基本还是参与了《未名湖》的编辑活动，因而结识了不少外系的文学青年。从前大学文科招生，分数线由高而低的顺序是“文史哲政经法”（如今当然是倒了过来）。话说当年老颜本来报的是法律系，分数太高，读法律可惜了，遂直接被取到咱文学七七级。读了四年关关雎鸠在河之洲，得，毕业时又给分到政法部门去了。当时我安慰老颜说，至少有一门功课没白读，“公案小说”是也。反过来可想而知，当年很多本来报考中文系的文学天才，一不小心差几分就读到政经法去了。这些人的才华主要就在五四文学社里洋溢。《未名湖》由茅盾题写刊名，封面由小聪找来他的中学同学徐冰设计。原来是套色分版的，我和小平、小楂看见其中黑底的一版，不约而同连说这个好这个好。您如今看到的第一期封面，就这么黑底红字地呈现，充分暴露了我们当年的审美偏见。很多年后我在芝加哥碰到徐冰，他还念念不忘，坚持原来的设计才是最好。小平、小楂还负责小说组的审稿，记得她俩曾经找来七八级的刘震云，很认真地给他的《瓜地一夜》提修改意见。害得震云一宿没睡，抽掉两包烟通宵改稿。吴北玲拿来她的农友史铁生的《没有太阳的角落》给小说组。诗歌组的主力则有苏力、亚丁等人。听说五四文学社和《未名湖》都一直延续到了现在，可以说是八十年代创立的学生社团与刊物中的长寿者了。

相形之下，我们所参与的另一家刊物就短命多了，只出了残缺的一期。《这一代》，由中山大学《红豆》、人大《大学生》、北大《早晨》、北京广播学院《秋实》、北师大《初航》、西北大学《希望》、吉林大学《红叶》、武汉大学《珞珈山》、杭州大学《扬帆》、杭州师院《我们》、南开大学《南开园》、南京大学《耕耘》、贵州大学《春泥》共十三个社团联合创办，一九七九年十一月出版，十六开铅印本，108 页，定价肆角伍分。武汉大学的张桦是郭小聪的中学同学，中山大学的苏炜是我海南岛插队的农友……总之无数的偶然碰撞，使得那一年的暑假，众社团的代表以校徽为记，在北大校门的石狮子前集合，然后到张桦家开那“跨校园刊物”的筹备会议。张桦的父亲是地质地理系的党总支副书记。我第一次走过，发现未名湖北边还有好几个小湖，湖畔的民宅爬满青藤，热气腾腾容下一屋子人。陈颂，吉大；周小兵，中大；李培禹，人大……张桦特别介绍，这位是北师大的徐晓，天安门“四五”运动坐的牢，刚放出来不太久。徐晓笑笑没吭声。个个一见如故，武大同学老王煮好了五斤打卤面，边吃边聊。第一次主要是碰碰头，还是花了很长时间讨论刊名:《文学青年》《大学生》等，没一个满意的。半个月之后又开了一次会，贵州大学“春泥社”凑钱买火车票，派两位同学远道赶来，我安排他们住在 32 楼的空铺。这次很快商定了好几项：刊名,《这一代》(苏炜的提议)；季刊，创刊号由武汉大学主编(校长刘道玉已经答应借款若干)，然后北大中大往下轮流；稿子由各院校推荐，主编者有权取舍无权删改；发刊词，唉，写这类虚飘飘煽情的文字是我的宿命（后来已完全忘记那是我写的，更不用说写了些什么了）。

推荐稿子，王小平的《夜雨潇潇》和上海作家曹冠龙的《火》被创刊号采用了。在三角地贴征订的海报，还真有很多同学来预订。武汉的同学魄力大，开印就是一万六千本。钱不够，让各院校把订费和筹款先汇去。建功垫了一个月的工资。同时北京这边就开始积极筹备第二期。没想到武汉那边出事了，印好的，没印好的，直接在印刷厂就被封存了。出事的原因，据说是诗辑“愤怒出诗人”里王家新、叶鹏的诗有点太愤怒了。已经投进去七千两百元人民币，换来三吨被封存的废纸。“珞珈山社”众同学一咬牙，决定：抢！残本也要抢出来装订。结果每本108页，只抢出来其中的64页。封面是张桦、张安东和徐冰一起设计的，画的是黑的一排栅栏，两行弯弯曲曲的足迹。那些脚印是用拳头蘸墨一个个摁出来的。套色的封面只印了一千，印刷厂拒绝继续印，后面的一万五封面都只是一张白纸，上面孤零零写着“这一代　1979年1期”几个大红字。三吨重的散页运到一家街道装订社装订，连夜分成三百包寄给各院校。李春从五道口火车站用板车拉回一千本残本《这一代》，铅印的杂志，封二却是油印的《告读者书》，说：

“由于大家都能猜到，也都能理解的原因，印刷单位突然停印，这本学生文艺习作刊物只能这样残缺不全地与读者见面了。……是的,《这一代》创刊号的残废绝不意味着这一代的残废！”建功说看见这残缺的杂志，心都凉了，这怎么向预订的同学交代？“早晨社”全体出动，在三角地摆摊。李彤大字抄了那《告读者书》，贴在大饭厅门口的墙上，以示质量问题童叟无欺。这后来被证明是最佳的广告策略。那年头，越是残本越是好卖，一千本不到一天全部卖完了。据说黑市价卖到五元一本，被炒高了十倍。

北京四院校的同学既被残本所激怒，又被残本的销量所激励，决心无论如何第二期，要完整而漂亮地出一本。徐晓联络着，连续开了好几次会，风声却越来越紧。张桦的父亲和北大中文系的领导也被通报了。张桦他爸气得直骂，都什么年代了，还搞株连！大家终于明白，诗人愤怒也好，不愤怒也好，跨院校才是此中关键。渐渐编务会也开不成了,《这一代》宣告半期而终。我那时开始跟谢冕老师写毕业论文《从云到火》，和诗人公刘有些书信往来。公刘信中说，十三，不是个吉利的数字。其实那时因读了残本，积极加入的院校社团，已经有二十多家。院校是越跨越勇呀，可是《这一代》，终归还是失败了。

那是一个探索的年代，英勇无畏地探索自我，探索社会，探索民族前行的历史可能性。社会上一般印象，七七级们也如此自我认定，我们是同龄人中的幸运儿。无论之前有过多少磨难，似乎从接到录取通知的那天起，我们的名字就习惯了与成功之类的字眼连在一起。因此，我们常常是最缺乏自我反省的一群，常常忽略了挫败（尤其是历史性的失败）才是我们生命的组成部分，而且是那重要的部分。入学之初，因经历了浩劫而自觉承担的使命，因生逢其时而暗藏心底的那一腔宏愿，好像，也都早已湮没于时间的忘川。多少年了，午夜梦回，如今时时袭来撞击久已沉寂的灵魂的，岂不正是生命中那一次又一次的失败和挫败，那些未能实现的历史可能性，那些被错过的、擦肩而去的历史瞬间？譬如说，《这一代》。

二〇〇九年六月

（载岑献青主编《文学七七级的北大岁月》，

北京：新华出版社，二〇〇九年）

那些年里的读和写

初识《读书》杂志，缘起于一次美好的出游。那年春假，季红真邀约晓虹、玫珊等几位要好的研究生同学，到易县去踏游清西陵，我也有幸同行。车越易水，瞥见干涸的河床，对古人壮行情景的想象未免挫了多半。夜宿红真父母下放的林场小屋，只听得千年松涛，一阵阵澎湃拍枕，真个是一洗胸中积年俗尘。晨光中洗漱完毕，才见到书架上赫然排了一溜《读书》，从一九七九年的创刊号到最新的一期，本本齐全。我入学之后自己订了个读书计划，排了两大系列的书单一本本细读，好几年埋头不看什么期刊。难怪对这激荡了八十年代思想文化风潮的刊物一无所知。红真原谅了我的孤陋寡闻。她站在书架前铁口直断，说这是现今所有期刊中唯一值得读的杂志。遂取而读之，“读书无禁区”呀，“西方文论书评”呀……竟是读了就放不下。

从此就成了《读书》的忠实读者，三十年不变。那时偶尔也进城，到朝内大街那幢灰色小楼，参加过一两次“读书服务日”。“读书日”没什么正式活动，有一两堆赠书早被捷足先登者取光了，熟人们三五成堆地寒暄。老总沈昌文、董秀玉，编辑吴彬、赵丽雅，没事人似的在那里斟茶端水。众人放松了瞎聊穷侃，毫无警惕，突然就有一根指头当胸指住：哎，这可是个好题目，写好了给我们《读书》！旁观的人乐见上钩者窘态，一点同情心也没有，一径鼓噪好题目好题目快点写快点写。茶凉人散，那年头还没有“伊眉儿”，连电话也远未普及，催稿全靠书信和编辑的脚头勤快。果然不久就在“我们《读书》”上读到了某一篇文章，与那天听来的题目可能只剩下一些蛛丝马迹般的联系，读来却有一番“曾在现场”的隐秘的喜悦。多年后李陀用“友情”与“交谈”概括他所亲历的八十年代，可以说是很传神、准确。题目与文章的蓬勃涌流，正源于那些年的“无限交谈”。“新启蒙”参与者的“态度的同一性”，不旋踵即分崩离析，至今使我时时忆起鲁迅笔下的一个意象，即在地火中边缘枯焦的、曾经盛放的曼陀罗花。

记得《深刻的片面》是在《读书》上发出来的第一篇小文。老董和吴彬筹划一个“批评的批评”专栏，拿拙文打头阵。其时我正在读鲁迅的《文化偏至论》和黑格尔的《精神现象学》，憧憬着那个“神圣的包罗万象的固定点”，“自身的展开和运动”。一旦展开和运动，它就不再被视为固定点，不再拥有那种虚假的全面性，而转化为一系列不完整、不成熟的环节。在每一个这样的环节上，空洞的“广阔”和无内容的“深邃”都消失了，呈现出来的恰是真实的片面和片面的真实。唯其真实，便有力，不但有力，而且深刻。我的表述带有生硬的老黑格尔腔，一心盼望那些年“一种有生命力的理论认识”，能够流动成丰富曲折的“风景”。这种想法仍然预设了目的论的“绝对精神”为前提，其浅陋是很明显的。毫不意外，“深刻的片面”在其后几年坠落为俗烂不堪的陈词滥调，在文学批评、艺术批评甚至法学领域四处流窜。

《读书》的影响力之大远远超出我的想象。多年后与前辈同辈乃至后生辈初次见面握手互道久仰，提起的话头，居然就都是《读书》上识得的名字。安德森强调过“想象的共同体”里现代印刷的重要，我设想八十年代《读书》的作者与读者群，或许真有某种“共同体”想象地存在着，当然后来也就想象地烟消云散。那天我和平原不知何故到三联书店去，与老董、吴彬喝茶聊天。此前不久在万寿寺开过一个“现代文学研究创新座谈会”，我和老钱拱了平原作代表，到会上去推出“二十世纪中国文学”这个“概念”。这只不过是一个“学科”里研究框架的粗糙构想，平原略做介绍，居然语惊四座。大约老董她们也听到点风声，是为那次喝茶聊天“不知何故”的“故”。还是那一句：写出来，给我们《读书》。往日给“我们《读书》”投稿，若是不遭退稿就算万幸，这回当面盛情邀约，却是深感为难。其时老钱已在中文系任教，听课的人挤破教室，备课分外认真吃重；平原还在读博，王瑶先生门下打醒十二分精神，啃他的“叙事模式转换”。唯有我栖身北大出版社，每日校对“三国演义汇校汇评本”，枯寂无聊，遂把草拟《论“二十世纪中国文学”》的事摊了给我。我把初稿写出，心想至少还得改几遍吧，不料钱陈二兄阅过，说就是它了，不用改了，初稿就是定稿。《文学评论》的王信、樊骏，早就听说有此事，万寿寺会议上，就把这作为定稿的初稿拿去发了某一期的头条。平原端着茶杯面有难色，对老董说专论写得了已经给了“文评”，似已题无剩义，重复再写意思不大。我小心提议，说我们仨讨论过程中“脑力震荡”（那年头还没引进这词），为自己方便，有一些录音，或许可以整理了弄一组“三人谈”。但从刊物方面着想，困难有两条，一是对话非常非常零碎，不成体系、系统和体统，怕会有玷《读书》版面；二是字数多，在《读书》这本薄薄的杂志上至少要连载六期，比重太大。这些替刊物操心的话还没说完，老董董大姐，一拍桌子，说，“二十世纪中国文学三人谈”，很好很好，赶快整理出来，给我们《读书》，当然了六期连载。我心想无论质和量，这对任何刊物都不是寻常选题，总要慎之重之，讨论研究。不料当场拍板定案，如此爽而且快，脱离了八十年代的文化氛围，是不可思议之事。出版家的才识胆力，更是可遇而不可求，于今回想，仍然令人神往。

那年十月，“三人谈”连载才刚刚开始，一日，平原引了李欧梵教授到蔚秀园我简陋的新居探访。欧梵先生说是来参加鲁迅逝世五十周年的纪念，会议本身意思不大，倒是读了《读书》上的“三人谈”有点好奇，遂找来了北大一访。三年多之后，我挈妇将雏去国远游，参加了李教授在芝加哥主持的一个研究计划，说起来跟那次造访不能说没有一点关系。又过了若干年，我在香港遇到中文大学的小思教授，她说她也到访过蔚秀园我的家，是三联董秀玉引她去的。我想小思远道来北大，要拜访的前辈学者一定很多，竟然也抽空到访寒舍，一定是老董力荐的结果。

多年之后平原回忆，说“三人谈”里的那些东拉西扯都不再重要，重要的是创立了“学术聊天”的“文体”三原则：展现过程，保留差异，还原现场。我觉得这都不再重要，重要的是老钱和平原都由《读书》的忠实读者升级为忠实作者。到《读书》创刊二十周年的时候，平原自己统计，为“我们《读书》”撰稿有三十七篇之多；老钱的总篇数不明，但他的一篇《想起了七十六年前的纪念》，好像是拿过一个很轰动的奖的。说来惭愧，我呢因为害怕写作，一向疏于动笔，在《读书》上发稿屈指可数。何况老钱与平原迭有佳作发表，我偷偷地自以为与有荣焉，也就安于忠实读者的位置而恬然。如今屈指数出来的，有一篇《千古艰难唯一死》还略可一提。那年是“文革”发动二十周年，结束十年，《人民文学》和《上海文学》发表了几篇写老舍之死和傅雷之死的小说（后来的逢五逢十，不再能见到此类文字，那段历史仿佛从来没有发生过）。其时我已从北大出版社调回中文系任讲师，开了一门选修课叫“文学主题学”，“生死”主题中有“自杀”一节，与学生讨论文学中的自杀、文学家的自杀、加缪所谓“哲学值得关注的唯一问题即自杀”等。读到那几篇小说我感到非常难得，但我又不满足于汪曾祺的侧写与白描，觉得这种他擅长的写法不足以深入老舍之死的主题。而苏叔阳把老舍之死归结到抗议“外国文化摧残中国文化”则令我很不舒服。陈村展开的生死作家之间的生死论辩，才表述了我这一代人动乱年月里淤积的根本逼问：众多的死至今并没有死去……

虽然未能跻身《读书》的忠实作者之列，我与出版家老董，却另有一项长达五年的合作，那就是由香港三联书店出版的“中国小说年选”。一九八五年，当《棋王》《爸爸爸》《你别无选择》井喷一般冒出来，大家意识到编小说年选的时候终于到了。当年京沪两地就都有作家评论家编的年选出版。我提议每年选五个中篇，十个短篇，书名要响亮上口好记，大言不惭，就叫“中国小说一九八几”什么的。第一本《中国小说一九八六》很快就编好出版，我写的导言。挂名有四位编者：冬晓、黄子平、李陀、李子云，汉语拼音为序。冬晓就是董秀玉，我们叫她老董，其实在三联书店，她已经小董很久了。大约是因为第一次向海外推介年度小说，有冬晓、李子云两位老革命领衔主演，也是承担责任的意思。第一本收了《红高粱》《虚构》等篇，很快重印，口碑很好。看来干这活风险指数不算太高，从第二本起就放手让我和陀爷编去。

陀爷有天赋的艺术感觉和形式感，他说好，肯定就是好（他说不好的，那倒不一定）。我的责任就是把陀爷说不好的再过一遍，没准有好的再拣回篮子里来。导言本来说好轮流写，李陀耍赖，结果每一年都是我写。导言最怕写成正襟危坐的年度总结报告，要不就是作品简介的汇编。所以每次都费尽心思，别的做不到，至少有一条，要写得有文采。导言里讨论得最多的话题竟是编选小说的方法论：历史主义还是“好小说主义”等。说，编选小说的人，并不是赤手空拳地站在一大堆“洗干净了”的作品面前。他们在时间之中，承受着时间，却想做点能“超越”时间的事——这便有几分悲壮，几分荒诞。又说，年度小说的编选从另一层面提供观察和倾听时代的信息材料。编选者能否做到冷静、敏锐和坚韧，当然存在许多困难，人应有自知之明。但也还是祈望能够尽量克服这些困难，一点点祛除自身浮躁之气，做好这份工作，能将“价值冲突中的艺术”及“艺术中的价值冲突”尽可能清晰地保存下来。不致由于自身过于偏狭的眼界，将纷繁的当代小说创作“纯净化”，也不致用含混的兼容并蓄来掩饰自己的怯于判断。写完了给陀爷过目，他闭着眼睛一概说好。我很诧异于自己在做这工作时为何有如此浓重的自我反思。后来有一回跟中文大学的黄继持聊天，说起编选之难和写导言之难，继持先生正色道，导言很重要，读导言是我买“中国小说年选”的原因之一。听得我屏息不敢则声。耶鲁的孙康宜教授有一年参与了我所在的香港浸会大学的论文校外评审，力证编选作品也是有分量的学术活动，说这一套年选列入了很多汉学系的教材用书。浸会的老教授们撇撇嘴大不以为然。多年以后陀爷很自豪地回顾，如果说跨文化交流他做了什么事，就是把中国当代重要作家的好作品介绍到了欧美。“中国小说年选”编到老董从香港三联任上调回北京为止，彼时我和陀爷也已经在北美“洋插队”去也。

编年度小说是一整年的工作，绝非到了每年的十二月底，你才来开始检点这一年的收成。而是这一年从年初开始，一年三百六十天你天天读小说，而且读一切跟小说相关的东西（那年头，什么是跟小说无关的呢），不断地比较、拣选、过滤，读到年底你才开始觉得心中有数了。你跟当代小说一年到头结结实实地活在了一起。多年以后我想说，这就是永远的感激了，编年度小说带给我生命中那些年里的读和写，是如此持久充实，生机饱满。

二〇一一年三月九日

（载黄子平《远去的文学时代》，

上海：复旦大学出版社，二〇一二年）

辑二　评论之什

批评的位置

社会批评，文化批评，或鲁迅所说的“文明批评”，或直截了当地简称为“批评”，乃是知识分子的一项重大使命。“批评必须设想自身是张扬生命的，从本质上来说，它反对一切形式的暴政、宰制和虐待；批评的社会目标在于产生促进人类自由的非强制性的知识。”（萨义德《世界·文本·批评家》）本文将以鲁迅与萨义德的批评实践为例，“双焦点”地讨论知识分子在实行此一使命时所处的“位置”问题，以及与此相关的“方法”问题。

一、彷徨于无地

萨义德在《东方主义》的导言里谈论到他面对大量殖民主义资料时学术写作的困境：太教条的一般概括或太实证的具体描述所产生的曲解与不准确。前者一言以蔽之地论证形形色色的文本都贯穿了“欧洲优越论”

和“种族主义”的主导思想，如此就会“在令人不可接受的一般描写的层面上写出粗糙的论战”。后者将写出“原子论式的细密分析”，却迷失了这个领域中“一般线索的全部轨迹”。

要走出这种方法困境或视觉困境，萨义德认为，必须涉及他所说的“我自己的当代现实”的三个主要方面：1. 纯知识与政治知识之间的区别；2. 方法论问题（策略定位与策略构形）；3. 个人的维度。前两个方面都与第三个方面密切关联，让我们先来看看何谓“个人的维度”。

萨义德引用了葛兰西《狱中札记》中的一段话：“批评阐述的起点是意识到一个人的真实所是，是作为迄今为止的历史进程之产物的‘认识你自己’，它已经在你内心积累了无限的踪迹，却未留下一个清单。”他强调指出紧接着的一句话（唯一的一部英文译本却“莫名其妙地”漏译了）：“因此，有必要在一开始就编纂出这样一个清单来。”[1]

有意识地生产这样一个清单，萨义德认为非常重要。这个清单说来话长，大致可以用“生活在美国的巴勒斯坦人/巴勒斯坦裔美国人”来概括。在我看来，批评的

---

〔1〕 萨义德《东方主义·导言》,《自选集》，北京：中国社会科学出版社，1999，页8–9，25。

位置即由如下两方面划定：一是现实经验的历史积累，二是个人身份的复杂构成。而这位置当然是游动的、越界的，或者用萨义德回忆录的书名来说，是“无家可归”或“格格不入”（Out of Place）的。这就是知识分子真正的位置，不管你是不是具有离乡背井的现实经验。

二、地理“中间物”

“无地彷徨”，应也是鲁迅贯穿一生的切身体验。早年“走异路，逃异地，去寻求别样的人们”，中年以后由绍兴“逃到”北平，然后厦门、广州、上海。上海十年，其实也经常要“逃”。经典的一次经历，便是出门去参加一个集会，不带门钥匙，以显示不准备回来的决心。一方面，被浙江省党部通缉令斥为“堕落文人”，终生未能踏入故乡地界；另一方面，却被左翼战友攻击为“封建余孽”、“双重的反革命”和“法西斯谛”。这种被迫“横站”的身姿，最重要的，仍然是社会位置的“格格不入”。

鲁迅在一九二七年年底离开广州到上海，在几间大学做了一些演讲，其中的两篇题目是《文艺与政治的歧途》和《关于知识阶级》。正如钱理群所说，这里包含了鲁迅晚年（三十年代）思考与实践的核心问题。“真的知识阶级”不但不听指挥刀的将令，而且勇于发表倾向民众的意见，“不顾利害”，“想到什么就说什么”。此即萨义德之所谓“向权势说真话”。然而这“真的知识阶级”，“所感受的永远是痛苦”，因为“在皇帝时代他们吃苦，在革命时代他们也吃苦”。“然而知识阶级将怎么样呢？是在指挥刀下听令行动，还是发表倾向民众的思想呢？要是发表意见，就要想到什么就说什么。真的知识阶级是不顾利害的，如想到种种利害，就是假的，冒充的知识阶级；只是假知识阶级的寿命倒比较长一点。像今天发表这个主张，明天发表那个意见的人，思想似乎天天在进步；只是真的知识阶级的进步，绝不能如此快的。不过他们对于社会永不会满意的，所感受的永远是痛苦，所看到的永远是缺点，他们预备着将来的牺牲，社会也因为有了他们而热闹，不过他的本身——心身方面总是苦痛的；因为这也是旧式社会传下来的遗物。”〔2〕即如萨义德在美国被人称为“恐怖教授”，犹太极端分子烧毁他在哥伦比亚大学的办公室；但在巴勒斯坦，阿拉法特的秘密警察也一样禁了他的书。

鲁迅的“历史中间物”的思想如今已广为人知，这

〔2〕鲁迅《关于知识阶级》，《鲁迅全集》第八卷《集外集拾遗补编》，北京：人民文学出版社，1981，页190–191。

是时间进化链上的环节相替。但对他自己一再强调的空间的“地理中间物”状态则显然注意得不够。“两间余一卒，荷戟独彷徨。”“肩着黑暗的闸门”这姿态既英勇又尴尬。而“影的告别”彷徨于明暗之间，彷徨于无地。单是集子的书名，也能凸显鲁迅言说位置的“中间物”状态。“南腔北调”标示了国（族）语时代流离者方言乡音的驳杂不纯，“二心集”涉及的是萨义德所谓“多重忠诚”的问题，“且介亭”（半租界）不仅是居住的空间位置，更凸显了殖民与被殖民带来的暧昧发言位置。

由这样一个位置，“代表”或“再现”的问题就显得非常审慎。萨义德揭露欧洲如何发明“东方”，却不愿意指证“真正的东方”是什么样子。因为这样做他就变成他笔下的“东方主义者”，将一种想象强加给自己的族人。鲁迅一直怀疑自己的笔是否真的画出了国人的灵魂，逃“导师”的纸冠唯恐不及，最不相信的是翻着筋斗，摇身一变（用萨义德的术语是“改宗”），指着自己的鼻子说“唯我代表了无产阶级”的革命文学家。

三、对位阅读法

这样一个流动的位置，除了彷徨、苦痛、格格不入，正面的有利之处也应该强调。“大多数人主要知道一个文化、一个环境、一个家，流亡者至少知道两个。这个多重视野产生一种觉知：觉知同时并存的面向，而这种觉知——借用音乐的术语来说——是对位的（contrapuntal）。……流亡是过着习以为常的秩序之外的生活。它是游牧的、去中心的、对位的；但当一习惯了这种生活，它撼动的力量就再度爆发出来。”（萨义德《寒冬心灵》）所谓对位批评，萨义德曾经在他的《文化和帝国主义》里做过详细的阐述：“在西方古典音乐的旋律配合里，各种主题相互掣肘，任何特定的主题只能暂时不受节制；然而在作为结果而产生的复调音乐里，却有着协奏和秩序，一种有组织的相互作用。”在旋律配合（counterpoint）里，配合是个对抗的术语，而在旋律配合的音乐技巧里，会出现“音调对音调”的短句。萨义德论证说，“按照同样的方式”，反帝国的主题可以针对迄今许多西方文化杰作的主流解释来阅读。（萨义德《文化和帝国主义》）例如吉卜林，可以是一个帝国主义者，一个东方主义者，也可以是一个伟大的作家。令萨义德真正感兴趣的，正是“这两种情形共存”。

对萨义德来说，多重参照的视觉带来“惊奇”。鲁迅则着眼于“从旧垒中来，情形看得较为分明，反戈一击，易制强敌的死命”。从方法上讲，萨义德的“对位阅读法”取喻音乐，关键在于“通过现在解读过去”，“回溯性地和多调演奏性地”来阅读，这无疑得自他深味了地缘政治不同主题的变异和连接。而鲁迅对音乐不感兴趣，爱好的反而是使萨义德感到“视觉惶恐”的绘画，但显然也分享了他的“年代错位法”，最拿手的“文明批评”，是证明“过去并没有过去”。

萨义德曾经引过一位记者的话：“作为一个记者，必须在一种假设下工作，即所有政府的官方报道都是弄虚作假。”这里涉及的是权力与叙事的关系。萨义德说，知识分子的社会角色就是提供另类的叙事版本，从知识上、道德上、政治上引发讨论。“知识分子是具有能力‘向’（to）公众以及‘为’（for）公众来表征，具现，表明讯息、观点、态度、哲学或意见的个人。而且这个角色也有尖锐的一面，在扮演这个角色时必须意识到其处境就是公开提出令人尴尬的问题，对抗（而不是产生）正统与教条，不能轻易被政府或集团收编，其存在的理由就是表征那些惯常被遗忘或弃置不顾的人们和议题。知识分子这么做时根据的是普遍的原则：在涉及自由和正义时，全人类都有权期望从世间权势或国家中获得正当的行为标准；必须勇敢地指证、对抗任何有意或无意违犯这些标准的行为。”〔3〕

〔3〕 萨义德《知识分子论》，台北：麦田出版，1997，页48-49。

我由此想到的是鲁迅关于援引“野史”来质疑“正史”，关于扫除“瞒与骗”，关于“读字里行间”，关于“推背图”等一系列用于阅读权势者叙事的方法。

四、“推背图”法

所谓“推背图”法，鲁迅说是“从反面来推测未来的情形”：

> 上月的《自由谈》里，就有一篇《正面文章反看法》，这是令人毛骨悚然的文字。因为得到这一个结论的时候，先前一定经过许多苦楚的经验，见过许多可怜的牺牲。本草家提起笔来，写道：砒霜，大毒。字不过四个，但他却确切知道了这东西曾经毒死过若干性命的了。[4]

这方法来源于痛苦与牺牲，来源于读者的“当代现实”，但是“推背图”法要比“正面文章反看法”复杂得多。为什么呢？因为“我们日日所见的文章，却不能

〔4〕 鲁迅《推背图》，《鲁迅全集》第五卷《伪自由书》，北京：人民文学出版社，1981，页91。

这么简单。有明说要做，其实不做的；有明说不做，其实要做的；有明说做这样，其实做那样的；有其实自己要这么做，倒说别人要这么做的；有一声不响，而其实倒做了的。然而也有说这样，竟这样的。难就在这地方”。[5]“说”与“做”，“明”与“暗”，“自己”与“别人”，“这样”与“那样”，排列组合，变幻莫测。这是做文章之难，也是读文章之难。

官方叙事的文本总是存在着不可为外人道也的解读密码。鲁迅在他晚年的一篇类乎“童话”的杂文中揭示了这一点：

> 有一个时候，有一个这样的国度。权力者压服了人民，但觉得他们倒都是强敌了，拼音字好像机关枪，木刻好像坦克车；取得了土地，但规定的车站上不能下车，地面上也不能走了，总得在空中飞来飞去；而且皮肤的抵抗力也衰弱起来，一有紧要的事情，就伤风，同时还传染给大臣们，一齐生病。
>
> 出版有大部的字典，还不止一部，然而是都不合于实用的，倘要明白真情，必须查考向来没

〔5〕 鲁迅《推背图》，页91。

有印过的字典。这里面很有新奇的解释，例如："解放"就是"枪毙"；"托尔斯泰主义"就是"逃走"；"官"字下注云："大官的亲戚朋友和奴才"；"城"字下注云："为防学生出入而造的高而坚固的砖墙"；"道德"条下注云："不准女人露出臂膊"；"革命"条下注云："放大水入田地里，用飞机载炸弹向'匪贼'头上掷之也。"

出版有大部的法律，是派遣学者，往各国采访了现行律，摘取精华，编纂而成的，所以没有一国，能有这部法律的完全和精密。但卷头有一页白纸，只有见过没有印出的字典的人，才能够看出字来，首先计三条：一，或从宽办理；二，或从严办理；三，或有时全不适用之。〔6〕

"可钳而纵，可钳而横……可引而反，可引而覆。虽覆能复，不失其度。"鲁迅曾说《鬼谷子》里的这一段最是可怕。鲁迅指出官方文本中的编码秘密，指出能指与所指的"不同一性"，而隐瞒这种"不同一性"正是权力运作的奥妙之所在。与当代新儒家天真无邪地相

〔6〕 鲁迅《写于深夜里》，《鲁迅全集》第六卷《且介亭杂文末编》，北京：人民文学出版社，1981，页103。

信历史上的官方记载大为不同，鲁迅认为其必须参考行政施法时的“老手段”一起阅读：“中国老例，凡要排斥异己的时候，常给对手起一个诨名——或谓之‘绰号’。这也是明清以来讼师的老手段；假如要控告张三李四，倘只说姓名，本很平常，现在却道‘六臂太岁张三’‘白额虎李四’，则先不问事迹，县官只见绰号，就觉得他们是恶棍了。月球只一面对着太阳，那一面我们永远不得见。歌颂中国文明的也惟以光明的示人，隐匿了黑的一面。譬如说到家族亲旧，书上就有许多好看的形容词：慈呀，爱呀，悌呀……又有许多好看的古典：五世同堂呀，礼门呀，义宗呀……至于诨名，却藏在活人的心中，隐僻的书上。”〔7〕因此历史不是别的什么史，而是效果的历史，鲁迅简单地概括为“儒效”二字。〔8〕

当“正人君子”们占据了“公理”“正义”等“好看的名目”，鲁迅却认为必须揭示“麒麟皮下的马脚”。这令人联想到鲁迅早年心仪的尼采，以及萨义德引用尼采的这段总结性话语：“什么是真理？真理是一支游动的军队，是一大群隐喻、转喻和拟人化方式；是经过

---

〔7〕鲁迅《补白》，《鲁迅全集》第三卷《华盖集》，北京：人民文学出版社，1981，页103。

〔8〕另一个天真无邪的当代例子是学者倡“第二次思想解放”，引20世纪60年代的“鞍钢宪法”（两参一改三结合）为“制度创新”的方向。同样是未能看到“月球的另一面”，把文本等同于现实了。

诗化、修辞加工后被换位、被修饰得十分凝练的人类关系总和；这些关系在经过长时间的使用后对于某一个民族而言意味着不变、经典，且具有约束力。真理就是幻象，只不过我们忘了这一事实而已。真理是隐喻，但它们已经陈旧不堪，毫无感官力量，它们如同钱币失去了喻意而仅仅是金属。”真理是历史的产物，它借助社会、政治和语言机构而继续生存。知识分子的使命是对权势说真话，其中的一种方法是重新激活那些隐喻和转喻，使真理历史化，也就是说，使被侮辱被损害的人的声音浮出地表。

［载《杭州师范大学学报（社会科学版）》，
二〇〇五年第一期］

同是天涯沦落人

——一个“叙事模式”的抽样分析

一

中国古代的知识分子，有意无意地，总爱在文学创作中把自己的历史命运，与妇女的命运做着有趣的类比。始作俑者，似乎是楚之屈原，在他的《离骚》里，自誉为“美人”，把政敌的谗害，比作“众女嫉余之蛾眉兮，谣诼谓余以善淫”。倘说这还只是一种浪漫主义的象征和寄托，那么到了汉唐以后，这便成了一种有意识运用的委婉手法。试读这两首唐诗：

王建《新嫁娘词》

三日入厨下，洗手作羹汤。
未谙姑食性，先遣小姑尝。

朱庆馀《闺意献张水部》

洞房昨夜停红烛，待晓堂前拜舅姑。

妆罢低声问夫婿，画眉深浅入时无？

把知识分子在仕途上的小心翼翼、战战兢兢，完全融入新媳妇微妙的心理状态之中，而且多么体贴而细致！当然更多的作品，是以妇女的失宠为题材，寄托他们自己怀才不遇的一腔愁绪。陈阿娇、王昭君，历代吟咏不绝。把这类作品一概归纳为反封建或对妇女不幸的同情，未免隔了一层。所遇非人之感，团扇到了秋天就给“挂起来”之感，才是此中郁积着的浓得化不开的心理“情结”。李商隐的“无题”诗到底谈爱情还是谈政治？这两面的账目本来就有点扯不清。真正的艺术品大概总是多层次、多结构的。何况，中国的政治历来就是伦理化了的政治，伦理是政治化了的伦理呢。

因此，这种类比甚至可以在西汉大儒董仲舒奠定的最高政治原则里找到合法的依据。“君为臣纲，父为子纲，夫为妻纲。”君臣关系、父子关系与夫妻关系同构，忠臣、孝子与节妇并提。这里，父子关系是由于血缘，命中注定，无选择余地。唯有夫妻关系与君臣关系类似，有后天知遇的因素。待价而沽、择良而嫁、男才与女貌，文韬武略与色艺双绝，都期待着实现其应有的价值。不幸，这希望却总是落空。“不才明主弃”（孟浩然）固然是一句愤激的反话，“人生失意无南北”（王安石），亦不过是用一种悲剧来安慰另一种悲剧罢了。

这真是一个有趣的现象。虽则“以孝治天下”是政治上至关紧要的事，“爱民如子”的赞词却多半献给父母官而不是皇上。文学里几乎找不到用父子关系来比拟君臣关系的例子，把君王比作“慈父”或“生身的父亲”极可能是大逆不道的僭妄。相反，我们的古典文学，对一身而兼有臣与妻的双重“社会角色”的皇后、贵妃却极为关注，倾注了最大的创作热情和欣赏兴趣。显然，在她们身上，寄托了文人学士对“明主”一往情深的期望。这顺便也解释了为什么《梧桐雨》《长生殿》一类的戏剧，把政治上受谴责的杨贵妃与“爱情”上受同情的杨贵妃两相结合，而毫不理会这里的生硬勉强。早在钟嵘的《诗品·序》里，就道出了两类题材与文学的密切相关性：“至于楚臣去境，汉妾辞宫……或士有解佩出朝，一去忘反；女有扬蛾入宠，再盼倾国。凡斯种种，感荡心灵，非陈诗何以展其义？非长歌何以骋其情？”

可是，皇后、贵妃高居宫阙，只能是知识分子单方面借以抒情的对象。陈阿娇请司马相如写《长门赋》出了高价，只不过表明她懂得文学作为宫廷争宠的工具价值。真正能够与文人学士惺惺相惜的，恐怕还是唐代以来那些沦落风尘的女子。恩格斯曾经谈到过，表现了中世纪真正个人性的“热恋”的，是歌颂骑士之爱的“破晓歌”。同样，在中国古代的家族制度里，夫妻的关系是所谓“上床夫妻，下床朋友”，平时须得“相敬如宾”，定要在表面上做出中规中矩的模样儿来。只有在逃避了礼教监督的北里青楼，真正个人性的“热恋”才能自然地流露出来。如名妓鱼玄机的诗：“易求无价宝，难得有心郎。……自能窥宋玉，何必恨王昌。”闺秀纵有才情和苦闷，也是吟咏不出来的。而文人学士与风尘女子的唱和共鸣，多不在其飞黄腾达之日，而在其落魄失意之时（“为赋新诗强说愁”者除外）。一种情况是科举落第，如柳永名落孙山之后，就填了一阕《鹤冲天》，说是“烟花巷陌……幸有意中人堪寻访”，“忍把浮名，换了浅斟低唱”。再一种情况是贬谪在外。士大夫除非做了高官籍了厚禄，可以携家到任外，大都在游宦幕府和羁旅中消磨半生光阴，只身千里，举目无亲，驿馆凄凉，一灯如豆，唯有北里青楼之类的所在，能找到点温柔的安慰。而白居易的《琵琶行》，则尖锐地把“门前冷落鞍马稀，老大嫁作商人妇”与“谪居卧病浔阳城”两种命运相连接，借浔阳江头一曲琵琶，道出了流传千古的名句：“同是天涯沦落人，相逢何必曾相识！”

倘说这还只是个别人的升降浮沉、盛衰荣辱，那么到了元代，“士”作为一个阶层，整个被抛入社会的底层。据清人魏源《元史新编·选举志》云：“明人说部称：蒙古代宋，第其人为十等，有一官，二吏，三僧，四道，五兵，六农，七匠，八倡，九儒，十丐之说。”这条史料是否可靠且不去管它，我们知道，蒙元（1234—1368）百余年的统治之中，倒有八十一年（1234—1314）废除了科举，在整整五分之四个世纪的漫长岁月里，知识分子们满腹经纶，却绝了唯一的进身之阶。他们的命运与妇女命运的历史关系，便由一般性的象征、类比和共鸣，现实地发展为具体地同甘苦共患难。大戏剧家关汉卿便“以为我家生活，偶倡优而不辞”，他长期生活在瓦肆勾栏之中，与倡优混在一起，有时也可能亲自参加演出。这一“具体化”的历史过程在艺术上的表现，便是由抒情的诗化向叙事的戏剧化（尽管仍非常抒情）转移。其中的一大成就，是风尘女子的形象从诗意化的玫瑰色虹彩中走到了充满“酒色财气”的日常生活中来。既有一入门就“气死了大浑家”，然后又放火烧屋，推夫下河，与人逃走的心狠手辣的张玉娥（《货郎旦》），也有见义勇为，凭着些“风月手段”搭救自家姐妹的，聪明机智的赵盼儿（《救风尘》）。没有知识分子历史地位的变化和杂剧艺术的兴起与成熟，这两类形象都是无法想象的。

但是，从另一面看，诗意化的象征、类比，能对知识分子与妇女命运的历史关系做出较高层次的艺术概括，叙事的戏剧化却常把人物遭遇“坐实”，并纳入“悲欢离合”的必要程式，而把事件的历史内容狭窄化。比较一下依据白居易的《琵琶行》“改编”的元杂剧《青衫泪》(马致远)，这一点可以看得很清楚：

> 自古来整齐风化，必须自男女帏房。但只看关雎为首，诗人意便可参详。裴兴奴生居乐籍，知论礼立志刚方。见良人终身有托，要脱离风月排场。老虔婆羊贪狼狠，逼令他改嫁茶商。裴兴奴心坚不变，只等待司马还乡。老虔婆使奸定计，写假书只说身亡。遂将他嫁为商妇，一帆风送至浔阳。正值着江干送客，闻琵琶相遇悲伤。与故人生死相别，弹一曲情泪千行。放逐臣偏多感叹，两悲啼泪湿衣裳。从前夫自有明例，便私奔这也何妨。今日个事闻禁阙，断令您永效凤凰。白居易仍居旧职，裴夫人共享荣光。老虔婆决杖六十，刘一郎流窜遐方。这赏罚并无私曲，总之为扶植纲常。便揭榜通行晓谕，示臣民恪守王章。

这是结尾处由“外”角扮唐宪宗念的一大段判词，算是全剧的一个总结。撇去那些不伦不类的有关“风化”“纲常”的陈词滥调不提，你可能首先注意到，对《琵琶行》的最大“歪曲”，是把“相逢何必曾相识”改为原先在长安即“终身有托”。带普遍性的精神共鸣被缩小为个人间的恩怨相报，“老大嫁作商人妇”里“老大”二字所蕴含的心理悲剧，被老虔婆的“羊贪狼狠”所遮盖，偶然相逢时的灵犀相通被淹没在“仍居旧职”“共享荣光”的俗套之中。在诗里，共鸣和感叹虽然空泛，却不失为一种“艺术的解决”。戏剧的程式相对地允许展开较多的社会场景，引入较为细致真实的人物纠葛，但真实的矛盾在那种历史条件下却不得不借助虚假的公式化的解决，这一解决离道德化了的政治近，离艺术却远。这里，透过写意的诗的结构向相对写实的戏剧结构的转变，你体验到的却是从唐代到元代知识分子在精神境界上的某种差异。由恢弘而日渐褊狭，由开放而日渐封闭，由空灵而日渐滞实，这似乎是自宋以来时代精神和审美意识的一种衍变，在元代空前的政治压迫下显示出其极致。无法自由呼吸的思想往往滞留在日常生活的表面，尽管这并不妨碍人们做“白日梦”。

元杂剧的体制，一般是四折曲词由一个主要演员唱到底。就整套曲词来看，可以说是一种第一人称的叙事角度。《青衫泪》是旦角戏，全部曲词是由扮演裴兴奴的正旦来唱的，这就把《琵琶行》里白居易的第一人称角度移到了“商人妇”身上。（甚至在第三折里，白乐天写就《琵琶行》之后，也是由裴兴奴念将出来，念完还道白一句：“相公为高才也！”）角度的转移主要是因为裴是唯一可以在每一折里出场的人物。但是，这也就提供了一面镜子，照见元代知识分子希望在下层妇女那边看到自己的形象是怎样的。倘说《琵琶行》是一层共鸣，那么《青衫泪》则是一层“反（返）共鸣”，是对着镜子作的自画像，层次的增加使得这里的心理内容变得丰富而微妙了。

在第二折里，裴兴奴思念贬谪江州的白乐天，唱道：

〔滚绣球〕你好下得白解元，闪下我女少年。道不得可怜而见，他又不曾故违着天子三宣。〔云〕人说白侍郎吟诗吃酒，误了政事，前人也有这等的。〔唱〕只那长安市李谪仙，他向酒里卧酒里眠，尚古自得贵妃捧砚，常走马在五凤楼前。偏教他江州迭配三千里，可不道吏部文章二百年，甚些的纳士招贤？

这是在毫无生路的绝望中对“辉煌的旧梦”的怀念。元代士人被严重压抑的功名心，往往“升华”为两类相反相成的情绪，在杂剧里表现出来。一类是对历史上功成名就者酣畅淋漓的讴歌，如《周公摄政》(郑光祖)、《追韩信》(金仁杰)、《气英布》(尚仲贤)、《王粲登楼》(郑德辉)，无不是些恃才傲物的角色，虽经曲折却终于建功立业，一展其文韬武略。一类则是对隐逸者的渲染，看透了功名利禄，“人我是非”，标榜神仙之乐，如《陈抟高卧》(马致远)、《火烧介子推》(狄君厚)、《垂钓七里滩》(宫天挺)，都说是：“俺这草舍花栏药畦，石洞松窗竹几，您这玉殿朱楼未为贵。”这是同一种心理的两面，一面是：“我们先前……比你阔多了！”另一面是：“孙子才姓赵呢！”

凡此种种，当然可以引用弗洛伊德著名的“升华”理论来说明。可是，清代剧作家李渔在《笠翁偶寄》卷二《宾白》里，讲得甚是分明：“予生忧患之中，处落魄之境，自幼至长，自长至老，总无一刻舒眉。惟于制曲填词之顷，非但郁藉以舒，愠为之解，且尝僭作两间最乐之人。……未有真境之所为，能出幻境纵横之上者。我欲做官，则顷刻之间便臻富贵。……我欲作人间才子，即为杜甫李白之后身。我欲娶绝代佳人，即作王嫱、西施之原配。”这也是对元杂剧的最佳说明。文艺作品作为文人学士主观情怀的排遣、慰藉、补偿，却同时也是社会生活的一种反映，一种对真实处境的完全相反的印象，这也许是机械唯物论的文艺理论所难以解释

的。(参看钱锺书《诗可以怨》)

在《青衫泪》里，写得最情深意切的，便是裴兴奴见到假传死讯的书信后，一边烧纸浇酒祭奠，一边唱的那一套曲子，略举几支如下：

〔滚绣球〕你文章胜贾浪仙，诗篇压孟浩然，不能勾侍君王在九间朝殿，怎想他短卒律命似颜渊。今日扑通的瓶坠井，支楞的琴断弦，怎能勾眼前面死魂活现？你若有灵圣，显形影向月下星前，则这半提淡水招魂纸，侍郎也当得你一盏阴司买酒钱，止不住雨泪涟涟。

〔一煞〕兴奴也，你早则不满梳绀发挑灯剪，一炷心香对月燃。我心下情绝，上船恩断，怎舍他临去时舌奸，至死也心坚。到如今鹤归华表，人老长沙，海变桑田。别无些挂恋，须索向红蓼岸绿杨川。

〔二煞〕少不的听那惊回客梦黄昏犬，聒碎人心落日蝉。止不过临万顷苍波，落几双白鹭，对千里青山，闻两岸啼猿。愁的是三秋雁字，一夏蚊雷，二月芦烟。不见他青灯黄卷，却索共渔火对愁眠。

不能不说，这才是落魄的知识分子所得到的最真挚的慰藉和温暖。相形之下，功成名就的辉煌也好，隐逸山林的闲适也好，无不黯然失色。甚至可以说，倘没有这一套曲词，《青衫泪》的艺术价值就很可怀疑了。

这部杂剧里还有一点值得注意，便是对《琵琶行》里并未露面的那位“商人”的恣意丑化和诅咒。大团圆的结局并不是对所谓“封建势力”的胜利，而是对“贪财”的老虔婆和那位“赔了夫人又折钱”的茶商的胜利，是士大夫的高雅对市井的鄙俗的胜利，是“才”对“财”的胜利，“权”对“钱”的胜利。在商人的地位实际上高于“八倡九儒”的元代，这一胜利不仅是阿Q式的“精神胜利”，而且是中国社会“重农抑商”根深蒂固的传统观念的胜利。

二

从隋唐以来到二十世纪初漫长的科举史中，元代那七十七年的中断不过是一个反常现象。历代打下江山的皇室，虽能“以马上得之，不能以马上治之”，毕竟还要靠士大夫的那一套来“治国平天下”。知识分子则依据着几亩田园，将儒道两面做着战略性的运用：进则以儒家的进取精神，从事致君泽民，退则以道家的无为态度，从事优游肥遁。有时候“退”却是为了更好地“进”，昂其身价以待“明主”来三顾茅庐。客观来看，不能不说，《青衫泪》等元杂剧里的种种“白日梦”，仍然有其合理的历史依据，那迟缓发展的历史仍在“应许”着使之变为现实的可能性。

当我们把目光匆匆移到二十世纪初，便发现欧风美雨冲击下的中国知识分子，进和退都遽然失了根基。老路消失了，新路在哪里呢？他们仿佛被连根拔了出来，处在极度的彷徨、孤寂、苦闷和悒郁之中。倘说元代知识分子的“白日梦”还期待着历史的回答，他们却从心底里明白“老调子已经唱完”。他们是“怀乡病者”——

> 当日光与夜阴接触的时候，在茫茫的荒野中间，头向着了混沌宽广的天空，一步步的走去，既不知道他自家是什么，又不知道他应该做什么，也不知道他是向什么地方去的，只觉得他的两脚不得不一步一步的放出去……[1]

在他们身后是无法“归去来兮”的“将芜”的“田园”，在他们面前是一片虽然开阔却迷茫的原野。从前是目标无法实现的苦闷，但毕竟还有着由历史条件所决定

---

〔1〕郁达夫《怀乡病者》，《郁达夫文集》第一卷，广州：花城出版社，香港：生活·读书·新知三联书店，香港分店（联合编辑），1982，页147。

的明确的目标；如今则是没有目标或目标模糊不清的苦闷，醒来之后无路可走的苦闷。醒来的“人之子”，由于他们的生活条件和文化背景，在对旧礼教的反抗中感受最直接、最具体的，是对现代性爱的要求。而在这新旧杂糅的时代，知识分子与妇女命运之间的历史关系，也就变得异常纷纭复杂。五四时期思想界、文学界对婚姻爱情问题极为热烈乃至激烈的关注，正是这一复杂的历史关系的一种体现。摆脱了“夫为妻纲”的旧伦理道德的女性，正如从“君为臣纲”中解放出来的知识分子一般，面前同样悬着这样一些问号：我们从哪里来？我们是谁？我们向哪里去？于是，一身而兼知识分子与妇女双重社会角色的“新女性”，就成了五四以来新文学最引人注目的艺术形象。梅女士也好（茅盾），莎菲女士也好（丁玲），一问世就令过往的皇后贵妃诸种形象黯然失色。

但是，历史的不平衡发展，甚至集中体现在各个阶层自我觉醒的并不“同步”之中。上下求索的先觉者在人生的苦斗之际，环顾四周，能够与之对话的“女同志”如此寥寥！强加给他们的，仍然是“父母之命，媒妁之言”的旧式婚姻。这几乎成了二十世纪初最先觉醒的知识者最难以忍受的重负。鲁迅在《随感录四十》里沉痛地说：“我们既然自觉着人类的道德，良心上不肯犯他们少的老的的罪，又不能责备异性，也只好陪着做一世牺牲，完结了四千年的旧帐。”郁达夫则在《沉沦》里大声地呼喊：

> 知识我也不要，名誉我也不要，我只要一个能安慰我体谅我的“心”。一副白热的心肠！从这一副心肠里生出来的同情！
>
> 从同情而来的爱情！
>
> 我所要求的就是爱情！
>
> 若有一个美人，能理解我的苦楚，她要我死，我也肯的。
>
> 若有一个妇人，无论她是美是丑，能真心真意的爱我，我也愿意为她死的。
>
> 我所要求的就是异性的爱情！〔2〕

这是对现代性爱的强烈要求：不是附着在“功名”上的恩爱，也不是男才女貌的搭配，而是像恩格斯所说的“以所爱者的互爱为前提的”“双方甘冒很大的危险，直至拿生命孤注一掷”的现代意义上的爱情。当这种要求无法实现的时候，郁达夫笔下的知识者，也每每循

〔2〕 郁达夫《沉沦》,《郁达夫文集》第一卷，页24—25。

了旧式文人的老路，到烟花巷陌去寻求安慰。倘说历史的发展使得宋元之后的倡优们，由“卖艺”为主蜕变为“卖身”为主，那么文学的发展，也早把“狭邪”题材上诗意的光环驱散无余了。郁达夫在一篇为自己的小说《秋柳》辩护的文章里写道：中国的妓女，“她们所极力在那里模仿的，倒反是一种旧式女子的怕羞、矜持、娇喘轻颦，非艺术的谎语，丑陋的文雅风流，粗俗的竹杠，等等，等等。所以你在非常烦闷的时候，跑到妓院里去，想听几句你所爱听的话，想尝一点你所爱尝的味，是怎么也办不到的”。“末了我还要告诉读者诸君，不要太忠厚了，把小说和事实混在一处。更不可抱了诚实的心，去读那些寒酸穷士所作的关于妓女的书。什么薛涛啦，鱼玄机啦，举举啦，师师啦，李香君啦，卞玉京啦……这些东西，都是假的，现实的妓女，终究还是妓女，请大家不要去上当。”[3]在《秋柳》里，不再有“色艺双绝”的佳人，却只有鲁钝、憔悴的海棠、荷珠一类的下层“卖笑人”。元杂剧《青衫泪》里着重在精神层次上的“怜才惜玉”和伦理层次上的“悲欢离合”，在郁达夫笔下却突出了生理心理层次上的欲念和无聊。他并没有，也无法在这里找到他所要求的“异性的爱情”，

〔3〕 郁达夫《我承认是“失败了”》，《晨报副镌》，1924年12月26日。

更多的只是在他的“欲情净化”之后，由自怜自爱而旁及的对下层妇女的同情。由“灵”向“肉”的揭露意味着旧道德的崩溃和对它的有意挑战，由“肉”向“灵”的升华却可能意味着新世纪人道主义乃至社会主义精神的萌芽。在“灵一肉一灵”这个郁达夫用惯了的程式里，新旧道德就是这样五光十色地交错杂陈，蕴含着那个过渡时代的血和泪、悲剧和悲喜剧。

体现着这种复杂的新旧交替的，固然有《采石矶》《碧浪湖的秋夜》这样的历史小说，郁达夫借清代文人黄仲则、高鹗之酒，浇自家胸中块垒，抒发孤高愤世、恃才傲物的一腔牢骚或佯醉遁世的闲情逸致，证明着在这一代知识分子的血管里，也还流着屈原、李白、白居易或介子推、严陵、陶渊明等人的血液。但是，更应引起我们注意的，是作者自己说是“多少也带一点社会主义的色彩”的《春风沉醉的晚上》。

场景不再是偎红依翠的烟花巷陌或江枫芦荻的浔阳江头，而是上海贫民窟一个黑沉沉的阁楼，隔成了内外两间小房。角色也不再是色艺双绝的风尘女子，而是N公司烟厂一个十七岁的女工陈二妹。第一人称的“我”也不是曾经发迹或必然发迹的落魄士大夫，而是一位留过洋的失业的学生，被失眠和神经衰弱折磨得萎靡不堪，清醒时译“几首英法的小诗，和几篇不满四千字的德国的短篇小说”，希冀着换点稿酬挨日子。抒情的诗意化在这里被进一步削弱，至少是被代之以现代的“诗意”。新文学把真正的底层生活迎进艺术的殿堂，艺术却因此获得全新的震撼人心的力量。因此也就无须借助“悲欢离合”的老套，偶然性的“相逢何必曾相识”重新成为一个深蕴历史内容的精彩场面——

> “你何以只住在家里，不出去找点事情做做？”
>
> “我原是这样的想，但是找来找去总找不着事情。”
>
> “你有朋友么？”
>
> “朋友是有的，但是到了这样的时候，他们都不和我来往了。”
>
> “你进过学堂么？”
>
> “我在外国的学堂里曾经念过几年书。”
>
> “你家在什么地方？何以不回家去？”
>
> 她问到了这里，我忽而感觉到我自己的现状了。因为自去年以来，我只是一日一日的萎靡下去，差不多把“我是什么人”，“我现在所处的是怎么一种境遇”，“我的心里还是悲还是喜”这些观念都忘掉了。经她这一问，我重新把半年来困苦的情形一层一层的想了出来，所以听她的问话以后，我只是呆

呆的看她，半晌说不出话来。她看了我这个样子，以为我也是一个无家可归的流浪人，脸上就立时起了一种孤寂的表情，微微的叹着说：

“唉！你也是同我一样的么？”[4]

这一段平实无华的对话和描写，语言像水洗过了一样的干净，实在比之浔阳江头一曲琵琶毫不逊色。你更注意到了知识者的处境所引起的在烟厂女工那一面的认同，与《琵琶行》所取的是一种反向的角度。这里的“同”已不仅仅是某种身世的类比，而具有实质性的历史地位的相同：他们都是无家可归的人，是永远离开了农村的都市人；他们都是用体力或智力——劳动力作为商品去换取报酬的人。这里甚至失去了“劳心”“劳力”的传统界限和高低贵贱之分，只有“有业”和“失业”之分。小说里的“我”就是这样想的：“这女孩子真是可怜，但我现在的境遇，可是远赶她不上，她是不想做工而工作要强迫她做，我是想找一点工作，终于找不到。就去作筋肉的劳动罢！啊啊，但是我这一双弱腕，怕吃不下一部黄包车的重力。”当你凝视着我们论及的叙事模式，看到那位总有一天会官复原职

〔4〕 郁达夫《春风沉醉的晚上》,《郁达夫文集》第一卷，页 242。

或金榜题名的落魄士人，那位深深赏识才子的内在价值而预备着共享荣华的绝代佳人，都突然消失得无影无踪的时候，你意识到这里意味着历史跨过了多么巨大的步幅么？我们的男女主人公都被抛到了出卖劳动力为生的“求职者”的位置上，把在这样的共同命运中的慨叹和反省，仅仅看作是小资产阶级知识分子对劳动人民的同情，未免就把此中蕴含的历史内容狭窄化了。

但是，真正“带一点社会主义的色彩”的，恐怕还在于郁达夫写出了由知识者眼里看到的烟厂女工的正直的善良品质。这样一种略带仰视的角度是过往时代的同一模式里从未有过的，这样的思想认识和感情确实是新的世纪里全新的因素。半夜的散步，五元钱的稿酬，引起陈二妹的猜疑和直言相劝，当误会消除了，“她颊上忽而起了两点红晕，把眼睛低下去看着桌上，好像怕羞似的说：‘……你若能好好儿的用功，岂不是很好么？你刚才说的那——叫什么的——东西，能够卖五块钱，要是每天能做一个，多么好呢？’”这里所说的“好好儿的用功”，方向和目标也不是为了“治国平天下”，而是在正道上“做东西卖钱谋生”。从这些极细微之处，也可见出价值观念的衍变。于是，情节急剧地发展为典型的“郁达夫式”的高潮——

> 我看了她这种单纯的态度，心里忽而起了一种不可思议的感情，我想把两只手伸出去拥抱她一回。但是我的理性却命令我说：
>
> “你莫再作孽了！你可知道你现在处的是什么境遇！你想把这纯洁的处女毒杀了么？恶魔，恶魔，你现在是没有爱人的资格的呀！”
>
> 我当那种感情起来的时候，曾把眼睛闭上了几秒钟，等听了理性的命令以后，我的眼睛又开了开来，我觉得我的周围，忽而比前几秒钟更光明了。……[5]

郁达夫式的“欲情净化”，在这里却获得相当深远的社会历史内涵。在“灵”与“肉”的搏斗里，人道主义的理性掺杂着自我谴责的复杂情感。“莫再作孽”的“再”字与连呼两声“恶魔”，暗示着这位知识者前半生坎坷、泥污的道路。在“同是天涯沦落人”的灵犀相通中，郁达夫痛苦地意识到、反省着这里的“同中之异”。在另一篇也是写劳动者的《薄奠》里，星月惨淡凄凉，狭巷灰黑静寂，“我”听着人力车夫的诉苦，“觉得这些苦楚，都不是他一个人的苦楚”。“我真想跳下车来，同他抱头痛哭一

〔5〕 郁达夫《春风沉醉的晚上》，页249—250。

场。”然而，这却不能：“我着在身上的一件竹布长衫，和盘在脑海里的一堆教育的绳矩，把我的真率的情感缚住了。”这样的痛苦，是从“旧营垒中来”的阶级背叛者的痛苦，是面对着必然的历史进程走向新兴的阶级时的痛苦。这就预示了我们的“叙事模式”的一种发展趋势：劳动者的形象日渐高大而纯正，知识者对自己身上的“鬼气”日渐自惭形秽。面对着劳动妇女的正直和善良，“欲情净化”就不仅是一种生理、心理、道德上的自我超越，而且带有某种历史哲学意味的升华了。

过渡时代的苦况不同于元代那种“中断”式的苦况。后者寄希望于“断而后续”的可能性，因而采用“悲欢离合”的封闭式叙事结构，使“大团圆”的白日梦在戏剧里得到欢天喜地的实现，这里有着某种历史的合理性。过渡时代的苦况是茫然不知路在哪里，郁达夫用抒情性的自我反省使小说处于开放的状态。在那个春风沉醉的晚上，我们不知道他将如何生活下去，也不知道他与陈二妹的关系会有怎样的发展。一切都可能发生，一切都正在发生，开放的结构令人在茫然、偶然中认识必然，于无限的可能性中寻求现实性，在失望中孕育希望。

小说中还有“带一点社会主义的色彩”的，是女工对 N 公司烟厂的诅咒，以及“我”受了估衣铺店员的奚落后心里的愤恨。你忽然认出了那个茶商刘一郎的影子，那个以日渐庞大的金钱势力威胁着书香门第，腐蚀着整个社会的可怕的影子。然而这不单是站在“现代寒士”立场上的诅咒，而且是站在自发的无产者的立场上的诅咒。它不再具体化为一个委琐可笑的暴发户的形象，而是如烟囱的黑烟、汽笛的嘶叫一样弥漫天空，以一个抽象化了的阴影笼罩在“天涯沦落人”的相逢相识之上。如果我们不是用科学社会主义的理论认识来苛求前人，那么就应该承认，这里显然并不是为了要有“社会主义色彩”而外加的标语口号，而是作家模糊地意识到的历史内容出现在我们的“叙事模式”时的“题中应有之义”。

三

社会主义制度的建立彻底改变了知识分子和妇女的历史命运。然而也出现过某种“中断”和“断而后续”的历史状况。仿佛是一种讽刺性的巧合，知识分子又一次陷入类乎“九儒”的地位。这个“中断”不是由于异族的入侵，也不是由于敌对阶级之间的战争，而是由于我们自己的原因。由于“无产阶级专政下继续革命的理论和实践”的激进性、斗争性和权威性，以及别的一些复杂原因，知识分子普遍在自我鞭挞中茫然失措。如果说，山林、田园乃至穷街僻巷或烟花闹市，曾经是中国知识分子身处乱世时精神上的“逋逃薮”，那么，在新的历史条件下，九百六十万平方公里的土地上处处都只能是他们改造的场所。如果说，“天生我材必有用”的豪情，曾经是支撑中国知识分子在颠沛流离中坚定的信念，那么，种种最激进的理论已摧毁了这些“个人主义”的“野心”和幻想。他们仿佛成了新时代的“多余的人”，不是那种找不到目标的“零余者”，而是除了活着不许再有任何目标的“零余者”。过往时代的落魄或贬谪，自然地把知识分子抛到了与人民相接近的下层。如今，知识分子中的相当一部分人，在相当长的一段时日里，被宣布为人民的异己者，他们与人民的接近经由了更为曲折艰难的途径。

在这样的历史风雨中，被抛到“清水”“血水”“碱水”里的知识分子，他们与下层妇女的相逢、相识，与其说是苦难中的“惺惺相惜”、精神共鸣，毋宁说更多的是他们寻求回到人民的行列、回到大地母亲怀抱中去的必然环节。而每一次的历史灾难，倘说知识者主要是用自己的心灵来承受的话，妇女们则主要是用自己的双肩和双手来支撑的（当然，还有她们的身体）。于是，出现在我们的“叙事模式”中的女性形象，便至少有了两个交织在一起的特点：

其一，如果我们能沿用鲁迅先生的说法，把“妇女性”划分为“女儿性、妻性和母性”的话，那么，她们身上更多地具有的是后二者而远非前者。她们的善良、刻苦、贤惠、勤劳被突出在光照的亮处，她们的美丽、纯洁、活泼、调皮常消隐在作品的暗处。即使她们还年轻，也更像一个饱经忧患的少妇而不像一个少女。即使写到爱情，也是《绿化树》里所说的那种“成熟了的爱情”，有如“盖过许多钤印的字画”似的那般可贵。

其二，我们无法再把她们看作是与知识分子同病相怜的“沦落人”。她们仿佛本来就与苦难生长在一起，她们是这片贫瘠干旱的土地的女儿，或者干脆就是这片土地的化身。正是她们在任何现实处境下顽强的生命力和生存能力，使知识者的顾影自怜失去了诗意的光彩。总之，她们不再是文人学士固有的人格理想主旋律在落难中的和声，也不是被抛到同样的“求职人”境地时相濡以沫的“涸辙之鲋”。在知识分子旧有的人格理想被摧毁的时候，在他们重建人格理想的“苦难的历程”中，她们代表了由一棵棵“绿化树”汇成的绿色的海洋，给予他们再生、复活的力量、勇气和信念。

然而，仅就张贤亮自己的作品来说，《绿化树》里的马缨花，也比《灵与肉》里的李秀芝，似乎多了一点什么。是除了“妻性”和“母性”之外，还有南国女儿般的美丽、调皮、天真，“旷野的风”一般的性格和气质么？是那适应着饥荒的“低标准”年代，狡狯而实际的“女人的心计”么？是那“遵循着一种特殊的道德规范”的“美国饭店”么？重要的是，马缨花这个人物本身的丰富性带来了人物关系的丰富性。如果说，由偶然性安排的婚姻，使许灵均和李秀芝建立了一个在艰苦中自强自立的家庭，那么，章永璘与马缨花之间却绝没有这样的直线式的、径情直遂的发展。《灵与肉》里，一个是已当了十几年牧马人的“老右”，一个是被饥荒逼出了天府之国、走投无路的少女，“同是天涯沦落人”的“同”掩盖了他们之间的“异”。《绿化树》里，这“异”却非常重要，是时时处在光亮之中的不容忽视的核心，章永璘不断地反省、内疚、探求，始终是环绕着这个深刻意识到了的“异”而进行的。

刚从劳改场释放的就业人员章永璘，渴望着成为“正常人”。饥饿却逼迫他向着“狼孩”的深渊下坠，是马缨花“拯救”了他。他的体力在恢复，憧憬着成为一个“筋肉劳动者”，向往着一个贫穷而整洁的有火炕的“家”——这曾被他看作是高不可攀的理想。是和海喜喜的打架，使他意识到：“这也是在这种环境中的正常人的表现，甚至可以说是我已经成为正常人的重要标志。……我通过了这个环境对我的考核。他们，这种环境中成长起来的正常人，接纳了我成为他们行列中的一员。”（然而，这个环境是不是正常的呢？）章永璘向着那个“家”的理想前进，可是马缨花说：“行了，行了……你别干这个……干这个伤身子骨，你还是好好地念你的书吧！”于是他经历了一次深刻的灵魂的震撼，比郁达夫式的“欲情净化”还要强烈十倍的震撼。他重新拾起《资本论》第一卷，重新“和人类的智慧联系起来”，开始从精神上“超越自己”，他便清醒地意识到，他与马缨花之间，“有着她不可能拉齐的差距”——

> 她，当然不能说是芳汀、玛格丽特、艾丝梅哈尔达这类我所熟悉的沦落风尘的女子的艺术形象，但是，那“美国饭店”一词总使我耿耿于怀，总使我联想到杜牧、柳永一类仕途失意、寄迹青楼的“风流韵事”。在她把热腾腾的杂合饭端到土台子上，放在我的书的旁边的时候，在她对着尔舍轻轻地唱那虽然粗犷，却十分动听的“花儿”的时候，我会很自然地联想到称道“维扬自古多佳丽”的无聊文人所写的诗，什么“红袖添香夜读书”“小红低唱我吹箫”之类的意境。
>
> 我开始“超越自己”了，然而对她的感情也开始变化了。这时，如歌德在《浮士德》里说的：“两个灵魂，唉！寓于我的胸中。”一方面，我在看

> 马克思的书，她要把我的思想观点转化到劳动者那方面去；一方面，过去的经历和知识总使我感到劳动者和我有差距，我在精神境界上要比他（她）们优越，属于一个较高的层次。〔6〕

是的，一方面，和“人类的智慧”的联系竟会唤起中国知识分子文化心理结构中的深层意识；另一方面，对自己的“超越”也就是对原来憧憬的正常人的家的超越，章永璘对他与马缨花的关系产生了新的不安。只是在“大雪满弓刀”的海喜喜遁逃之夜，窥见了体力劳动者身上“最美好的感情”，反衬出自己的并不高尚，他才产生了一种“顿悟”：“即使一个人把马克思的书读得滚瓜烂熟，能倒背如流，但他并不爱劳动人民，总以为自己比那些粗俗的、没有文化素养的体力劳动者高明，那这个人连马克思主义者的一个指头也不是！”他大步赶回村里向马缨花求婚，马缨花却说：“我有我的主意”，最后，他得到一句刚烈的誓言：“就是钢刀把我头砍断，我血身子还陪着你哩！”

整个“辩证”过程可以简略地图解如下：

异（低）$\xrightarrow{\text{劳动（恢复）}}$同（正常人）$\xrightarrow{\text{读书（超越）}}$异（高）$\xrightarrow{\text{雪夜（顿悟）}}$同（新人）

〔6〕 张贤亮《绿化树》，广州：花城出版社，2009，页 150—151。

在这个结构图中，不难看出作品中活生生的感性内容与作者抽象化了的理性框架之间的，某些牵强生硬之处。但是，我想指出的是，我们的“叙事模式”在这部中篇小说里得到了前所未有的发展，得到了一种革命性的挖掘和改造。对“同”和“异”的辩证理解，展示了读书人理想轰毁、灵魂再生、人格复活的极其复杂的过程，映照出下层妇女在这一过程中光彩照人的“拯救”作用，这都是过往时代根本无法想象的。但是，另一方面，尽管章永璘由于哲学讲师的教导和馈赠，读的正好是《资本论》，并且是抱了明确的目的性来探讨“我们以及我们的国家今天怎么会成了这个样子”的，马缨花却并不关心他念的是什么书，她只是“把有一个男人在她旁边正正经经地念书，当作由童年时的印象形成的一个憧憬，一个美丽的梦，也是中国妇女的一个古老的传统的幻想”。对“念书人”的这种观念，恰好与上文提到的“红袖添香夜读书”的意境形成一个对照，暗示了这部中篇小说与我们的“叙事模式”在文化心理传统中源远流长的深层关系。不仅如此，当你读到小说的结尾，章永璘踏上“红地毯”，“同来自全国各地各界有影响的人士”一起，出席“一次共和国重要会议”这样一些字句的时候，你很难不感觉出那个“治国平天下”的历史责任感，虽然是性质多么不同了的一种责任感。

“断而后续”的历史状况倾向于在文学作品中选择封闭式结构。《绿化树》政治上的“大团圆”结构，与章、马爱情悲剧的开放式结构，两者之间是不那么融洽的。它固然增加了由于题材的尖锐性而迫切需要的“保险系数”，却多多少少地损害了作为多结构的艺术作品各个结构之间的有机统一。

站在对立面的那个令人生厌的“营业部主任”，也使你又一次认出了那个倒霉的茶商刘一郎的影子。虽然，章永璘约略提到过他的“高老太爷”式的祖父和“吴荪甫”式的伯父、父亲，但却总像是N公司烟厂那样的模糊的抽象物。唯有这个“从小要饭，后来当了兵，他妈的也成了‘资产阶级右派’”的“营业部主任”，是具体的、可憎的，时时梗在章永璘的意识域中。他似乎奉行着一种与“念书人”的高尚的超越以及马缨花、海喜喜和谢队长等人慷慨的善良都完全相反的哲学，而且与冠冕堂皇的政治运动和术语巧妙地融为一体，构成对普通人无形的威胁。作者对这个影子的憎恨是如此强烈，以至章永璘的那几个无辜的难友：老会计、中尉、报纸编辑，都或多或少地受到了贬抑，使之在马缨花、海喜喜、谢队长等体力劳动者的对比下毫无光彩。但是，那个与政治阴影化为一体的可憎的影子，毕竟构成了我们的“叙事模式”中的明暗关系的必不可少的部分，映衬出知识分子与劳动妇女的崇高和纯洁："营业部主任"与章永璘的较量，是以他在实际生活中的一时得逞和道义上的永远受谴责而告终的。

四

显然，这是一篇相当"冒失"的文章。我论及了唐代的一首古体诗，元代的一本杂剧，现代的一篇抒情性短篇小说，和当代的九部"系列中篇"里最先发表的一部。年代相隔如此久远，在文学史上的分布如此不均匀，体裁之间的差异如此悬殊，作品的代表性也无法加以严格的论证。在文学史的分段研究和分体裁研究越来越细致、越来越专门的今天，这样的题目当然意味着一种吃力不讨好的"越境"，有如闯入挂了"闲人免进"牌子的办公室里一般，时时感到某种惶惑。作为一个叙事模式的抽样分析，结构上的"异中之同"成为我们立论的依据和起点，然而，当我们展开论述的时候，却发现由历史发展造成的"同中之异"里蕴含着更富启发性的内容。如果没有适量的引文，这样的比较研究便会失了感性的依据，但是在有限的篇幅制约下，这又不利于某些论点的展开。困难之处，不仅在历时性方面如何细致地区分结构的"进化"和变奏，而且在共时性方面，当我们把"系统的历史"也看作是一个系统时，需要一种更具说服力的综合。

知识分子的历史地位以及由此造成的心理状态，与文学（尤其是所谓“纯文学”）的繁荣和发展，关系至为密切。就原始艺术的起源和发展来看，舞蹈、绘画、雕刻、音乐，很早就达到令人震惊的成就。而文学，作为语言的艺术，与文字的发达密切相关。中国的文字之难、文章之难，似乎注定了（纯）文学是知识分子的专利品和奢侈品，然而，文学作为符号系统毕竟只是社会实在的观念化，它需要从不同的领域（包括民间的口头文学）“吃”进信息来“养活”自己。当知识者被“打”到社会下层的时候，“国家不幸诗家幸”的情况就产生了。正是在这些升降浮沉、盛衰荣辱中，最鲜明地表露了知识分子的心理状态、深层意识、人格理想和社会理想，以及形成这一切的社会历史条件。当我们注意到他们与另一阶层的邂逅相遇时，由于充满了戏剧性的映照、撞击、共鸣、投射，这些心态、意识、理想的表现更增添了具有丰富层次的历史内容。由于文学本身的艺术特性，它对某一类“邂逅相遇”表现了特别持久而浓厚的兴趣，这便逐渐形成了某种“叙事模式”，正是在这种模式中，积淀着某些已经“艺术形式化”了的历史内容。在我们论及的这个模式中，便凝定着中国知识分子文化心理结构中最稳定、最深沉，至今还在发挥着作用的那些因素。

文学的“叙事模式”或“原型”是存在的，它是艺术技巧的一种物态化的凝定，又是某种特定的人物关系的展开过程的艺术概括，更是反复出现的同一历史内容向同一审美形式的积淀。本文所论及的模式，由于它的容量和深度，仍可能具有长远的生命力。只要整个社会尚未实现完全的知识化，知识分子就必然还会在自己的历史行程中与或一阶层的女性相逢、相识，演出新的千姿百态的话剧。倘从进化的角度看文学的叙事模式，便可以见出形象上由朦胧抽象走向具体生动，题材上由写意的类比走向写实的挖掘，结构上由平面的、单线的走向立体的、交错的，仿佛是历史内容自身的展开，向内向外旋转着，呈示出无数新鲜的点、线、面……

一九八五年三月三十日

（载《中国现代文学研究丛刊》，一九八五年第三期）

汪曾祺林斤澜论小说

八十年代，汪曾祺和林斤澜跟文学青年一起聊小说，问起小说的结构，汪曾祺答曰："结构的原则：随便。"啊哈，林斤澜心想我讲了一辈子的结构，岂不是白讲？就追问了一句："随便？"汪曾祺于是从容补充："苦心经营的随便。"林斤澜不再追问，显然对这个机智的、辩证的、悖论般的补充颇为满意。

一、苦心经营的随便

在我看来，这正是汪、林两位短篇小说名家的小说观的汇聚之处，同时也是其分驰之处。"结构"并非小说的全部，却最能见出作家对小说的基本看法。既然小说的诸要素是结构化地组织、表达和呈现的，那么小说家对结构的"经营"就灌注了他对小说的完整理解。问题在于，"随便"和"苦心经营的随便"到底是什么意思呢？这得联系作家的创作实践，以及八十年代那个劫后余生的创作环境，才能说得清楚。

一九八五年年底，汪曾祺写了《桥边小说三篇》，“后记”里说：

> 这三篇也是短小说。《詹大胖子》和《茶干》有人物无故事，《幽冥钟》则几乎连人物也没有，只有一点感情。这样的小说打破了小说和散文的界限，简直近似随笔。结构尤其随便，想到什么写什么，想怎么写就怎么写。我这样做是有意的（也是经过苦心经营的）。我要对“小说”这个概念进行一次冲决：小说是谈生活，不是编故事；小说要真诚，不能耍花招。小说当然要讲技巧，但是：修辞立其诚。[1]

林斤澜看了，说这“冲决”二字，对于汪曾祺来说，有点非同小可，按常规，怎么也得是“冲淡”才对。

用了“冲决”这词，显然是一种宣示，一种宣言，却放在“后记”里说，前边还轻描淡写，说了些“蒲黄榆”这地名的来由，桥边的桥为何之类，到了卒章才显

〔1〕 汪曾祺《桥边小说三篇·后记》，曹鹏编选《汪曾祺经典小说选》，北京：中国广播电视出版社，2012，页323。

其志，亮出来，貌似也是苦心经营出来的随便了：

其一，冲决文学体裁之间的区别（打破小说和散文、随笔的界限）；

其二，小说不是编故事，未必有人物，只要有“一点感情”（当时有评者说这是倡言“写意小说”的主张了）；

其三，小说当然讲技巧，却不要花招，修辞立其诚（这一点如何跟“苦心经营”区别，其实很难）。

以上几点，林斤澜都拍手点赞，他对小说的思考，有很多跟汪曾祺相通相同，但也有他自己的表述。汪曾祺的重点在“随便”，林斤澜的重点却在“苦心经营”。

跟“随便”相关的一个词，是“随意”或“淡”。汪曾祺不同意大家说他搞“淡化”，说他的经历，他的生活，本来就这么“平平常常”，无须淡化。林斤澜说这里必须跟汪“抬杠”。跟几十万人一道戴冠蒙难，怎么也没法说是“平平常常”。忽然又从牛棚上了观礼台，忽然又变成“余孽”接受了“劫后之劫”，写出来云淡风轻，谁都能读出心里头的“浓”来吧。

汪曾祺多次说到不希望年轻人学他的“平淡”：“我希望青年作家在起步的时候写得新一点，怪一点，朦胧一点，荒诞一点，狂妄一点，不要过早地归于平淡。三四十岁就写得很淡，那，到我这样的年龄，怕就什么也没有了。”他甚至希望年轻人从山水般平淡的生活中看出“严重的悲剧性”，“在平静的叙述中也不妨有一两声沉重的喊叫”，在小说里“注入更多的悲悯、更多的忧愤”。

宋人追摹王孟诗风，却早已不再有那个语境，他们的“平淡”是“造”出来的。（梅尧臣：“作诗无古今，唯造平淡难。”）这跟“苦心经营的随便”相通，“随便”是刻意追求的效果。但林斤澜跟汪有所不同，他觉得苦心经营就苦心经营，小说家的匠心，匠意，涩、冷、僻、怪，也应该是一种读者会接受的效果。汪曾祺引苏东坡，“吾文如万斛泉涌，不择地而出。在平地，滔滔汩汩，虽一日千里无难；及其与山石曲折，随地赋形而不可知也。所可知者，常行于所当行，常止于不可不止，如是而已矣”，说是“虽不能至，心向往之”。论到林斤澜的小说，他又引苏东坡对好友黄庭坚的批评，说是“鲁直诗文，如蝤蛑、江瑶柱，格韵高绝，盘飧尽废。然不可多食，多食则发风动气”，用了饮食修辞，说读林的小说是“鲥鱼味美而多刺”——都是知己知彼之言。

汪曾祺曾经这样概括林斤澜小说的特征：“实则虚之，虚则实之；无话则长，有话则短。一般该实写的地方，只是虚虚写过；似该虚写处，又往往写得很翔实。他把语言的作用提到前所未有的高度。”这几句话总结了林斤澜的短篇小说在主题、选材、美学形态方面的特征。而林斤澜自己也说："后来多写些短篇小说，知道了这一门学问，讲究的是'借一斑略知全豹，以一目尽传精神'。怎样'借'得来，又如何'以'得劲？恐怕要'借以'结构，寻着了合适的结构，仿佛找准了穴位。"他把这叫作"中断的艺术"："读好的小说，叫人叹服的，先是'断'得好，从绵长的万里来，从千丝万缕的网络里，'中断'出来这么一块精华来，不带皮，不带零碎骨头，又从这断处可以感觉到，可以梦想，可以生发出好大一片空旷，或叫人豁然开朗……"

二、小说是写回忆

汪曾祺说小说是写回忆，写回忆里无法忘掉的东西（说白了就是"赶不了任务"），须是沉淀了，变成自己有血有肉的情感体验，方能写成小说。

林斤澜记起主张"小说就是写记忆"的汪的老师沈从文，六十年代居然也来参加过一次北京作协的会议，听青年作家讲下乡下厂体验生活的报告。沈老居然也有机会发言，发言呢就是翻来覆去地感叹"我已经不会写小说了"。体验个十天半个月，赶一篇新鲜热辣的小说出来，林斤澜借沈老的感慨指出，此乃郑重的作家所不能为，不屑为。

赶任务，延伸为八十年代之后的“赶潮流”，汪曾祺承认照样干不来。都知道汪曾祺写小说是烂熟于心，一气呵成，唯有《寂寞与温暖》三易其稿，反复修改。只因子女们都说你在口外也受过这么多苦，怎么就写不出伤痕呢？苦苦地三易其稿，还是挤不进“伤痕文学”，只是多了一点点“寂寞”，通篇还是那么“温暖”。

汪曾祺参加过样板团，曾经奉命到内蒙古“深入生活”，瞎编草原抗日神剧。套路是日本鬼子勾结王爷，如何追剿游击队。草原上的老革命乌兰夫告诉他们，日寇压根儿没进内蒙古，团结王爷抗日，反而是革命党人的战略。回来汇报给文化部领导，领导很高兴地说，这就更好了，你们更可以“天马行空”地编了。

汪曾祺深知“赶任务”的根本要害，是创作原则出了毛病。“领导出思想，群众出生活，作家出技巧”，美其名曰“三结合”，其实概括了其中的“知识—权力”关系。林斤澜则用“图解”二字来总结那些年的写作：“图解思想，图解主题，图解政策，图解工作过程，图解长官意志”。摆脱这种创作陋习的办法何在？林斤澜独拈出“真情实感中提炼的魂儿”一说，反复跟八十年代的青年作者讨论。理论界则用“文学主体性”这样的命题来申说，那是犯了大忌。

三、作为新艺术的短篇小说

两位作家都不写长篇小说，专写短篇。其实汪曾祺早年有写长篇的计划：历史小说《汉武帝》(他觉得汉武帝精神有毛病)；一直到《七十述怀》，“假我十年闲粥饭”，还没放下；却是酝酿到“只写三件事”了，甚至成熟到“只写三个场面”了，到了也没动笔。这让人想起鲁迅的《杨贵妃》，越酝酿越是动不了笔。或许李长之的判断是对的：这些骨子里是诗人的小说家，都钟情于短篇小说，或者说，只能写短篇小说。

林斤澜有《小说说小》，汪曾祺有《说短》，所论非常精辟。其实汪在四十年代天津的《益世报》上就发表过一篇具有宣言性质的长文，《短篇小说的本质》：

> 一个短篇小说，是一种思索方式，一种情感形态，是人类智慧的一种模样。我们设想将来有一种新艺术，能够包融一切，但不复是一切本来形象，又与电影全然不同的，那东西的名字是短篇小说。这不知什么时候才办得到，也许永远办不到。至少我们希望短篇小说能够吸收诗、戏剧、散文一切长处，而仍旧是一个它应当是的东西、一个短篇

小说。[2]

这种新艺术，体现的是跟读者的新型关系：

> “如果长篇小说的作者与读者的地位是前后，中篇小说是对面，则短篇小说的作者是请他的读者并排着起坐行走的”，“短篇小说的作者是假设他的读者都是短篇小说家的”，“他明白，他必须找到自己的方法，必须用他自己的方法来写，他才站得住，他得在浩如烟海的文学作品，在一样浩如烟海的短篇小说之中，为他自己的篇什觅一个位置”。[3]

林斤澜在《汪曾祺全集·出版前言》里，大段摘引这篇文章，指出：汪的老师沈从文先生，抗日时期，在西南联大开课讲短篇小说，从“官面价值”“市面价值”分析出来短篇“无出路”。就因“无出路”，写短篇的就和长篇中篇作家不一样了，只能贴近艺术，献身艺术。汪曾祺顺着这条思路，“以年青的嗓音呼唤新的艺术”。

到了晚年，汪曾祺不再高屋建瓴地谈论作为“新艺

〔2〕 汪曾祺《短篇小说的本质》，天津：《益世报》，1947年5月13日。
〔3〕 同上。

术”的“短篇小说”，而是回到自己的“气质”来检讨：

> 我没有对失去的时间感到痛惜。我知道，即使我有那么多时间，我也写不出多少作品，写不出大作品，写不出有分量、有气魄、雄辩、华丽的论文。这是我的气质所决定的。一个人的气质，不管是由先天或后天形成，一旦形成，就不易改变。人要有一点自知。我的气质，大概是一个通俗抒情诗人。我永远只是一个小品作家。我写的一切，都是小品。就像画画，一个册页、一个小条幅，我还可以对付；给我一张丈二匹，我就毫无办法。〔4〕

这是作家的自知之明，同时也看清楚了青年时代的艺术理想的幻灭：“短篇小说”终于无法撼动既有的现代文学体裁结构。在一个支离破碎的时代，却人人追逐梦幻般的宏大叙事，这真是莫大的讽刺。然而碎片化的写作，不见得就真的放弃了对“总体”的追求。台湾作家张大春曾说：“某些小说家提供了我遥不可及的典范，他们之中的一个是契诃夫，另一群则是像郑仲夔一样的笔记作家们，如果要举出一个现当代的名字，我愿意先

---

〔4〕 汪曾祺《晚翠文谈·自序》，杭州：浙江文艺出版社，1988，页2。

提到汪曾祺。对于这些作家而言，每一则人生的片段都可能大于人生的总体，百年曾不能以一瞬。”寻找一种穿透“现代性”碎片化的表面的方式，去把握“人生的总体”，仍然是小说家不懈努力的目标吧，尽管说出来是如此谦虚谦逊谦和。

四、写小说就是写语言

汪曾祺说：“语言的粗俗就是思想的粗俗，语言的鄙陋就是内容的鄙陋。想得好，才写得好。闻一多先生在《庄子》一文中说过：他的文字不仅是表现思想的工具，似乎也是一种目的。我把它发展了一下：写小说就是写语言。”——除了结构，两位作家谈论得最多的就是语言。

汪曾祺对只谈“内容”和“主题”的文学评论很不满，那是根本没摸着边：“什么是接近一个作家的可靠的途径？——语言。”了解作家的人格，必须了解他的语言：“小说作者的语言是他的人格的一部分。语言体现小说作者对生活的基本的态度。”掌握“叙述语调”是首要之事：“探索一个作家作品的思想内涵，观察他的倾向性，首先必须掌握他的叙述的语调。”必须“玩味”作者的语言：“一个作品吸引读者（评论者），使读者产生同感的，首先是作者的语言。研究创作的内部规律，探索作者的思维方式、心理结构，不能不玩味作者的语言。是的，‘玩味’。”

这两位都是江浙人，在北京生活了几十年。方言问题常常是他们思考小说语言的重心。一般北京作家身处京畿之地，直接把北京方言当普通话用，对别处尤其是南方的方言基本没感觉。王朔瞧不起金庸的小说语言，说“老金也是无奈，无论是浙江话还是广东话都入不了文字，只好使死文字做文章，这就限制了他的语言资源，说是白话文，其实等同于文言文”。金庸急了，列出十几二十位浙江籍的现代大家，证明他们并未被“语言资源”所限制，只是没把汪曾祺、林斤澜搬出来。久居北京的这两位反而最能体会出“南腔北调”的优胜之处。汪曾祺的《安乐居》里写了一位久居北京的上海老头，非常精彩：

> 上海老头久住北京，但是口音未变。他的话很特别，在地道的上海话里往往掺杂一些北京语汇：“没门儿！”“敢情！”，甚至用一些北京的歇后语：“那末好！武大郎盘杠子——上下够不着！”他把这些北京语汇、歇后语一律上海话化了，北京字眼，上海语音，挺绝。

“您大概又是在别处已经喝了吧？”

“啊！我们吃酒格人，好比天上飞格一只鸟（读如‘屌’），格小酒馆，好比地上一棵树。鸟飞在天上，看到树，总要落一落格。”如此妙喻，我未之前闻，真是长了见识！

这只鸟喝完酒，收好筷子，盖好小饭盒，拎起提包，要飞了：

“晏歇会！——明儿见！”[5]

现代以来一直有一种“纯洁化”的语言要求。“纯洁”的标准各异：或把文言文叫“死文字”，或嫌写欧化文体的人“鼻子不够高，皮肤不够白”，或者把五四新文体叫作不能普及的“新八股”。唯一的共同点是非常霸道横蛮，绝对排他。其实语言的多元化、杂糅，正如现代社会的五方杂处，生机勃勃。问题在于如何融会贯通，如周作人所说：“以口语（官话）为基本，再加上欧化语、古文、方言等分子，杂糅调和，适宜地或吝啬地安排起来。”林斤澜读鲁迅的《呐喊》、《彷徨》、《野草》和《故事新编》，读出其中的词汇丰富，北京话、方言、

〔5〕 汪曾祺著，邓九平编《汪曾祺全集　二　小说卷》，北京：北京师范大学出版社，1998，页219—220。

文言、日本词都相安无事，突然出现一个“趸”字，非常兴奋，想不出有别的字可以替代。

林斤澜为乡人沈克成父子的《温州话》写序，用的是温州话：

> 我“岁少时节”，晓得把家乡语言看作小溪，也就是看作生命。因为生命离不开水，看作溪是“看要紧显要紧”。加个“小”字是因为还有长江大河在那里。这条水古老又总带着点凄凉味道。这条水走过“荒滩破坦”，“荒滩”日夜“叮铃”，口传心授历史。“破坦”早晚潮湿，浸烂泡苏地理。
>
> 这种“晓得”，还因为我“岁少时节”未离家乡。
>
> 我未离家乡，就晓得家乡语言是远近闻名的“听不懂”。因为听不懂叫人比作鸟语，也因为这一个“鸟”字透出原始的气息，叫人想象残存人间的绝唱。〔6〕

林斤澜曾尝试用温州方言写小说，非常困难，说即使引起争议，也值得试一下。他的小说集《矮凳桥风

〔6〕 林斤澜《呐喊——为沈氏父子研究“温州话”著作呐喊》，沈克成、沈迦《温州话》，宁波：宁波出版社，2004，页 1。

情》里的“涩”，正与大量使用温州方言相关。汪曾祺对高邮方言的运用就非常慎重了，总要加上“我们那里如何如何”之类的注释。

八十年代，两位“老”作家都是以花甲之年重新写小说，汪曾祺自喻为“枇杷晚翠”，林斤澜则感叹道：“腰腿手脚都还灵便，还觉悟着心灵的自由。说是觉悟，可见先前的懵懂……现在我有心灵的自由吗？反正现在显出来是一生最自由的时候了。”三十年后重温，汪曾祺和林斤澜在八九十年代讨论小说，提供了亲历者的经验和反思，佐以他们自己的小说实践，是一笔值得重视的文论遗产。即使在这个狭小的领域，其实当代的遗忘机制一直在运作——此时正是重提他们的反思的必要时刻。

二〇一九年四月四日初稿

七月二十四日二稿

（载《上海文化》，二〇一九年第五期）

语言洪水中的坝与碑

——重读中篇小说《小鲍庄》

一、文学批评即重读的艺术

重读一部作品，对你来说意味着什么?

罗兰·巴特在《S/Z》一书中说了这么一句话:

> 所谓重读，是一桩与我们社会中商业和意识习惯截然相反的事情。后者使我们一旦把故事读完（或曰“咽下”），便把它扔到一边去，以便我们继续去寻另一个故事，购买另一本书。这种做法仅仅得到某些类型的读者（如儿童、老人和教授们）的宽容。而本文开宗明义提出来的却是重读，因为只有它才能使作品文本避免重复（不会重读的人只能处处读到相同的故事）。[1]

〔1〕转引自芭芭拉·詹森《批评的差异·巴尔特/巴尔扎克》，黄锡祥译，载周宪等编《当代西方艺术文化学》，北京：北京大学出版社，1988年7月，页435。

最后一句括号里的话需要略做解释。即用即弃式的阅读其实读到的总是“我们自己”，从一个文本中理解到的仅仅是我们以前已理解的东西，一个定式，一个已研读过的固定文本。也就是说，不同故事的消费等于同一故事的重复。意识到文本对“自我”的挑战，意识到对文本实行“再生产”的可能性，意识到从同一故事中产生无穷无尽的故事的诱惑——这一切都只有经过重读才能做到。正是在这一意义上，美国人芭芭拉·詹森声称：“文学批评之为文学批评，或许可称作重读的艺术。”〔2〕罗兰·巴特将文本分为“可读的”和“可写的”两类，不能继续创作的，是“可读的”，还能继续创作的，则是“可写的”。其实，我们不妨把“可写性”理解为“可重读性”。如果说第一次阅读时我们多少处于被动接受的状态的话，重读却往往是一种主动的、有目的的操作。而且，正如罗兰·巴特自己的重读实践所昭示的，区分“可读的”和“可写的”两类文本远非最初设想的那么容易。《S/Z》一书恰好把巴尔扎克的中篇小说《萨拉辛》从“可读的”文本转换成一个“可写的”文本。文本的“可写性”绝非先天注定的——它取决于我们正在重读它这一操作实践本身。罗兰·巴特的理论

〔2〕 芭芭拉·詹森《批评的差异·巴尔特/巴尔扎克》，页435。

后继者已经表明：任何文本都是“可写的”，每一个故事都从“内部”分裂成若干个故事，并呈现复杂纷纭的联结方式，又由于“互文性”而播散到“外部”更复杂纷纭的故事网络深处。

但是，上述解构主义的抽象理论并不能回答一个具体问题，即，你为什么重读这一部作品（比如说《萨拉辛》或《小鲍庄》）而不是另外一部？也不能回答另一类问题，例如，为什么这一部作品比另一部作品在历史上获得了更多的重读？

实际上，把“重读”视为纯粹的语言游戏，把它封闭在纸面上，将表明不过是一种貌似激进的怯懦。重读（亦即“文学批评”），无疑是一种米歇尔·福柯所说的“分析推理实践”，是一件我们正在做着的事情，与我们的实际生存方式不可分离地交织在一起。它发生于、定位于具体的历史时空，而且始终被实践者的目的、需求、欲望、无意识、价值体系所渗透。因此，回答前边提出的问题必须意识到在语言之外的什么东西已经卷进了我们的重读之中。不管你是否愿意承认，在我们的重读实践中，那些被认为早已拆卸得支离破碎的东西，诸如“确定性”“现实”“同一性”“文学史”之类，总是在某一瞬间重又暂时而顽强地凝聚起来，用以解释、证明、辩护你业已做出或正在做出的选择。

那么，重读《小鲍庄》，对你意味着什么呢？

二、“拟神话”与“叙述的原罪”

《小鲍庄》的“正文”之前有两段文字：“引子”和“还是引子”。第一段文字的小标题宣告了叙述本身的开始和所述的故事的开始，第二个小标题却延宕了这双重的开始，或者说重复了这双重的开始——“还是”二字有点恶作剧意味，暗示了好戏的迟迟不开场或迟迟不开场的准是好戏。“引子”和“正文”的悖论关系在这里暴露无遗，“正文”的开始被一再延缓却使我们得以滞留于作品的开始之中。“引子”通常被视为无关紧要的可以跳过不读的“闲话”（“闲话休提，言归正传”），却又因其置于篇首且具有先导作用（引者，导也）而不容忽视。“引子”时刻意识到与“正文”的不平等关系，意识到来自量（篇幅）、位置（被排挤到边缘）、身份（“闲话”）等方面的压力，因而摆出一副伪谦卑的高傲姿态。“还是引子”是“引子”的自我强调，“引子”的后援，因而扩大了它与“正文”之间的暧昧的裂痕，使自身的重要性增值。然而，当它这样做的时候，却暴露了自身的分裂和内讧。“引子”被“还是引子”挤到了更加远离“正文”的边缘，成为“闲话的闲话”。“还是引子”则因其对“正文”的僭替而冒犯了阅读的期待，夹在“引子”和“正文”之间左右为难。这样，《小鲍庄》采用了使叙述充分延宕和分裂的策略来开始，实际上显示了自身的“可重读性”——在“引子”、“还是引子”（以及后来的“尾声”“还是尾声”）与“正文”之间，无数缝隙和空白为生产性阅读创造了可能。

“引子”和“还是引子”是两则“拟神话”（如果你有辨别真伪的癖好，也不妨称之为“伪神话”）。它们叙述了一般神话所包含的那些主题因子：天灾（洪水），家族的起源，地貌的形成，罪与罚与救赎，等等。神话是凝聚一家族一部落一民族之大希望和大恐惧的一整套象征体系。有关起源的神话解释了人们的来源、生存的合理性、活下去和繁衍下去的根据。有关罪与罚与救赎的神话则解释了人们所面对的种种困境、必须在这些困境中生存的理由和必将摆脱困境的允诺。无论原始神话还是当代神话，都具有这两方面的功能，以维系一个社会体系的运转。《小鲍庄》的拟神话采用了匿名的叙述角度，王安忆解释说：“我想讲一个不是我讲的故事。就是说，这个故事不是我的眼睛里看到的，它不是任何人眼睛里看到的，它仅仅是发生了。发生在那里，也许谁都看见了，也许谁都没看见。”（《我写〈小鲍庄〉》）神话的匿名叙述赋予自身一种神秘的、自然的和理所当然的性质，从而拥有令人敬畏的、毋庸置疑的权威。小鲍庄的村民们不自觉地被笼罩在这个权威的阴影下，用这一套象征体系的符码来解释他们的生老病死、婚丧嫁娶、天灾人祸、仁义道德、善恶美丑。然而正是王安忆自己戳穿了拟神话的匿名叙述性，她在上述引文后紧接着说："也许，事情从一开始就注定了不会有结果，全是徒劳，因为一个人是永远不可能离开自己的眼睛去看世界的。"

这讲的是作家自身的叙述困境，倘若从生活在拟神话权威阴影下的小鲍庄村民的角度来看，那么，一个"拟"字便已昭示了这套符码的人为性，它是否那么天经地义，那么"自然"，都是值得质疑的。当然，只有在受到另一套符码的撞击时，质疑才可能产生，这点我们放在稍后讨论。两个"引子"自行揭示了"神话"或"类神话"的虚构性和人工制作过程：只要我们使用匿名的叙述角度，使用"九百九十九天""七七四十九天"一类神秘的数字以及别的习用语汇，来讲述有关起源、罪与罚与救赎的"历史"，就足以建立起一套自行运转的象征体系，来规范人们的言行举止、恐惧和向往。人工创造的神话当然也会被人工改变，"还是引子"里说："这已是传说了，后人当作古来听，再当作古讲与后人，倒也一代传一代地传了下来，并且生出好些枝节。"又说：“自然，这就是野史了，不足为信，听听则已。”神话在传承过程中受了历史的污染，产生了裂隙，所谓“枝节”，所谓“野史”，都是对符码的溢出和挑战。正如我们重读“正文”时将要发现，这些溢出和挑战无不与“性”有关，又无不带来了“惩罚”，因此，拟神话不仅是关于生存合理性的符码，而且是关于性规范的符码，关于权力结构的符码。但是，目前让我们先来看看另一套与这两则拟神话相纠缠的符码，即关于叙述本身的符码。

我设想作家试图用她的两段“引子”和两段“尾声”筑一道“鲍家坝”，在语言的滔天洪水中围起这一段被命名为《小鲍庄》的文字孤岛。我在前边已经分析了，这道堤坝绝不是“固若金汤”的，在“引子”与正文之间，“引子”与“还是引子”之间，已然存在诸多裂缝，语言的洪水无可阻遏地渗将进来。这就产生了叙述的“罪过”的问题，写作“与生俱来”的原罪便是：我只有写一篇与众不同的作品才合“法”，这从“抄袭”“模仿”“雷同”等词的贬抑色彩上可以见出，但既然这作品赖以生存的基础是与其他作品的差异，便也把其他作品的存在包含在了自身内部。作品只有寄生般地依赖于不断排斥其他作品才能确立自己，却证明了其他作品恰恰是它的组成部分，它才会如此急切地驱逐它们于自身之外。它如此警惕地巡视这条界线，然而一旦我们谈论或意识到这条界线，就已经同时涉足界线的两边，就已经超越了这条界线。用语言是不可能在语言的洪水中筑坝的，符码的纠缠宿命地跟随我们这些以写作为生的人。你看到《小鲍庄》这块文字低洼地里，正有多种语言符码的激流在震荡冲撞。

这样，《小鲍庄》至少讲了两个互为隐喻的故事，两个关于人与洪水的故事：自然的洪水与语言的“洪水”。

三、“仁义”符码及其边缘

“鲍彦山家里的，在床上哼唧，要生了。”

正文再次以“起源”开始，以一个重要人物的诞生开始。这起源却毫无神话色彩，你硬要叫它“神话”的话，也只能称之为“反神话”。现实主义的、麻木的鲍彦山丝毫没有意识到儿子降生的重要性。“不碍事，这是第七胎了，好比老母鸡下个蛋，不碍事，他心想。早生三个月便好了，这一季口粮全有了，他又想。不过这是作不得主的事，再说是差三个月，又不是三天，三个钟点，没处懊恼的。他想开了。”占据他的意识的，是另一套符码的逻辑：口粮（物资分配）和“作不得主”（权力关系）。这使得故事中的英雄人物，大号鲍仁平小名捞渣的降生黯然失色——“就那样”，鲍彦山说。

然而，这种平平无奇的起源很快就得到了补偿：在捞渣诞生的同时，鲍五爷唯一的孙子社会子病死了。一死一生，捞渣与鲍五爷之间的神秘的“仁义”关系就此缔结。正是这一关系的发展使得捞渣不仅成为“拟神话”体系的人格化象征、体系的凝聚点，而且成了与另一强有力的体系（我们姑且称之为“当代神话”体系）的连接点、纽结点。这一点我们很快就会讨论到。

捞渣的形象其实是颇有点儿模糊不清的。“一脸厚道相”“稀稀拉拉的黄头毛”“这孩子仁义呢”“第一个学期，就得了个‘三好学生’的奖状”，如此而已。他的降生是模糊的，被掩在屋门之后。他的死也是模糊的，“捞渣是为了鲍五爷死的哩”，这只是人们事后的推断。唯一能告知我们他怎么死的鲍五爷，也只是手指着树下喃喃地说：“捞渣，捞渣！”不久就咽了气。有关打捞捞渣的嘈杂的叙述遮掩了他的英雄行为，愈到后来，越来越多的宣传媒介的介入，这行为的“本来面目”就愈模糊了。一事物作为其他事物或一整套事物的表现符号时，就被抽象化、模糊化了。神秘化带来的敬畏感，却是“拟神话”得以运作的需要。“小鲍庄是个重仁义的庄子，祖祖辈辈，不敬富，不畏势，就是敬重个仁义。小鲍庄的大人，送一个孩子上路了。”捞渣的死，使他成为“拟神话”的人格化体现，成为“仁义”的化身。

“仁义”符码的运作下，小鲍庄的村民们日子过得安分、知足、平和，当然也伴随着贫穷、蒙昧和封闭。然而一套符码无法自行说明自身，它必须在与他种符码的差异中确证自己。作品是用小鲍庄的几个“外来者”在村中的遭遇来表现这种差异的。

来自小冯庄的小伙子拾来，是外来者中的外来者。他在小冯庄时就在“蹊跷”中长大，最终因这“蹊跷”而出走。在小鲍庄，这“蹊跷”又促使他与大他十几岁的二婶相结合。熟悉弗洛伊德的精神分析理论的读者，自会用“俄狄浦斯情结”一类符码解释拾来的心理和行为：那个货郎鼓不就是男性生殖器的象征么？大姑给他一耳巴子不就是一种“阉割”行为么？他摇着货郎鼓离开大姑不正意味着他离开“男孩”的角色走向“父亲”的角色么？二婶不正提供了使他的压入无意识的恋母欲望得以释放的可能么？他在二婶家中的被虐狂式的勤快不正表明了他的再度被“阉割”么？如此等等。但是生活在“仁义”神话中的小鲍庄村民并不晓得这一套神乎其神的现代理论，鲍彦川（二婶已故的丈夫）的本家兄弟们就知道用扁担和拳脚交加来阐释这一切。连村长也觉得：“这是小鲍庄百把年来头一桩丑事，真正是动了众怒。”当然，在弗洛伊德主义与“仁义”神话之外，还有第三套解释系统，那就是乡里的“公断”：“照婚姻法第几第几条，寡妇再嫁是合法的，男方到女方入赘也是合法的。从此，拾来在小鲍庄有个合法的身份，不用躲着人了。”法管住了扁担，这是两套符码的权力关系，但是拾来在小鲍庄里的地位仍然不佳，仍然有待新的转机来临。

小鲍庄的第二个外来者是小翠子：“这丫头太聪明了”，她会凄凄切切地唱《十二月》，又拒不与已经二十六七岁的老大建设子圆房，倒跟排行老二的文化子好上了。这对收养了她的鲍彦山家里的来说，颇有点“不仁义”。倘若要被“仁义”神话的规范所容纳，她就得重复村里众娘们已经重复了千百年的同一个老故事。而且，首要的代价是她的能说能唱的能力的被剥夺——“甭唱了，没脸没皮的，唱什么！”渐渐地，小翠子便不唱了。嗓子也像喑了似的，哑哑的，连说话都懒得说了。这是“仁义”符码的一大特点：单词的贫乏。尤其是男人们，全都笨嘴拙舌，少言寡语：“就那样”“哪能”“管”，几乎就足以应付一切日常会话。妇女们在其余方面的地位卑下，却仿佛在语言能力方面得到补偿，伶牙俐齿，风风火火，享受着一种口腔快感。当然，小翠子必须在成为“建设子家里的”之后，她的伶牙俐齿才能合法化，因此，她跟文化子的“一句去一句来的拌嘴”，就无疑属于越轨。小翠子也只好出走了事，直到“重读”古老故事的时机来临。

第三个外来者是鲍秉德家里的——武疯子。说她是外来者可能有点牵强。“这娘们中看却不中用。……怀了有三四胎，胎胎是死的。暗地里就有人说怪话：兴许是做姑娘时不规矩来着，生下第五个死孩子时，疯了。疯了以后，那怪话才没有了。说疯子的怪话就太不厚道了。”娘们之“用”是繁衍鲍家子孙的，否则，再“仁义”的语言系统里，也难免有“怪话”。也许，“怪话”原是这套符码的有机组成部分。逃出这“怪话”的途径有二：失去理智，或者自杀。武疯子的悖论是：当她恢复理智时，她只好在“怪话”的无名重压下自杀；当她浑浑噩噩天真无邪地活着时，她以失去理智获得人们的“厚道”相待。她的存在昭示了“仁义”神话有关“中看 / 中用”“正传 / 怪话”“清泠 / 疯”等二元对立的标准，昭示了其中的正价值对负价值的排斥或容忍。鲍秉德说：“一日夫妻百日恩，到这份儿上了，我不能不仁不义。”他不仅繁衍子孙无望，而且背负起“仁义”的枷锁，“一日比一日话少，成了个哑巴”。语言能力的剥夺乃是重读能力的根本“阉割”。

四、“当代神话”的优势与亵渎

其实，这几位“外来者”相对来说并不那么“外”，充其量也不过是生存在、辗转在“仁义”神话的边缘而已。真正以自己的叙述行为从符码层面来重读小鲍庄的拟神话的，是与武疯子相对的“文疯子”鲍仁文。“我不能像众人那样过下去。”他下决心用写作来打开一条路。面对着村民们善意的讥讽，他不动声色，心里想着记在本子上的一句话：“鹰有时飞得比鸡低，而鸡永远也飞不到鹰那么高。”这格言显然就是我们前面略略提到的“当代神话”里的一部分。“当代神话”以它有关革命起源的经典性回忆、有关阶级斗争的警告、有关美好社会的允诺为当代现实的存在提供合法性解释。鲍仁文的路正是从“拟神话”符码通向“当代神话”符码的路。但是，就连革命的参加者，老革命鲍彦荣，尽管吸着文疯子孝敬的烟卷，也无法理解革命的叙述者所用的那套语言：

> “我大爷，打孟良崮时，你们班长牺牲了，你老自觉代替班长，领着战士冲锋。当时你老心里怎么想的？”鲍仁文问道。

“屁也没想。”鲍彦荣回答道。

“你老再回忆回忆，当时究竟怎么想的？”鲍仁文掩饰住失望的表情，问道。鲍彦荣深深地吸着烟卷：“没得功夫想。脑袋都叫打昏了，没什么想头。”

“那主动担起班长的职责，英勇杀敌的动机是什么？”鲍仁文换了一种方式问。

“动机？”鲍彦荣听不明白了。

“就是你老当时究竟是为什么，才这样勇敢！是因为对反动派的仇恨，还是为了家乡人民的解放……”鲍仁文启发着。

“哦，动机。”他好像懂了，“没什么动机，杀红了眼。打完仗下来，看到狗，我都要踢一脚，踢得它嗷嗷的。我平日里杀只鸡都下不了手，你大知道我。”

“这是一个细节。”鲍仁文往本子上写了几个字。〔3〕

“当代神话”的叙述主要由两部分语汇构成，一部分是关于叙述对象的（“英勇杀敌”“对反动派的仇

〔3〕 王安忆《小鲍庄》，林贤治、肖建国主编《小鲍庄》，广州：花城出版社，2009，页8—9。

恨”“为了家乡人民的解放”等），另一部分是关于叙述本身的（“动机”“细节”“段落”“题目”等）。小鲍庄的村民们似懂非懂地、半是讥嘲半是敬畏地看待这一套。文疯子把鲍秉德不离弃武疯子的事冠以“阶级感情深似海”或“阶级情义比海深”一类的题目，写了一篇广播稿给公社广播站播了一下。鲍秉德却从“心底深处，很奇怪的，暗暗的，总有点恨着鲍仁文”。“而鲍仁文，隐隐的，也有些畏着鲍秉德，似乎觉着自己欠了他些什么。总之，有些尴尬起来。”另一篇广播稿是关于拾来和二婶的，题目叫作《崇高的爱情》：“白日辛勤地劳动，夜里在灯下制订‘致富计划’”等。然而，拾来和二婶还是把门关得更严地在屋里打架。两套符码就这样尴尬地纠缠在一起，互相龃龉，又颇有点相安无事似的。然而，两套符码各自的优势是显而易见的：“仁义”神话的优势来自悠久的历史，来自与生俱来的“集体无意识”，来自它与农业生产方式的同构性，来自它那仿佛是“自然的”“天经地义”的叙述方式；而“当代神话”的优势则主要来自它所处的意识形态中心位置，来自它与权力结构的密切关联，来自它所获得的物质资源（包括传播媒介）的支持，来自它那“理性的”、“科学的”和激昂明亮理直气壮的叙述方式。至少在《小鲍庄》里，我们可以看出“当代神话”更占上风，尽管这种上风始终受到一种隐隐的嘲讽，因而始终是可疑的，可重读的。

鲍仁文到县城去求见“作家”时受到的冷遇和委屈，投稿之后的忐忑不安和焦急的期待，以及地区《晓星报》嫩生生的记者也被尊称为“老胡同志”，等等，无不显示了“当代神话”与权力的共生带来的一切。最重要的是，不是捞渣的死本身，而是对捞渣的死的“当代”叙述，不仅使鲍仁文的“作家梦”得以实现，而且使得拾来、小翠、鲍彦山全家，都迎来了新的转机：倒插门女婿地位提高了，有情人可成眷属，新屋上梁，大儿子转吃商品粮，等等。奇迹就发生在这一语之转，即不再说“捞渣这孩子仁义”，而转为说：“小英雄鲍仁平同志舍己为人。”能指的威力绝对压倒了所指，所指成了一片空白，淹没在能指的耀眼光辉里。当然，这光辉的人为性和虚幻性依然无法遮掩。“老胡同志”睡觉打鼾如雷贯耳，酒喝多了发牢骚；四十多岁的矮个子作家有严重的气管炎，喉咙里一直咕噜作响……这些琐碎细节当然使“有关人类灵魂的崇高事业”的光彩大打折扣，却都可以忽略不计——“小英雄事迹”的层层加工过程、不厌其烦的铺叙，就足以昭示“当代神话”的运作机制了。宣传媒介自得其乐地沉浸在自己制造出来的语言虹霓之中，自信并且以为人们也相信用这套能指编织的彩锦的永久性，用它来凝聚当代人的恐惧和希望。它只愿倾听自己的声音，拒绝对它那一套语汇的任何重读。

小鲍庄淳朴的村民们却似乎无意地亵渎了它——

> 县里要在捞渣墓后盖纪念馆，收集遗物时犯了难。小英雄生前用过的穿过的，所有的东西都烧了。后来二小子发现，他家茅房泥墙上，有着捞渣写的字，写的是自己的名字——鲍仁平。
>
> 问他，确实是小英雄写的吧？他说：
>
> "没错。那天，我和捞渣一起拉屎，各人写各人的名字玩哩！"
>
> 当然，边上还有二小子写的字：鲍兆和。
>
> 可那墙一碰就烂，起不了。只能放那儿了。[4]

五、坝与碑与网

捞渣的死成了两套符码的相切点："仁义"和"礼貌月"叠合在一起。符码的转换在作品里以捞渣的迁坟，构建了空间性的象征物的转换："捞渣的棺材从大沟边起出来，迁到了小鲍庄的正中——场上。……砖砌

〔4〕 王安忆《小鲍庄》，页103。

的，水泥抹了缝，再不会长出杂草来了，也不会有羊羔子来啃草吃了。”自然地长了青草的土坟转换成人工的庄严的纪念碑，符码的纠缠和撕掳终成定局。人们用水泥的碑完成了对土坟的重写。

《小鲍庄》的“尾声”讲的便是这墓、这碑。既是故事的尾声，也是叙述本身的一个结局。当我们无法筑坝以阻拦语言的洪水时，能否建一个高出于“村东头的柳树”的碑，来铭记我们“理水”的努力和牺牲呢？能否以此救赎我们写作的“原罪”呢？能否借此凝聚我们从一套符码转向另一套符码时付出的挣扎和代价呢？碑的意象以挺拔于空间的实体铭刻历史，企图超越时间之流，汇聚事实、价值和权威的永恒性。然而，铭记便是一种书写，一种神话的诠释，它不仅被语言的洪流所播散，而且被时间的雨水所侵蚀。定局或定本不可能存在，重读将一再进行。

于是，“尾声”之后“还是尾声”，它提醒我们注意另一套我在这篇文章里一直有意按下不表的历史叙述——鲍秉义的花鼓戏：

有二字添一竖念千字，
秦甘罗十二岁做了宰相。
有一字添一竖带一勾念丁字，

丁郎又刻苦孝敬他的娘。
一二三四五六七八九十，
十九八七六五四三二一，
珍珠卷帘那么一小段。[5]

这贯穿作品诸段落的坠子曲，是神秘的汉字、语言游戏、真假难辨的信史野史等杂乱无章的连缀，却仿佛道出了历史叙述的真相：人们用语言之网与时间之流纠缠不休。坝和碑的实体意象反而显出了虚幻，网的意象也许反倒逼真。问题在于：在人们的叙述实践中试图固定和打捞的是什么？

你问我重读《小鲍庄》意味着什么？我说，我在坝和碑虚幻地存在着的地方下了一次网。或许，倒是因为坝蜿蜒着，碑耸立着，叙述和重读才不得不一再进行……

一九八九年五月

（载《北京文学》，一九八九年第七期）

---

〔5〕 王安忆《小鲍庄》，页104。

黄春明小说中的传媒人及其尊严

黄春明漫长的创作生涯中，追问的核心问题就是：一个人（不管他是什么人）如何才能活得有尊严……有尊严地活着，有尊严地死去。“尊严”本乃普适价值，普遍地适于每一个人，无分男女长幼、贫富贵贱，都有尊严问题值得关注。但黄春明的笔触更多地指向城乡大地上的老弱病残，在一个缺乏公平和公正的社会上，这些弱势者、底层的小人物、残疾人、失业者、性工作者、老无所依的人，他们对人性尊严的争取和坚持，在他的小说中有持续而多彩多姿的变奏呈现。这种倾斜，自是跟作家的生命历程以及由此形成的人道立场相关，但与“尊严”这一价值主题的内在悖论也密不可分。这一悖论可以简单地表述为：尊严，只有在它被剥夺的时候才存在。所以，对尊严的正面界定总是显得抽象而飘忽，负面的消极修辞却立即让它形象鲜明。“富贵不能淫，贫贱不能移，威武不能屈”（《孟子》），大丈夫的“尊严”这种难以捉摸的好品质，只能在相对于“富贵、贫贱、威武”这类确凿无疑的坐标中，以一系列的“不能剥夺”来界定。尊严存在于何处？就在吾人对那些有剥夺尊严能力的政经权力大声说“不”之处。现实主义文学传统，向以“被侮辱和被损害的人”为小说人物中心，良有以也。

在黄春明与尊严主题有关的小说人物中，有一类角色，我想把他们归类为“传媒人”来讨论。这些以向大众传播政经信息为职业的人，有采用敲锣吆喝的传统方式的憨钦仔（《锣》），也有从“三明治人”（sandwich-man）向“三轮车 + 扩音机”过渡的坤树（《儿子的大玩偶》）。传媒的技术发展严重威胁和改变着这从业者的生存方式。还有在二十四层的墙面刷画“吉事可乐”半裸女星巨幅广告的阿力和猴子（《两个油漆匠》），以及用东方格调来策划改装色情酒吧的海归 MBA 马善行（《小寡妇》），新殖民或后殖民的元素直接进入了信息传播的运作之中。如果我们把“传媒”或“媒介”做宽泛一点的理解，那么集“导游”、“翻译”和“拉皮条客”三者于一身的黄君，真真把“传媒人”的多种可能内涵做了最充分的诠解。（《莎哟娜拉，再见》）而偏僻乡村读报的气喘病老人之死，也正是现代新闻传媒的真实权威之死。（《现此时先生》）黄春明刚到台北时，曾在广告界讨生活，“撰稿之外，还要跑客户”；“自己写脚本，自己拍摄”；先后在一家运动用品公司做广告企划，一家鞋业集团任企划协理。当是时也，加拿大人麦克卢汉的媒体理论开始被世界接受。在他之前，人们把媒体看成是一种运载信息的工具，媒体并不能改变信息内容，但他点出媒体的影响力，能引起人间事物的尺度变化和方式变化，塑造人的组合方式和形态。他的名句“媒体即是信息”（the medium is the message）塑造了当代对媒体的基本认知。麦克卢汉认为“媒体是人体的延伸”。《儿子的大玩偶》的小镇上，人们无师自通，直接把夹在两块电影海报牌之间的人体（sandwich-man）叫作“广告的”。黄春明最早把现代媒体的演变、媒体人的生存方式、媒体带来的认知方式和价值观的转变，敏锐地写进他的小说。黄春明对“传媒人”及其尊严问题的感同身受，使得这类角色蕴含了可做深入探讨的社会的和心理的内容。

一、“当当当的锣”

憨钦仔的“孤门独市的差事”就叫“打锣的”，他打着一面铜锣，四处吆喝出重要的信息：哪家遗失了小孩、公所有缴税事项、几间庙要善男信女还愿谢平安，还有种痘打预防针之类的事情。憨钦仔这差事干得专业而且尽责。譬如一位妇人急慌慌来找他，小孩走失了，憨钦仔拍胸脯说，莫急莫急，“没有一个小孩迷失，我找不回来的，你去问问，绝对没有”。这是一种专业的自信了：“你慢慢告诉我你的孩子有多大？有什么特征？他今天穿什么衣服？大概在什么地方？什么时间迷失的？”收集了详尽的信息，吆喝出来是这样子的：“当……当……当！打锣打这里来，通知给大家明白，有一个小孩，名叫阿雄，今年三岁，实在才满两岁啊，目周大大蕊，很可爱，赤脚，穿黑水裤、白衫，谁人看见，赶紧带去交给派出所，或者，带去帝爷庙边棉被店，阿雄的母亲很着急地在等候！当……当……当！”关键并不在于后来真的找到了阿雄，而在于憨钦仔尽责地提供了专业的服务。曾经有不懂行的罗汉脚问过：“没找到可以不给钱吗？”理直气壮的回答是：“哪里的话！只要我憨钦仔打了锣就得给钱。”

虽然麦克卢汉说内容并没有媒介重要，你还是注意到打锣传递的信息，大都关乎宗法亲情、民间信仰、基层行政，乃至卫生防疫等“文明事项”，唯独没有商品推销即后来居上广而告之的商业信息。而这些日常信息，和憨钦仔当当当的锣声及其吆喝，是多么的水乳交融、合而为一。因而当“三轮车 + 扩音机”取憨钦仔而代之，你会依照麦克卢汉理论推测，即使播放的仍然是上述信息，至少“味道”已经有点不对了。那面被憨钦仔置于防空洞竹床底下，变成杂皿子的喑哑的锣，不仅意味着他的生计无着，也象征了他的尊严尽失，不得不混进茄苳树下，与这群罗汉脚（“啃棺材板”的无赖）为伍。小说用了大量的篇幅，一层层细细写尽一个卑微的小人物“虎落平阳被犬欺”的窘境。

反高潮是憨钦仔意外地重获一次连打两天半锣的机会，传递缴税的通知。憨钦仔以前严格按照雇主的话吆喝，这回却鬼使神差来了创意：“要是没缴的啊，这个官厅你们就知道，会像锯鸡那样地锯你们！笑？缴完了才笑！千万不要铁齿，不信到时候看看，要是我憨钦仔讲白贼者，我憨钦仔的嘴巴让大家掴不哀……”把缴税通知加上了好笑的威胁，引得一班闲人跟在后头哄笑。结果喊不了几条街，立即被公所喝停。

被喝停之后，憨钦仔还在街上尽力敲了三声锣。小说结尾，黄春明写到他最后的吆喝已近乎哀号，“他的声音已经颤抖得听不清什么了。但是他的嘴巴还是像在讲话，用力地一张一闭，到后来连声音都没有了。只是讲话的口形，教人从中可以猜出，他一直在说‘我憨钦仔，我憨钦仔’”。这凄惨的结尾提醒我们注意，憨钦仔犯了传媒人的大忌，他把第一人称的“我憨钦仔”，僭越官厅，置入缴税通知里去了，传媒人的主体突兀地遮盖了信息。传媒人的悖论在于，在传递信息的过程中，他必须既存在又不存在。他存在，他站在信息的“外面”，以其专业素养和职业道德，保证来源的可靠、传递的准确和及时、立场的客观和公正；他不存在，在信息的“里面”，他是“透明”的，去主体化的，受众不能感知他的存在。如同那面当当当的锣，憨钦仔只具有“工具价值”。那面锣被敲碎了，喑哑了。

二、“大玩偶，我是大玩偶”

憨钦仔的活儿是传统的，坤树的活儿则是他向乐宫戏院的老板建议来的（灵感来自小时候爬到相思树上看的一出电影）：“老板，你的电影院是新开的，不妨试试看。试一个月如果没有效果，不用给钱算了。海报的广告总不会比我把上演的消息带到每一个人的面前好吧？”这建议本身就是推销（免费“试一个月”），坤树的企划和执行把“三明治人”（sandwich-man）这种番邦行当引入小镇，引来长辈大伯的愤怒指责：“难道没有别的活儿干啦？我就不相信，敢做牛还怕没有犁拖？我话给你说在前面，你要现世给我滚到别地方去！不要在这里污秽人家的地头。”

其实坤树也是自惭形秽，小说敷陈了不得不如此做的多种理由，首先是“阿珠不用喝那两剂打胎柴头汤了，儿子阿龙生了下来”（这是最重要的，直接与题意相关）；其次是多处求职无门；最后（针对长辈的反击），跟大伯借米也借不到。坤树的身形消失在小丑般的化装之中：脸上的粉彩、头上的高帽、身上的彩衣、身前身后的广告牌……除了电影海报，还多了“百草茶”和“蛔虫药”。他在广告行为中透明化、去主体化了。黄春明在小说中用括号标出坤树的内心独白和潜台词，拓展了这篇情节单一的小说的心理深度。众人最初试图辨认这个“广告的”到底是小镇上的何许人也，坤树的焦虑是：“真莫名其妙，注意我干什么？怎么不多看看广告牌？”可是没多久，坤树就体验到了自我的流失：“那一阵子，人们对我的兴趣真大，我是他们的谜。他妈的，现在他们知道我是坤树仔，谜底一揭穿就不理了。广告不是经常在变换吗？那些冷酷和好奇的眼睛，还亮着哪！”

黄春明言简意赅地概括了传媒人的生存悖论：“反正干这种活儿，引起人注意和被奚落，对坤树同样是一件苦恼。”与麦克卢汉所说的“媒体是人体的延伸”正好相反，人体成了媒体的延伸，人体异化到了媒体之中，人体直接成了媒体：“大玩偶，我是大玩偶！”坤树的喃喃自语，五味杂陈，是对这一角色的自我认同，尤其当这一认同的期望直接来自儿子阿龙的时候。

终于，“三轮车＋扩音机”的技术进步反而把坤树抛入了深刻的认同危机之中。坤树不用再当化妆的小丑了，卸了妆的坤树却把儿子吓得哇哇大哭：“傻孩子，这是爸爸啊，是爸爸啊！”

> 坤树把小孩子还给阿珠，心突然沉下来。他走到阿珠的小梳妆台，坐下来，踌躇地打开抽屉，取出粉块，深深地望着镜子，慢慢地把脸涂抹起来。
>
> “你疯了！现在你打脸干什么？”阿珠真的被坤树的这种举动吓坏了。
>
> 沉默了片刻。
>
> “我，”因为抑制着什么的原因，坤树的话有点颤然地：“我，我，我……”

坤树在阿珠的小梳妆台前看见的自我镜像，却在语言的层面被消音。小说的经典结尾再次把近乎无声的微弱的“第一人称”重复强调在读者面前。坤树的人性尊严在被摧毁的同时，也于此得到一种“诗性的重建”。

三、他者的欲望

倘若历史场景的转换，把憨钦仔和坤树们带到上世纪七十年代的大都市，他们不再具备充当传媒人的职业资格，充其量，他们成为“两个油漆匠”，无聊乏味地刷画那几层楼高的硕大无朋的明星乳房。这里带来的震撼首先是商业形象“体积”的庞大，反衬了脚手架上乡下来的小人物生命的微末和渺小。(《两个油漆匠》) 他者的欲望汹涌而至，沛然莫之能御，其“庞大”也体现在“千人斩买春团”的名目和“订单”上，体现在由这种名目带来的巨量的历史耻辱记忆。身兼“导游”、“翻译”和“拉皮条客”三重“传媒人身份”的黄君，他在日本商人和礁溪妓女之间、日本商人和台大学生之间玩弄的“翻译即叛逆”的小把戏，也不过只是“精神胜利法”微末的反抗而已。(《莎哟娜拉，再见》)

他者欲望的“大”与本土尊严之“小”的巨大对比，也体现在为招揽美国“大”兵的中国“小”寡妇酒吧的设计与策划中。小说罗列那些琳琅满目的东方格调“小物件”：清末民初的仕女行头、绣花鞋、腋窝下的香绢手帕、屏风和月份牌、水烟筒、《金瓶梅》和《素女心经》的床上功夫。《小寡妇》几乎是一本完整的广告学入门手册，顺应美国大兵的东方想象，从文案设计、招牌、室内装潢，到酒吧女的化妆、服饰、言谈举止等所有细节，由海归 MBA 马善行从头到尾详尽演绎。黄春明大肆渲染马善行广告攻势的成功：“那一天小寡妇一家人都很乐。其中马善行比谁都高兴，几份登有广告的外文刊物插在西装袋，一会儿接电话，一会儿听人家来告诉他一些消息，虽然还不到营业时间，但是由广告引起的反应，已经够热闹了。单单同业的经营者和吧女，因为好奇心来造访的不少。”美国大兵、日本记者、CIA 的人络绎而至，那两个来挖新闻的冈本、宫入直截了当地赞扬道：“你们小寡妇的广告很成功。”小姐们随时告诉马经理：“他们很多人都是看了报纸广告，慕名而来的。”

马善行如此汲汲于搜集广告的成效，证实了他一如拉康所言，在“欲望着欲望他者的欲望”。在上世纪七十年代的世界秩序中，马善行的自我定位成为台湾定位的隐喻。在大获成功的高端卖春广告中，处处不见马善行，又处处可见马善行。传媒人在他传递的信息中实现了他的“非存在的存在”。(《小寡妇》)

延续了《看海的日子》里的人性关怀，黄春明敷陈吧女们和大兵们的真实人生，处处消解了马善行广告营造的刻板形象，也使得《小寡妇》超溢了“反帝反殖”的刻板主题，以文学的悲悯拯救了讽刺的过度。

四、现此时先生

现此时先生是偏僻乡村蚊子坑的读报老人，因读报时经常使用“现此时”的口头禅，久而久之本名被忘记了，都称呼他“现此时先生”。有趣的是报纸的来源，不是山下杂货铺包东西用的，就是进城的人在车站顺手捡回来的，也就是说，他们念的都是些不知何年何月的旧报纸。新闻的即时、迅捷、当下，自然不是念报听报的老人们所在意的，但却使得“现此时”这句发语词颇有点嘲讽的意味。悠闲缓慢的乡村时光，与新闻追逐 news 的紧迫节奏，两条速度不可比拟的时间线，却在蚊子坑老人不紧不慢的读报中并行不悖地延伸着。本雅明曾在《讲故事的人》里指出“信息”与“故事”的根本区别：信息必须即时鉴定真伪，以其可信为号召，其价值只存在于新闻的一刻；而故事则是建立在不加言诠的道听途说，并且是在一种无聊而缓慢、一种松弛的时间节奏底下，犹如催眠般进入边从事手工艺边聆听者的记忆中。“故事”的魅力来自见多识广的年纪和死亡的权威，而黄春明把“新闻时刻”转化为“故事时间”，错位引入的正是新的权威与新的尊严。

现此时先生的尊严，来自报纸的权威。一句“报纸说的”，即可平息任何争议和疑问。黄春明的小说以一个实例证明这一点：旧时斩鸡头发誓为何如今不再灵验？现此时先生的高论是如今斩的都是美国生蛋鸡，闯入地府告枉死状时，说的是美国话，地藏王听不懂。所以呀，要斩鸡头发誓，必须用土鸡。你们不信？报纸说的。

不过今天他老先生遇到了前所未有的挑战，竟在边角补白处读到本地蚊子坑的新闻了：“现此时，福谷村黄姓村民，其所养的母牛，昨日生下一头状似小象的小牛。现此时，小牛经过饲主小心照料，可惜隔日即告死亡。”福谷村不就是我们蚊子坑嘛，这么大一件事情，怎么大家都没听说过？从来不关心出报日期的老人们问了，这是哪一天的报纸？也就是说，他们开始严肃认真地，把新闻当新闻了。十月二十一，好像过去没多久嘛。“骗疯子，蚊子坑的母牛生小象？”“此时”落实到了“此地”，时间落实到了空间，新闻有了查证的必要和查证的可能。这也就是现此时先生几十年因报纸的权威形成的尊严崩溃之时——夕阳西下，有气喘病的现此时先生死在爬去坑顶查证新闻的路上。

为了证明人质当天还活着，绑架者每让人质手持当日报纸照一张相。安德森说，成千上万的人因了阅读同一天的报纸，形成了“想象的共同体”。黄春明的小说中，现此时先生被一张报道当地假的花边新闻的报纸“绑架”了，三山国王庙前几十年念报闲聊形成的实实在在的“共同体”有分崩离析之虞。“母牛生小象”，本是《阅微草堂笔记》或志异志怪类笔记的绝好素材，不幸它却是“报纸说的”“新闻”！两种叙事传统的错位，两种说和听时空的错位，也是两种可信性权威的错位。本雅明的“讲故事的人”早已离我们远去，黄春明的“念报纸的人”也生不逢时。

五、非存在的存在

多年以后，麦克卢汉的新异理论得到先知般的认证：新媒体的技术发展以前所未有的速度改变着人类的认知方式和人际关系。网络时代，所有人都是传媒人，所有人都是作者和受众。黄春明的笔触还来不及伸展到新媒体时代的传媒人，但只要网络深处，还在传递着憨钦仔的锣声、坤树的鬼脸、黄君的翻译、马善行的企划以及现此时先生的自信，小说家对这类人物的人性尊严的关怀，就仍然启发吾人的深入思考。

那些转移到网络空间的公民写作，那些巨型防火墙的构筑与翻越，那些网络的诈骗和欺凌，那些网络资源的垄断、占有和挪移，那些自闭症的宅男宅女，那些精神分裂的键盘侠，那些边界移动的虚拟的共同体，那些稍纵即逝的图像和声音……我想思考的重点依然是吾人在网络时代的主体生存方式。传媒人的生存悖论，即所谓非存在的存在，将更为深刻地困扰着我们。

二〇一五年九月三十日初稿

十二月九日二稿

（载《书城》，二〇一六年第二期）

撬动一下现代小说的固有概念

——在深圳“刘大任小说艺术学术研讨会”上的发言

我对大任先生是仰慕已久。大约四十年前，我在北京上大学，那时候改革开放的尺度很大，订阅香港的一份左派杂志，每个月都可以寄到北京大学中文系。收到以后，别的不看，先读两个人的文章，一位是张北海，一位就是刘大任。张北海的随笔讲纽约掌故，文笔老辣、妙趣横生，不知道后来有没有集成集子，听说他最近写了一部武侠小说？刘大任的小说，当然是现代的短篇小说，跟我从小到大读的工农兵文学很不一样，非常新鲜，但骨子里又很有中国味道，连题目都叫《杜鹃啼血》什么的。所以四十年后听说大侠的出版社要出刘先生的书，而且要出二十几本，我就极兴奋，说了三个字：“大手笔！”

前几天，台湾的人间出版社，推出了《陈映真全集》，是由陈先生的朋友们集资，从他们的退休金里拿出钱来出的。咱们这边，则是由南国边陲，一个不太知名的出版社，推出了《刘大任集》的最初的四本。我敢说这都是中国现当代文学史或者世界华文文学史或者左翼文学史的“大事件”，现在就可以这样铁口直断，也许过若干年后会更加肯定。

大任先生写的小说，既是“现代”小说，又是“中国”小说，这两者怎样综合起来谈，不太容易。昨天大任先生的演讲中提到，每一个现代作家都面对着两样东西：“世界”和“自我”。这两样东西，都不再是黑白两分、善恶分明的了，而是陷入了“暧昧难明的领域”。我想，“现代中国小说”也属于这样错综复杂的、绝非不证自明的概念。讨论现代中国小说，不能回避鲁迅这个“原点”或“原典”。大任先生的《枯山水》有一篇《从心所欲》，副标题就是“仿鲁迅《在酒楼上》，错其意行之”，摆明了要我们读者参照鲁迅来读他这篇小说，结果发现穷愁潦倒的吕纬甫摇身一变，成为京城里呼风唤雨的基金会 CEO。鲁迅说他写小说凭的是一点点医学知识和读过的百十来篇外国小说。那些小说当然都是些现代小说，东欧的、俄国的，还不是托尔斯泰、屠格涅夫的现实主义，而是安特莱夫这样的象征主义作品。他跟周作人一起译的《域外小说集》，其中一篇《谩》是他译的，“谩”就是“瞒”，因为当时他跟着章太炎学《说文解字》，喜欢用古字。《谩》是一篇精神错乱者的第一人称自述，疑心别人用谎言骗他，最后是“人生皆为大谩”，整个世界都是谎言。鲁迅后来指出安特莱夫的特点，也是现代小说的特点，就是“安特莱夫的创作里，又都含着严肃的现实性以及深刻和纤细，使象征印象主义与写实主义相调和。俄国作家中，没有一个人能够如他的创作一般，消融了内面世界与外面表现之差，而现出灵肉一致的境地。他的著作是虽然很有象征印象气息，而仍然不失其现实性的”。“消融了内面世界与外面表现之差，而现出灵肉一致的境地”，这是什么意思呢？以前的客观存在是从上帝的（无动于衷的）视角呈现出来的，如今却一定要由人物的主观视角来呈现。“今天晚上，很好的月光。我不见它，已是三十多年；今天见了，精神分外爽快。”今晚的月亮到底好不好呢？我们不知道，也许很好，也许不好，并不重要。重要的是三十多年不见它，这是神经病的视觉呀。这就是现代小说的最重要特征：主客观界限的消泯。也就是刘大任先生昨天说的，“世界”和“自我”都进入了暧昧难明的领域。

我们可以举大任先生的小说为例。为什么说《当下四重奏》是现代小说？用四个第一人称讲同一个故事嘛，福克纳的《喧嚣与骚动》嘛，这很明显。但我要说小说开头第一句，就是现代的写法了。“园锹一下去，便感觉不对了。”这是主观感觉，同时又是客观动作。主观是手握园锹“感觉不对”，客观是“移植海棠”，而“海棠”有象征意义（海棠、海棠叶、海棠花，移植的问题，扎根的问题，无处可扎根的问题——整本长篇小说的主题呼之欲出了）。跟着这“象征”，“诗意”也进来了，“抒情性”也进来了。你可以比较一下古典的写法，鲁智深倒拔垂杨柳，你得先写莽和尚膀大臂粗，喝醉了，一帮小混混围着起哄；再写垂杨柳如何高大根深，树围若何；最后才由旁观的林教头嘴里一声喝彩：好！在这里垂杨柳就是垂杨柳，只是用来表现鲁智深力气大的道具，没有象征，当然也没有诗意和抒情。现代小说不会这么写，现代小说家会把一切都从林冲眼里看出，放在林冲的视觉里呈现出来，一开始就奠定英雄惺惺相惜的调子。

那么鲁迅一开始就抓住了现代小说的精髓——主客观融合，从《狂人日记》“一发不可收拾”，集成一本《呐喊》，是中国现代小说的开山之作。这时候，一批留学日本、英美的海归也回到了中国，他们跟鲁迅这个“业余写小说”的医科生不同，他们是学过《文学概论》的，很敏锐地指出来：《呐喊》里的许多篇，根本就不是小说（像《一件小事》《鸭的喜剧》。多年以后，作家王朔就说“我读六年级的女儿也能划拉一篇出来”）。鲁迅当然很气闷了，以至于多次告诫青年作家，千万不要相信“小说作法”之类。其实他是感受到了《文学概论》的压力的，所以到了写《彷徨》的时候，他自己说“此后虽然脱离了外国作家的影响，技术稍微圆熟，刻划也稍加真切，如《肥皂》《离婚》等，但一方面也减少了热情，不为读者们所注意了”。也就是说，比较符合《文学概论》的小说定义了。可是闷气（“热情”）憋在肚子里，并未消散，到他生命的最后一年，他一口气写了四篇“杂文体的历史小说”(《采薇》、《非攻》、《出关》和《起死》)，完成了多年的心愿，足成了现代小说史上匪夷所思的一本奇书:《故事新编》。小说家开始乱来，让古人说上海话，说英语，让老子收讲义费，让庄子狂吹警笛，诸如此类。夏志清在《中国现代小说史》以此证明鲁迅晚年“创作力的衰退”。在我看来，这是鲁迅对《文学概论》的一次反扑，弄得鲁研专家和文学史家很多年都不知拿《故事新编》怎么办才好。

我想指出，中国现代小说从一开头，就跟《文学概论》有一种潜在的紧张关系。小说家能够绰绰有余地写出非常地道的“现代小说”（“这一百年的所有技巧我们都玩遍了”)，但也经常写出很多不合规矩的文本。这恐怕不是小说家有意要跟《文学概论》过不去，而是有更深层的中国文化的原因、东方思维的原因、美学传统的原因。我对小说史上这些“不像小说的小说”特别感兴趣，对这些虽然已经非常“标准”的现代小说，却总是这里那里让你“感觉不对”的作品特别感兴趣。而刘大任的小说就正是这样的小说。

很多评家，譬如《晶报·深港书评》里评介刘大任小说的书评作者，都很准确地指出其作品中的“中国味道”或“中国调子”，是刘先生“向中国文化认祖归宗”在小说里的体现。唐诗宋词的文字，园林盆栽的意境，同时又是现代的“多声道”结构。这都是很敏锐的观察。可是我马上就要说到“这里那里感觉不对”的地方，说得不对刘先生不要笑我。我觉得《当下四重奏》里的多声道是不平等的、不平衡的，简云松是主旋律，从头到尾讲他自己的故事；太太杏枝、女儿晶晶和儿子磊磊三个副声部都太弱了，除了磊磊多多少少有他自己的故事讲（父子冲突，其实还是围绕他老爸），大家讲的还都是简云松的故事。最典型的是晶晶，讲着讲着就去引用她偷看来（！）的老爸的日记，加上自己的评述。这样带来的直接效果就是，简云松是个立体的有个性的人物，其余三位就未免不够丰满。好吧，你已经识破我采用的是英国作家福斯特《小说面面观》里的规条（我一会儿还要援引另外一条），关于“圆形人物”和“扁平人物”的区分。但我不仅仅是想撬动这种区分，还想进一步撬动“人物”这个概念。

我最近读了一篇美国教授谈印度人写的英语小说的文章，启发很大。[1]这位教授读了上百本印度英语小说，然后开了一堂课，带着一帮美国孩子读印度小说。可想而知这里会有跨文化的误读和理解，很有意思。在当下美国学院的理论语境之下，这门课毫无疑问会在殖民和后殖民的论述中进行，在弗朗兹·法农、爱德华·萨义德、霍米·巴巴和佳亚特里·斯皮瓦克的帮助下阅读。但教授警告说，这种读法会有很多缺陷。其中一个就是固守我们习以为常的欧洲小说概念系统，放弃了到印度的“本土语境”中去阅读，即《摩诃婆罗多》《罗摩衍那》的叙事传统“仍然活着”的语境中去阅读。尽管印度小说看起来足够“西方”，尽管它们是用英文写的，尽管它们自由地向西方作家借鉴，但它们的叙事，却几乎总是从本土叙事的无限储藏中生成的。更重要的是，伴随这种本土叙事的，是印度式的情节、角色、形式、统一、现实主义和象征主义的概念。注意，这就启发我的思考，如果不深入到“概念”的层面去讨论，小说的“印度味道”或“中国味道”就很难搔到痒处。

为什么简云松是个“人物”而其他人不太是？对小

〔1〕 James W. Earl, “How to Read an Indian Novel”, *Literary Imagination*, Volume 9, Issue 1, 1, January 2007. pp. 96–117. 中文有王立秋译本，见于微信公众号“海螺社区”，2017 年 10 月 27 日。

说中“人物”的关注是伴随着工业社会对“个人”的关注一起产生的。其实，工业社会、个人、个人主义、小说，这几样都是一起产生的。文学上的对应物就是“成长小说”（德国人叫“教育小说”或“教养小说”），通常都是写一个人离乡背井，“在路上”，遇见形形色色的人和事，成长起来了。既是“身”路历程，又是“心”路历程。我们现在有一个精准的词叫“漂”：“京漂”“港漂”“深圳漂”“纽约漂”。马克思说：“人的本质在其现实性上是一切社会关系的总和。”对这句静态的全称判断句必须做特称的动态过程的理解。成千上万的具体的个人从已然崩溃的宗法社会的社会关系里抛了出来，在工业社会（“陌生人社会”）磕磕碰碰地重建他的社会关系。尽管这社会关系是脆弱的、不可靠的（还是马克思的话：“一切坚固的东西都烟消云散了。”），但这时候我们就说他找到了“自我”（自我由他者构成），用《沙家浜》中阿庆嫂的话说，他“活出了人样儿”，用小说概念说，他像个“人物”了。从巴金的《家》，路翎的《财主底儿女们》，王文兴的《家变》，到苏童、余华、莫言的家族小说，一部中国现代小说史，写的就是这个主题嘛——家族的崩溃和个人的成长。《当下四重奏》的精彩之处，在于它轻描淡写或基本不写“漂”的历史，它用四个字“人定胜天”一笔带过。外省穷小子娶台湾望族之女为妻，人定胜天。联考、留美、博士论文答辩，人定胜天。当教授、拿长俸，人定胜天。当然简云松把“人”和“天”仔细界定为实现目标的“个人能力”和“外在障碍”。“立业”一笔带过，整本小说细细地写“安家”（settle down），园林、盆栽、果园、菜畦，立起一块青苔山石，上书一个很大的“曜”字，曜园，阳光灿烂。小说结构的安排，是从四个人（包括这个人自己）的眼里看一个人，由此呈现出这个人“一切社会关系的总和”——他真是个“人物”。

从“成长小说”的成规来看，你会发现简云松的生命历程缺少了一个重要的阶段：“成熟阶段”。依据歌德的《威廉·迈斯特》预设的典范，青年时代的“学习”和“漫游”是必不可少的，但一个人不会停留在青春的旅程，青春的实现必须是青春的克服。“成熟”是个体对局限性的体认（歌德所说的“断念”），对自身的历史位置的确定，对一技之长的耐心锤炼，在无意义的日常生存中确立意义，青春的狂乱褪去，个体赢得“随时间而来的智慧”（叶芝），杂乱无章的生命获得了“形式”。表面看来，退休教授的日常生活井井有条，园林和盆栽正是其象征形式，但躁动不安的内心叙事一再干扰这种表面印象。老教授很不成熟，杏枝和晶晶都早已确立了自己的主体位置，连小儿子磊磊也比他成熟（可能是小说中最成熟的一位）。简云松活在一个“过分延长的青春期”之中，所以才会在小说的结尾处，弃将芜的园林不顾，再次出走到了“路上”去“漂”。老境将至，刘大任却讲了一个骨子里的“青春故事”！

依照学者宋明炜的研究，中国成长小说“成熟阶段”的普遍缺失，体现了中国现代化的一个历史悖论：一方面是“无形式的”甚至拒绝形式化的青春躁动活力；另一方面是不断出现的（以“政党政治”的方式）将青春形式化的努力（《青春之歌》里的林道静，其“成熟”的标志是嫁给了一位真正的老布尔什维克）。一方面，青春为中国的现代化提供了看似无尽的身心资源和看似无限的变革可能；另一方面，历史对青春的赋形却流为对青春的滥用和消耗。〔2〕不过，二次出走毕竟不同于初次，此“漂”不同于彼“漂”，简云松再次“在路上”，却以老历史学家的“时间智慧”，再三提醒我们警惕“政党政治”给“二度青春”赋形的危险，感受这种危险带来的不安。我想这才是晚风细雨归无处，贴梗海棠扎不了根的根本原因吧。

现在我们可以回过头来，说说杏枝、晶晶和磊磊为

---

〔2〕 王璞《青春的旅程与时代的变奏——读宋明炜〈少年中国〉》，《读书》，2017年第10期。

什么不够“人物”——他们在小说里不“成长”，一开始就这样，到结尾时还是这样。要聆听他们的“声部”，我建议不要拘守从欧洲写实主义传统而来的“人物”概念，转而采用从中国写意艺术而来的“角色”概念。中国戏曲里的“生旦净末丑”，一上场就是那个行当，到下场也没有多少变化。这种功能性的“角色”，不同于实体性的“人物”，没那么多复杂的历史的、心理的内容，却干净利落，承担着文化传统派定的功能。譬如王婆这个角色非常生动，却不“立体”，一出场大家就知道她的功能就是“拉皮条”，从一部小说到另一部小说，连名字都不带换的。不妨举刘大任《枯山水》里的一个短篇《大年夜》为例，上场的是保钓运动的老战友们，他们不以真名实姓出场，而是叫作“传单、纠察、采买、钢板和联络”，全是当年的革命分工变成的绰号。叙述者“革命煮饭婆”邀请了多年失去联络的闺蜜婷娜“也来热闹热闹”，这就引进了一个旁观者的视角。年夜饭，高粱酒喝多了，开始了卡拉 OK。没想到婷娜的兴致比谁都高，王人美的《渔光曲》，然后是吴莺莺、周璇和白光。老保钓们压根儿搭不上腔，纠察终于忍不住了，对着天花板吼道，再唱这些调调，骨头都要酥掉了！于是来了《毕业歌》，然后是“向前向前向前”和“起来，不愿做奴隶的人们”——这回轮到婷娜目瞪口呆。通篇没有一个“人物”，全是“角色”，但所营造的气氛和怀旧情怀，却精彩绝伦。

与此相关，我想用东方的叙事传统来置换或撬动的、现代小说的另一个固有概念，就是“情节”。什么是“情节”？福斯特《小说面面观》给出的界定是：事件和事件之间的因果关系构成了情节。他举了个经典的例子：“国王死了。王后也死了。”这不是情节。“国王死了，王后因为伤心也死了。”这才是情节。工业社会的科技理性渗透到了所有领域，自然科学、社会科学、历史学。在社会学领域很难将“实验室思维”贯彻到底，就用统计学来补足之：概率论和相关性之类。理性主义思潮在文学中典型的对应物是侦探小说，福尔摩斯手里的放大镜是最好的标记。王安忆在复旦大学讲小说情节，分析了苏童的一部中篇《园艺》（父亲失踪）和刘庆邦的一个短篇《玉字》（村庄里的轮奸），这两篇都有点侦探小说的味道。王安忆说“经验性情节”必须找到“动机”才能转换为“逻辑性情节”，即小说情节，她特别强调这种“生活逻辑的推动力”。〔3〕王安忆很喜欢侦探小说，她说如果我跟张爱玲有什么共同点，

〔3〕 王安忆《心灵世界——王安忆小说讲稿》，上海：复旦大学出版社，1997 年 12 月，页 290-305。

就是都喜欢阿加莎·克里斯蒂，她真写了一本书（《华丽家族：阿加莎·克里斯蒂的世界》，安徽文艺出版社，2006）讨论阿加莎啊。有的评论家就觉得王安忆自己的小说，用密密麻麻的文字，把事件和事件之间的因果逻辑夯得太“实”，不够灵动。而台湾的小说家张大春喜欢并置不相干的事件，对福斯特的“情节”概念就很不感冒，他造了第三个句子：“国王死了。王后到花园里去散步。”这里有什么因果逻辑吗？也许有，也许没有。“情节”这个概念证明欧洲写实主义小说家眼中的世界是理性的可以理解的，历史是有规律的，真相总会大白于天下的，这是欧洲理性主义和乐观主义在小说中的对应物。

伴随着科技革命的节节胜利，“情节”这个概念根深蒂固，深入人心。批评家拿到一部不符合小说成规的小说，譬如汪曾祺的小说，孙犁的小说，一心要赞扬它，可是没办法用的还是“消极修辞”：“这部散文化的小说，无情节，或情节松散，但民俗风情非常有画面感，是一部很好的抒情小说呀！”诸如此类。如果不撬动一下建基于科学理性的“情节”概念，我们无法领略用汉语写作的小说家眼中的“非逻辑”的世界。还是举刘大任的小说为例，他的两部中篇，《晚风习习》和《细雨霏霏》，一写父亲，一写母亲，都是写到第五十节

我们经常忘记，“小说”其实是“欧洲小说”的简称，甚至是“欧洲写实小说”的简称。白马非马，因此，“中国小说”多多少少是个“矛盾修辞”。欧洲小说有它的历史，它的典律，它的形式成规，它的叙事学，它的美学传统，它的社会和文化的功能，它的成套的概念工具系统。伴随着工业社会的全球化，欧洲小说也把这一整套东西普世化了。从鲁迅开始，中国小说家在接受“小说”整套不证自明的概念的同时，经由他所使用的汉语文字，他所身处的文化语境，他所赖以生存的故事储藏，即使在写最标准的“小说”的时候，也有许多不能被固有概念所把握的东西，源源不断地创造出来。我对这些足以撬动固有概念的文本很感兴趣，所以这次特别想深入到概念的层面，来听清楚刘大任的小说奏鸣曲里那些“执拗的低音”。

二〇一七年十一月十三日发言
十一月二十九日整理
（载《书城》，二〇一八年第一期）

辑三　演讲之什

更衣对照亦惘然

——张爱玲作品中的衣饰

“张爱玲作品中的衣饰”可以说是一个很小的题目，属于所谓“文学技巧”方面的“细节”问题。我们到坊间卖的各种大部头“文学描写辞典”去查一查，就会发现“人物描写”类别下属“外貌描写”，“外貌描写”再下属的才是“服饰描写”。所以这是一个小而又小的小题目，根本不能和“全球化市场与中国知识分子”或者“二十一世纪的中国文化向何处去”这样宏伟的题目相提并论。

这不光是一个很小的题目，而且是一个相当古老的题目。人物的服装描写，从《诗经》就开始了。如《鄘风·君子偕老》分三章写卫夫人的衣饰，三种不同场合的穿戴，一面揭出夫人身份，一面写出无时不美、无处不美的品格和气质。用“如山如河”来赞美女子的美貌，《诗经》之后再没有人敢这么写过。我最近读扬之水的《诗经名物新证》，她提道，“服饰是诗中特别活跃的语汇之一。……诗写人，写人的威仪德行，或美或风，或规或刺，几乎都从人的衣着、佩饰写来”。她分析《诗经》里写到的“羔裘”、“狐裘”和“佩玉”等，非常精细地揭示其中所包含的礼乐和人文制度，又如何交织了春秋时期的历史风云，真是精彩纷呈。这样看来，研究文学作品中的衣饰，又不单是封闭在古旧文本中的细节考证、雕虫小技那么简单了。

衣服的基本功能是御寒和遮羞，前者还属于生理与自然的层面，后者已经进入了社会与文化的层面。进一步的功能，衣饰就变成威仪、德行、财富、美貌的“能指”，变成了文化的表征。穿衣服就不光是穿衣服了，我们还穿着一身“社会符号”走来走去。文化是什么？据说“文化”有一百三十几种“定义”而没有一种是已经“定”下来的“义”。为了方便让我们挑一个简单的定义：文化就是“意义”的生产和再生产。所谓生产，也包括了流通、消费等环节。语言当然是其中最重要的媒介，但是除了“语言”，还有很多重要的符号系统，其中就包括了“衣饰”。这样，我们对衣饰服装史的研究，就可以深入到文化、心态的历史层面。举一个最鲜明的例子，就很容易理解这一点。大家都很了解“军装”的历史变化吧？古代的军装都是用最鲜艳的颜色，火红、雪白、鹅黄，金线银丝，夺目耀眼的图腾标记族徽，高高的裘皮帽子，长长的黑亮靴子，肩膀上叮叮当当地挂了许多金属的装饰品。一方面当然是为了近身搏斗的时候易于分辨敌我，另一方面却是战争文化心理的表现。我是战士、我是勇士、我是高贵的将领，这一身戎装代表了光明正大的战斗，一往无前的豪迈气概。军阶越高，穿得越夸张。尤其是海军，舰长穿成那样站在最高的位置上指挥作战，是敌人涉及瞄准的最好目标。海战开始通常第一个光荣阵亡的就是他。现代军装完全变了，所谓迷彩服，基本上是很难看的颜色，属于爬虫类的冷血动物，鳄鱼呀，蜥蜴呀，反正怎么难看就怎么穿！一方面当然战争的技术层面有很大的改变，远程射击热兵器基本取代了近身肉搏的冷兵器。另一方面战争文化心态也完全改变了，不再以雄赳赳气昂昂英勇赴死的“贵族”气概为荣了，而是要保护每一个独立的个体生命。所以很可惜，以前那种很漂亮的军装，我们现在只能在三军仪仗队队员的身上看到了。从这个例子我们可以了解到，服装史，同时也是文化史、文化心态史、文化“意义”的生产史。

其实张爱玲的早年作品《更衣记》，就是一部博学多闻如数家珍的“民国服装史”。她的一个好朋友曾经说过，从这篇文章里学到的中国近代史，比哪里都多。不少研究张爱玲的学者（“张学”专家），还有许多钟情张爱玲作品的读者（“张迷”），都清楚：学界研究张爱玲

“本人”穿什么的论著，比讨论她作品中的人物“穿什么”的，要多得多了。这当然是很有意思的现象，而且首先要怪张爱玲本人，因为她自己实在提供了太多的相关资料了，尤其是她晚年那本《对照记》，几乎每一张照片的文字说明之重点都是“衣饰”。《对照记》可以说整个是一册作家的“服装传记”。除此之外，散文集《流言》的很多篇，都涉及衣饰的“自叙”，尤其是谈到她的印籍女友炎樱的那些篇章。四十年代的上海小报，会用“奇装炫人的女作家”这样的题目来报道她。在多本的《张爱玲传》中，有一条比较少人注意的材料，我觉得很有意思。那就是四十年代登在上海某杂志的下列广告：

炎櫻姊妹與張愛玲合辦

炎櫻時裝設計

大衣　旗袍　背心　襖褲　西氏衣裙

電話三八一三五　下午三時至八時

没有写地址，看来并没有开店面，属于电话预约，然后上门度身定做一类的服务。至于有无开市，多少人慕名问津定制，于今已不可考。张爱玲设计的服装，连她自己都有“这可穿得出去么”的诧异，别人想是更无“挺身而出”的勇气。她和炎樱，曾经为好朋友苏青的黑呢大衣设计做参谋，用的是奥康的剃刀式删减法，彻底的简约主义。把大衣上的翻领首先去掉，装饰性的褶裥也去掉，方形的大口袋也去掉，肩头过度的垫高也灭掉。最后，前面的一排大纽扣也要去掉，改装暗纽。苏青渐渐不以为然了，用商量的口吻，说道：“我想……纽扣总要的罢？人家都有的！没有，好像有点滑稽。”〔1〕直率泼辣如苏青者尚且不能欣赏她们的设计，由此或可推知，这“炎樱时装设计”曾经开市的机会不大。半个世纪之后，张爱玲在她去世前两年写下的《对照记》中，感叹她母亲自制皮革手袋计划的无疾而终，说：“当时不像现在，欧美各大都市都有青年男女沿街贩卖自制的首饰等，也有打进高价商店与大百货公司的。后工业社会才能够欣赏独特的新巧的手工业。她不幸早了二三十年。”〔2〕“后工业社会”这种很“话语”的词出现在张爱玲笔下是颇令人惊诧的，但是这段话也可读成自我的写照，正与当年的炎樱姊妹有千古同悲之慨。如果以上的

〔1〕张爱玲《我和苏青》，《张爱玲文集》第四卷，合肥：安徽文艺出版社，1992，页 238。
〔2〕张爱玲《对照记》，台北：皇冠出版社，1994，页 22。

推测成立，我们可以说，张爱玲是她自己所设计的服装的唯一的模特儿，唯一的展示者。

我提到这条材料的意思，是说虽然没有成功，仍然可以说张爱玲是二十世纪中国文学中，当过“时装设计师”的不多的作家之一。我用“不多”而不敢用“唯一”，因为我知道残雪当过“裁缝个体户”。十一年前我第一次到香港开一个讨论“寻根文学”的学术会议，主办单位也请了韩少功、残雪、扎西达娃等几位作家参加。我记得中午饮茶的时候，残雪用很专业的语气把我们内地来的这些男士的穿着批评了一番。不过残雪作品中的衣饰描写，远不如写“吃”的诡异意象令人印象深刻。我想说的是，在二十世纪中国文学中，作家兼有或曾经兼有的某种“职业”，和她的创作之间，往往有很深刻的联系。最深刻的例子当然是“弃医从文”的鲁迅，“解剖刀”“药”“疗救”“国民性的病根”，我们只要提提这些关键词，就知道学医的经历如何深刻影响了鲁迅写作的“总主题”。那么回到张爱玲这个题目，衣饰描写在她的创作中到底占了什么样的分量？

这个题目对我来讲也还是太大，还需要再缩小一点。我想讨论的仅仅是作品里“张看”衣饰的“目光”。晾晒在黄色太阳下的这些衣装，在民国女子身上纷纭更替的这些衣装，掠过了什么样的“眼光”，有哪些“眼光”在凝视：谁与更衣，为何对镜，女为谁容？谁都明白衣服不光是穿给自己看的，甚至主要不是穿给自己看的。“他者”的目光规定了衣饰符号的“意义”或“无意义”，或者说，它们的意义因了“他者”的观看才存在，才产生出来。

我们知道，《更衣记》等篇原是用英文写给《二十世纪》（*The 20th Century*）杂志发表的。这份一九四一年十月创刊的英文月刊，读者对象是二战时羁留亚洲的西方人，尤以上海外国租界为重点。一九四三年一月的四卷一期首次刊登了 *Chinese Life and Fashions* 一文，并配有作者亲绘的十二幅发型服饰插图，月刊主编 Klaus Mehnert 特别推崇这位署名 Eileen Chang 的“极有前途的青年天才”。六月号登了 *Still Alive* 一文，“编者按语”中说：“她不同于她的中国同胞，她从不对中国的事物安之若素：她对她的同胞怀有的深邃好奇心使她有能力向外国人阐释中国人。”这篇文章的中文版本，题目改为《洋人看京戏及其他》。十二月号上的 *Demons and Fairies*，是张爱玲为该刊写的最后一篇文章，“编者按”说：“作者神游三界，妙想联翩，她无意解开宗教或伦理的疑窦，却以她独有的妙悟的方式，成功地向我们解说了中国人的种种心态。”这一篇的中文版本题目是《中国人的宗教》。洋编者所说的“好奇心”、“妙悟”以及某种“旁观”角度，当时上海滩上有一位颇活跃的散文家叫周班公，他对此也大有同感。他说张爱玲的笔法虽然源出《红楼梦》和《金瓶梅》，他还是模糊觉得“这是一位从西方来的旅客，观察并且描写着她喜爱的中国”，并因此想起了赛珍珠云云。[3]赛珍珠是美国女作家，凭她写中国农民生活的长篇小说《大地》拿过诺贝尔文学奖。通常用她为例来说明诺贝尔奖如何大失水准，其实你们仔细读读她的作品会觉得文学水平还蛮不错的，她的问题在另外的方面。

话说回来，张爱玲这个时期走的仍然是林语堂的路数，用轻松幽默的英国小品文字向老外介绍吾国吾民。入乎其内，出乎其外，其凝视的目光，叙述的口吻，颇有点暧昧难言。因此在改写为中文的时候，类似的说明就很有必要：“这篇东西本是写给外国人看的，所以非常粗浅，但是我想，有时候也应当像初级教科书一样地头脑简单一下，把事情弄明白些。”[4]但更重要的是下面这一段话：

> 用洋人看京戏的眼光来看看中国的一切，也不

〔3〕张爱玲《〈传奇〉集评茶话会记》，《杂志》，1944年9月号。

〔4〕张爱玲《中国人的宗教》，《天地》，第11期，1944年8月。

> 失为一桩有意味的事。头上搭了竹竿，晾着小孩的开裆裤；柜台上的玻璃缸中盛着“参须露酒”；这一家的扩音机里唱着梅兰芳；那一家的无线电里卖着癞疥疮药；走到“太白遗风”的招牌底下打点料酒——这都是中国，纷纭，刺眼，神秘，滑稽。多数的年青人爱中国而不知道他们所爱的究竟是一些什么东西。无条件的爱是可钦佩的——唯一的危险就是：迟早理想要撞着了现实，每每使他们倒抽一口凉气，把心渐渐冷了。我们不幸生活于中国人之间，比不得华侨，可以一辈子安全地隔着适当的距离崇拜着神圣的祖国。那么，索性看个仔细罢！用洋人看京戏的眼光来观光一番罢。有了惊讶与眩异，才有明了，才有靠得住的爱。[5]

首先请注意张爱玲用来构成“中国”的那一组意象：不是长城故宫天坛，不是女人的三寸金莲男人的焦黄辫子，也不是怒吼的醒狮高举的大刀长矛。这些都太鲜明，太意识形态化。张爱玲用的是上海市井的日常生活场景：除了小孩的开裆裤和补身体的“参须露酒”，更重要的是“这一家的扩音机里唱着梅兰芳，那一家的

---

〔5〕张爱玲《洋人看京戏及其他》，《古今》，第33期，1943年11月。

无线电里卖着癞疥疮药”。现代媒体传播着古旧的却又贴身的信息。这就是“中国”！——“纷纭，刺眼，神秘，滑稽”。但是生活在其中的大多数中国人并没有这种感觉。对“中国”无条件的爱或恨，是危险的，原因就在于他们没有借助“他者”的眼光，来好好地端详祖国一番，经由陌生化的“惊讶与眩异”的震撼，去达至了解和“靠得住的爱”。

问题是我们是否真能代入“洋人看京戏的眼光”？倘若把这段话里的“中国”替换成“中国女人”，倘若把这“眼光”具体化到张爱玲写于同一年（1943 年）的小说里的人物，你发现最接近的，并非小说中不多的一两个“洋人”，而是一再重复出现的那几位中国男人：失却了“适当的距离”，或仍然“安全地隔着适当的距离”，却都“不幸生活于中国人之间”的“华侨”或“归国学人”！他们是《倾城之恋》里的范柳原、《金锁记》里的童世舫、《花凋》里的章云藩、《留情》里的米晶尧、《鸿鸾禧》里的娄嚣伯、《红玫瑰与白玫瑰》里的佟振保……数一数还真不少。我想指出，在张爱玲的作品中，这些人物对“中国 / 中国女人”无条件或有条件的爱（或恨），靠得住或靠不住的爱（或恨），无不借由对衣装的“观感”而充分地呈现出来了。

现在就让我们来仔细“端详”一下这些华侨或归国

学人，是怎样“看”中国女人的衣装打扮的。我们知道张爱玲特别注重写“相亲”这关键时刻的衣着，这关乎一个中国女人的“终身大事”，第一印象马虎不得，特别的郑重其事。至少有三篇作品里写到这种“相亲”或“准相亲”的场景，分别是：1.《倾城之恋》，白流苏去见南洋华侨范柳原。其实去相亲的是七妹白宝络，流苏喧宾夺主，单凭“会跳舞”搅了宝络的局。(请注意她们的名字都是一种“衣饰”）这一夜白流苏穿什么我们一会儿再讲。2.《金锁记》，姜长安瞒着她母亲曹七巧，去见刚从德国留学回来的童世舫，小说用了相当篇幅写她的治装与梳妆，相亲的效果如何，也是一会儿再说。3.《花凋》，郑川嫦见刚从维也纳回来的章云藩。这一篇张爱玲别出心裁，写郑小姐穿的居然是一件旧旗袍！而这一件旧旗袍比上面的两件新旗袍都来得意味深长。

好了，相亲之夜白流苏穿的是一件月白蝉翼纱旗袍。去之前读者对此一无所知，我们知道这一点已经是她“胜利”搅局回来了——“床架上挂着她脱下来的月白蝉翼纱旗袍。她一歪身坐在地上，搂住了长袍的膝部，郑重地把脸偎在上面。蚊香的绿烟一蓬一蓬浮上来，直熏到她脑子里去。她的眼睛里，眼泪闪着光。”[6] 小说的前

〔6〕 张爱玲《倾城之恋》,《传奇》，北京：人民文学出版社，1986，页71。

边曾写到流苏孤苦无依于模糊中搂住想象中的母亲求她“做主”，这里的替换物品颇有张爱玲晚年在《对照记》里提到的“恋衣狂”的意味。但是我们现在关心的重点是穿着这件旗袍跳舞的效果如何？——结论非同小可！范柳原说：“难得碰见像你这样的一个真正的中国女人。”

不过也可能不关旗袍的事。其实范柳原对“旗袍”有一大套相当复杂的“理论”。在香港浅水湾饭店，一次范柳原偶然从他“顶文雅的”“上等的调情”里失态，说了些推心置腹的话，正是关乎“旗袍”与“京戏”。让我们略去流苏的答话，化对话为独白，以凸显范柳原的衣饰观：

> 我陪你到马来亚去。……只是有一件，我不能想象你穿着旗袍在森林里跑。……不过我也不能想象你不穿着旗袍。……我这是正经话。我第一次看见你，就觉得你不应当光着膀子穿这种时髦的长背心，不过你也不应当穿西装。满洲的旗装，也许倒合适一点，可是线条又太硬。……我的意思是：你看上去不像这世界上的人。你有许多小动作，有一种罗曼蒂克的气氛，很像唱京戏。[7]

〔7〕张爱玲《倾城之恋》，页84。

请注意这里严格区分了“旗袍”与“满洲的旗装”，正充分显示了张爱玲的专业知识。旗袍虽从旗装演化而来，却是国民革命推翻清帝制的结果，真正是中国近代化现代化进程的产物。“旧时王谢堂前燕，飞入寻常百姓家。”以前清朝贵族妇女的衣装，如今平民百姓也穿得了，甚至颇有点反讽地成为民国女子乃至共和国女子的“国服”（“高贵”这一传统价值的“近代民族—国家化”）。旗袍史当然是中国现代史的重要组成部分，绝不可轻看。我们最近看侯孝贤的电影《海上花》，看王家卫的电影《花样年华》，“旗袍”都是其中的重要角色，时间正好从晚清的上海跨越到六十年代的香港，而《海上花》更是对张爱玲的一种纪念。不知道为什么，范柳原的“旗袍观”一直让我感到困惑。离开了宫廷语境和高底靴等的配套，我觉得“旗袍”一直是一个“不谐调”的符号。不知道为什么，你到饭店去吃饭，不管是在香港、台北，或者上海、北京，或者纽约、伦敦的唐人街，一个穿着旗袍的女子站在门口“欢迎光临”，站在桌子边摆筷子布菜，你总是觉得别扭，不舒服。香港理工大学设计系有一位英国的女教授，毕生研究旗袍，去年还是前年出了一本很厚的英文专著。最有意思的是记者采访她，问她有没有制过旗袍，这位洋人说不光没有为自己做过一件旗袍，而且从来没有穿过一次旗袍。

"旗袍"只是她的"客观研究对象"，只是人种志民俗学的材料。插进这个例子可以加深我们对范柳原"旗袍论"的理解。

回到刚才范柳原的那段话，"一个真正的中国女人"无论穿什么，都是"逼上梁山"，被置放于一个哪里"有点不对"的戏台上。在一个内外皆失序的世界里，这对精刮的男女都有点"找不对感觉"。花花公子南洋华侨范柳原征引《诗经》，"执子之手，与子偕老"，大谈"天长地久"，真是不对到了恐怖的地步。只有在一个"断堵颓垣"的荒凉背景之下，这点"安全的适当距离"带来的"不对"才会消失。这时的白流苏我们不知道她穿些什么，只知道她"拥被而坐"，听那墙头上三个音阶的悲凉的风如虚无的气，通入虚空的虚空。这时靠得住的只有"腔子里的一口气"和身边的这个人。只有在"死亡"的凝视下，符号能指的文化差异才消失了。这是后话不提。

接着让我们转到《金锁记》，姜长安和童世舫。姜长安的一生像一个"美丽而苍凉的手势"。小说的衣饰描写是"渐渐缩减"式的。瞒着母亲曹七巧而秘密进行的相亲之夜，出发前的准备甚是详尽。"长馨先陪她到理发店去用钳子烫了头发，从天庭到鬓角一路密密的贴着细小的发圈。耳朵上戴了二寸来长的玻璃翠宝塔坠子，又换上了苹果绿乔琪纱旗袍，高领圈，荷叶边袖子，腰以下是半西式的百褶裙。”[8]然后到了菜馆子里，“怯怯的褪去了苹果绿鸵鸟毛斗篷”——都是张爱玲所喜欢的蓝绿色系。童世舫显然并不觉得旗袍这种“时髦的长背心”有什么不对，他“多年没见过故国的姑娘，觉得长安很有点楚楚可怜”。海外留学的遭遇使他“深信妻子还是旧式的好”，也有点范柳原所谓“真正的中国女子”的意思。此后的交往，衣饰开始局部化，“两人并排在公园里走着，很少说话，眼角里带着一点对方的衣服与移动着的脚”。到决绝的那天，曹七巧走来对童先生“轻描淡写”地透露几句女儿抽鸦片的事，令他如五雷轰顶。这时的童世舫就只看见黑鞋与白袜：“长安悄悄的走下楼来，玄色花绣鞋与白丝袜停留在日色昏黄的楼梯上。停了一会，又上去了。一级一级，走进没有光的所在。”[9]

这当然意味着“理想”的破灭，令人倒抽一口凉气。“这就是他所怀念着的古中国……他的幽娴贞静的中国闺秀是抽鸦片的！”[10]——黑鞋与白袜走进没有光的所在，让我们记住这个意象，它在张爱玲的作品里还会

---

〔8〕张爱玲《金锁记》,《传奇》，页44。
〔9〕同上，页54。
〔10〕同上，页55。

一再出现。

《花凋》的故事则似乎没有那么“东方主义”。郑川嫦是家里最小的女儿，天生被姊姊们欺负，底下又被弟弟占去了爹娘的爱。“欺负”主要体现在衣服方面，姊姊们不要了的旧衣令她永远“天真可爱”。她终年穿着蓝布长衫，唯一的区别是“夏天浅蓝，冬天深蓝”。终于熬到了“女结婚员”的资格了，大姊夫习医的同学章云藩刚从维也纳回来。“乍回国的留学生，据说是嘴馋眼花，最易捕捉。”中秋节的郑家节宴乱哄哄的闹剧里，章医生的脚背感觉到川嫦长袍的下摆拂过，方才注意到她的衣着。这件旗袍制得特别的长，只因章云藩自己与大姊夫闲聊时曾经说过：“他喜欢女人的旗袍长过脚踝，出国的时候正时行着，今年回国来，却看不见了。”

可怜的川嫦身上这件葱白素绸旗袍，想必是旧的，既长，又不合身。张爱玲紧接着写了几句，视角悄悄地转移到章云藩这边：“可是太大的衣服另有一种诱惑性，走起路来，一波未平，一波又起，有人的地方是人在颤抖，无人的地方是衣服在颤抖，虚虚实实，实实虚虚，极其神秘。”〔11〕如果你们还记得，开头提到张爱玲那篇《洋人看京戏及其他》，“这都是中国”后面跟着有四个

〔11〕张爱玲《花凋》，《传奇》，页321。

形容词，其中有一个正是“神秘”。这“神秘”对归国学人“另有一种诱惑性”。这件长而旧的旗袍，对章云藩而言，出国前时尚的执念包含了他的欲望与想象，对川嫦而言，却是不幸宿命的预示——情节急转直下：川嫦从“女人”变成了“病人”。

“病人”穿什么？——病人也有几等几样的，如果是“现代林黛玉”，那会是在奢丽的卧室里，下着帘子，蓬着鬈发，轻绡睡衣上加着白兔皮沿边，床上披着锦缎睡袄。川嫦却连一件像样的睡衣都没有，穿上她母亲的白布褂子，许久没有洗澡，褥单也没换过。章云藩来访的时候，“她觉得他仿佛是乘她没打扮的时候冷不防来看她似的”。丢盔弃甲，攻防完全失了依托。张爱玲惯用的残酷对照于此时出现：章云藩的新欢，护士余美增，容貌虽是“次等脚色”，却健康，胖也胖得“曲折紧张”，隆冬季节，在黑呢大衣下穿了件光胳膊的绸夹袍，红黄紫绿，周身是烂醉的颜色，入时的调子。

章医生替川嫦看病，“冰凉的科学的手指”，完全不是原来梦想的触摸。“人们的眼睛里没有悲悯”。小说写医生的目光和口吻，出自张爱玲式的尖峭的讽刺：“当然他脸上毫无表情，只有耶教徒式的愉悦——一般医生的典型临床态度——笑嘻嘻说：耐心保养着，要紧是不要紧的……今天我们觉得怎么样？过两天可以吃橘子水了。”[12]好了，熟悉现代批评理论的学者，立刻可以发现，有关现代性和反现代性、欧洲与中国、科学与传统、性别政治的复杂辩证，正可以在这个地方整套引入，详尽地展开论述。谁说这个故事不那么“东方主义”？

可是我不想在这里谈太多理论，反而想提醒各位注意《花凋》的结尾是一双没有人穿的鞋。郑夫人在便宜鞋店替川嫦买了两双绣花鞋，一双皮鞋。川嫦把一只脚踏到皮鞋里试了一试，说：“这种皮看上去倒很牢，总可以穿两三年。”——她死在说这话的三个星期之后。“三个星期”与“两三年”，时间的长度对照在这里是震撼性的。葱白旧旗袍（女人）——白布褂子（病人）——皮鞋（鬼）。从衣饰的变化我们见出身体—主体的无情变化。女人—病人—鬼，是后来“张派”传人发挥得淋漓尽致的悲剧三部曲。在这里我们只需注意到这双没有人穿的鞋，注意到肉身的“不在之在”，注意到“樟脑味”的历史记忆，注意到对“古中国”的招魂或除魅也就够了。

没有人穿的鞋，原是张爱玲很喜欢状写的意象。她是看见两片树叶子飘下地，也要比作两只鞋子在地上自走一程。《红玫瑰与白玫瑰》的结尾，佟振保夜半被蚊

---

〔12〕张爱玲《花凋》，页323。

子咬醒，起来开灯，“地板正中躺着烟鹂的一双绣花鞋，微带八字式，一只前些，一只后些，像有一个不敢现形的鬼怯怯向他走过来，央求着”。[13]这鬼气森森的两只绣花鞋，是留学爱丁堡归来的佟振保，为了慈母、地位、责任而牺牲了“红玫瑰”的爱的见证，也是对他娶一个贞静贤淑中规中矩的“白玫瑰”理想的讽刺。什么是“红玫瑰”，什么是“白玫瑰”？小说一开头是这样说的：

> 振保的生命里有两个女人，他说一个是他的白玫瑰，一个是他的红玫瑰。一个是圣洁的妻，一个是热烈的情妇——普通人向来是这样把节烈两个字分开来讲的。[14]

那么“红玫瑰”穿什么，“白玫瑰”又穿什么？这在小说里有详细的描写，形成极具深意的对照。我在这里还是只讨论佟振保的“目光”。这位摇摆于、辗转于“红白玫瑰”之间的“标准好人”，按照小说里的说法，是“最合理想的中国现代人物”。戴着黑边眼镜，他的

---

〔13〕张爱玲《红玫瑰与白玫瑰》，《传奇》，页447。
〔14〕同上，页397。

模样是“屹然”，说话是“断然”，晦暗的酱黄脸上的五官详情却是“看不出所以然”（笑）。我们虽不知道他的眼睛是否“诚恳”，却仍然可以以他的黑边眼镜为“信物”。这些模棱两可的挖苦话颇有老舍式的京派风格，正可以用来概括我们所讨论的“目光”。很多学者讨论过小说集《传奇》的封面，是炎樱设计的，室内是中国家居的日常生活，窗外却有一个面目模糊的人影在向里边窥探。这个带来不安气氛的窗外人如果是一个男性，那目光准是闪烁在佟振保的黑边眼镜后面的吧。

然而最惊心动魄的画面，还是振保望见家中淡黄白的浴间像一幅“立轴”，灯下的“白玫瑰”孟烟鹂也是本色的淡黄白：

> 当然历代的美女画从来没有采取过这样尴尬的题材——她提着裤子，弯着腰，正要站起身，头发从脸上直披下来，已经换了白地小花的睡衣，短衫搂得高高的，一半压在颔下，睡裤臃肿地堆在脚面上，中间露出长长一截白蚕似的身躯。若是在美国，也许可以作很好的草纸广告，可是振保匆匆一瞥，只觉得家常中有一种污秽……[15]

〔15〕张爱玲《红玫瑰与白玫瑰》，页443。

紧接“美女画”的句子不知道为何突然尖刻地提到“美国”和“草纸广告”，无端将洋人与排泄并置。其实振保是留学英国爱丁堡的，通篇小说与美国毫无干系。然而这幅图景是发生在孟烟鹂与裁缝有苟且之事以后，振保所谓贤淑贞静的“白玫瑰”理想彻底破灭之际。《金锁记》“长安抽鸦片”所导致的理想破灭，还是太直截，太意识形态化，此时此刻西方影像与国画形式（立轴）的叠印，所产生的斑驳纷纭滑稽悲哀，才是深而且重的了。

真正的西方广告出现在《桂花蒸·阿小悲秋》里，那是在洋人哥儿达的房里，“房间里充塞着小趣味，有点像个上等白俄妓女的妆阁，把中国一些枝枝叶叶衔了来筑成她的一个安乐窝”。[16] 墙上一幅窄银框子镶着的洋酒广告，暗影里横着个红头发白身子，长大得可惊的裸体美女。“一双棕色大眼睛愣愣的望着画外的人，不乐也不淫，好像小孩子穿了新衣拍照，甚至于也没有自傲的意思：她把精致的乳房大腿蓬头发全副披挂齐整，如同时装模特儿把店里的衣服穿给顾客看。”[17]洋人挂洋画，大约也没有多大深意，精彩处在于“身体”彻底变

〔16〕张爱玲《桂花蒸·阿小悲秋》，《传奇》，页471。
〔17〕同上。

成了“衣服”。回想佟振保的“空白扇面”，在巴黎和爱丁堡打下的淡淡的水印底子，莫非正是这类影像？

其实张爱玲那“一瞥”的设计里，正有着来自西方的“惘惘的威胁”罢。在《沉香屑·第一炉香》的开头，葛薇龙去半山豪宅找她的姑姑，在玻璃门里瞥见她自己的影子——“她穿着南英中学的别致的制服，翠蓝竹布衫，长齐膝盖，下面是窄窄的裤脚管，还是满清末年的款式；把女学生打扮得像赛金花模样，那也是香港当局取悦于欧美游客的种种设施之一。”〔18〕

不过张爱玲过于外露的讽刺笔墨显然带有老舍《二马》的痕迹，连语气都颇为“京派”：“英国人老远的来看看中国，不能不给点中国给他们瞧瞧。但是这里的中国，是西方人心目中的中国，荒诞，精巧，滑稽。”〔19〕类似的评语后来还出现了几次，如说到梁太太的园会，草地上遍植五尺高福字大灯笼，“正像好莱坞拍摄《清宫秘史》时不可少的道具”。你在《鸿鸾禧》娄家儿子的婚礼礼堂，再次读到这种句子：朱红大柱、盘着青绿的龙、黑玻璃的墙、黑玻璃龛里坐着小金佛，“外国老太太的东方，全部在这里了”。

---

〔18〕张爱玲《沉香屑·第一炉香》，《传奇》，页 135。
〔19〕同上。

范柳原、章云藩、佟振保们的“东方”构成，与“外国老太太”并不完全相类，更多了许多暧昧迎拒的可疑成分，里头“东方主义”和“西方主义”搅成了疑幻疑真的一团。当他们最后与“现实东方”相遇并妥协，就变成《鸿鸾禧》里娄嚣伯这种“出名的好丈夫”。在美国得过学位的嚣伯，颇新派，看《老爷》杂志，甚至能跟未过门的媳妇讲论时事，滔滔不绝一两小时，无奈却凭媒娶了娄太太这样各方面都“不够”的女人，还跟她生了四个孩子，三十年如一日。娄太太的“不够”当然也体现在衣饰方面。这位娄嚣伯爱用眼镜脚指着他太太说：“头发不要剪成鸭屁股式好不好？图省事不如把头发剃了！不要穿雪青的袜子好不好？不要把袜子卷到膝盖底下好不好？旗袍衩里不要露出一截黑华丝葛裤子好不好？”[20]焦躁，可是用了商量的口吻——张爱玲用一个绝妙的词组来概括这种口吻：“焦躁的商量”。

能不能说，百年来中国人不绝于耳，听到的正是这全方位的“焦躁的商量”？“焦躁的商量”或许出自“第三世界”知识分子的暧昧阳性位置，出自他们书写与发言的知识特权，出自他们意识到了这种特权而无法自救的内疚和罪恶感。他们目光犹疑而脾气暴戾，心乱

〔20〕张爱玲《鸿鸾禧》，《传奇》，页386。

如麻仍侃侃而谈……且慢！我讨论的本来是小而又小的题目，是作家作品中的细节描写，文学技巧问题，不小心变成对民国女子衣饰的“寓言化阅读”。在这种“寓言化阅读”中，又不单延续了强化了将“东方”“中国”阴性化的他者思路，而且将“琐碎政治”危险地引申到了“经国之大业”和“宏大叙事”。政治上的不正确，有目共睹也。虽然在张爱玲的语汇里，阴性中国才能在“大而破”的乱世“夷然”存活，但还是及时刹住的好。有道是：

华丽苍凉参差看，
更衣对照亦惘然。

（载“大学学术讲演录”丛书编委会《中国大学学术讲演录》，南宁：广西师范大学出版社，二〇〇二年）

鲁迅的文化研究

借“文化研究”这么个概念来讲鲁迅，我当然是“预支”了二十世纪六十年代以来的理论视野。其实我们通常叫作“文化批判”，鲁迅自己叫作“文明批评”，或者叫“社会批评”。关于这方面的鲁迅的研究，其实做得很多。我切入的角度就是，寻找它跟我们经过六十年代以来文化理论洗礼的这么一个视野的惊人的相关之处，找到鲁迅当年所做的工作和六十年代以来的文化研究某些契合的地方，来做一番个案式的梳理。

其实鲁迅逝世的前后，“批判理论”在欧洲已经开始了。对当代文明的批评，尤其是对文化工业、文化生产的评论，法兰克福学派等已经开始了。鲁迅所做的工作还没有经过这些理论的洗礼，还是在比较早的属于人类学、民俗学那样一些学科的范畴里做的。但是鲁迅的切入比较有自己的特点，他自己说做的是“学匪派”，不是正规的做法。当然他也有很强烈的野心和设想，要做这种正规的学术研究。最后他只做出来《中国小说史略》。他还有很多设想，比如说“中国倡伎史”“字体变迁史”等，他是想做成像《中国小说史略》那样有一定的规模、程度的研究的，由于各种原因，他没有做出来。可是，在他零零星星的写作中有很多思考，我觉得是幸乎不幸乎，反而提供了另外一种非常有价值的成果。像《中国小说史略》，当然在中国小说史的研究方面是一个开山之作、奠基之作，影响了后来所有的中国小说史的研究。但是影响——专业以外的影响，就没有像一会儿我要讲到的那些篇目那么大。鲁迅使用他的那种非常灵活、非常不正规的写作方式所提供的东西，可能比他那种比较学院派的、正规的写作影响更大。这是很有趣的一个现象。

鲁迅的文化批评、文化研究，到底应该怎么定位呢？我想起去年鲁迅诞生一百二十五周年，逝世七十周年，香港也有纪念活动。香港的绍兴同乡会赞助，除了赞助“鲁迅论坛”以外，它还赞助了一个展览，展览的标题是“鲁迅是谁?”。这个标题很好，因为“鲁迅是谁”是一个很难回答的问题。“谁是鲁迅”，很容易回答，“鲁迅是谁”，就很难回答。这个展览办在铜锣湾的时代广场，你们想象一下。“时代广场”不是一个广场，地产商弄的“广场”啦、“花园”啦这些个词的词义有很大变化。时代广场是一个最繁华热闹的地方的一个 shopping mall，一个超级庞大的商场。在里面摆着鲁迅的图片、文物，我去看的时候，感觉就是一个背着半透明的剑的黑衣复仇者，贸贸然地跑到一个繁华闹市里头来。那种感觉非常诡异啊。在这个时代广场里头，香港市民川流不息，我想他们还是不知道鲁迅是谁。那么我们这些人——在学院中的人，研究现代文学、研究鲁迅、读鲁迅作品的人，又知道鲁迅是谁吗？大概也还是不太知道。因为，我们知道“鲁迅”已经不是单纯的一个专用名词了，他是一整套的话语。我们必须穿过一个非常漫长的能指的链条才能说清楚鲁迅是谁。从我今天这样一个题目的角度呢，我想说鲁迅是一个文化人，就是说，从他所做的工作或者“功德”来界定他是谁。我们知道他除了写小说，写杂文，“骂人”，做报纸的自由撰稿人外，还教过书，还大量地翻译，还编杂志编书出版。这些工作只能用文化人、文化工作这样的一个概念来界定它。如果我们要简称，也可以叫“文人”，当然这个“文人”跟古代那个“文人”就很不一样了，但是，文人这个词可以强调“文”这个概念。或者西方语言里的文人 letterman，直译为“字母人”，就是强调他是用文字来工作的，在象征秩序里边工作的人。鲁迅是这么一个文化人，他做了很多文化工作，我也不太愿意用“文化工作者”这样一个比较冷冰冰的概念去界定他，还是一定要用“人”这个词，这么一个文人。鲁迅其实并不是很贬低文人这个概念。他连写五六七八篇《文人相轻》的时候，其中一个很重要的论点就是说文人要有文，没有文，拿什么来相轻啊。文人里头非常重要的是要有“文”，要有写作，有符号，拿出来，这样才算是文人。所以，鲁迅这样一个文化人，他所做的大量的工作里头，如果用比较陈旧的概念来说就是，他是一个建设性的，同时又是一个捣乱的、破坏的文化人。他在两面都做了大量的工作。我们今天就想从文化人对文化的批判这样一个角度来看看鲁迅到底做了些什么事情。

今天讲这么四个小题目：

1.“学匪派考古学”

2. 脏话文化史

3. 药·酒·魏晋风度

4. 幻象的历史：戏法与照相

其实，应该还有几个很重要的分题，我今天没有来得及讲。一个就是他对刑罚的研究，就是酷刑，他研究得很深的，别人都没有研究得那么深。我们都知道司马迁，对男人施行的宫刑，鲁迅临死前写的文章，说他终于把对女人施行的宫刑都弄明白了，巧妙而残忍。你们晓得，《刑罚与规训》，福柯嘛，很重要的经典。这方面鲁迅是专家，提供了很多可以参照讨论的面向。还有对脸孔，中国人的脸孔、面子、脸谱的研究，因为脸孔不是一个纯粹的身体的概念。我们知道列维纳斯很重要的一个命题就是说什么叫道德，道德就是他人的脸孔，讲了很多面对面又非常重要的道德命题。鲁迅对脸孔这方面也有很深入的研究。今天都没有办法讲进去。还有很重要的一个哲学命题就是“礼物”。鲁迅在《野草》里面多次涉及“布施”，还有《我的失恋》里面“爱人赠我……我回他……”，都是礼物这么一个哲学命题。为什么礼物是一个哲学命题呢，因为礼物是非常吊诡的，就是说当你意识到它是礼物的时候，它已经不是礼物。因为礼物是不能祈求回报的，祈求回报，那是交易。所以馈赠礼物是一个非常有趣的伦理命题，但同时又是一个生命的命题、哲学命题。生命是一种馈赠，中国人生个男孩，起个名字叫作“天赐”，天赐，天送给你的礼物。鲁迅的很多文章里面都涉及“礼物”这样一个概念。礼物同时也是六十年代以来文化研究的一个非常重要的课题，德里达一再讨论。这些都来不及讲，今天只讲刚才列出的这四个命题。

一、“学匪派考古学”

一看“学匪派考古学”这个词，我们很容易联想到的当然就是福柯了，考古学嘛，后来的系谱学等。但这个“学匪派考古学”本身是鲁迅自己的一篇题目很长的文章的副标题，括弧里头的。题目是《从中国女人的脚，推断中国人之非中庸，又由此推定孔夫子有胃病》，还嫌不够长，再加上括弧——（“学匪”派考古学之一），当然后来就没有“之二”了，我们没有等到“之二”，非常可惜。题目就已经够匪的了，不算标点二十七个字之长，同时把女人的身体、四书五经、圣人、疾病搅和在一起。这个我们一会儿再讨论。先看这个“学匪派考古学”本身，在这个副标题里面就有两个“学”，前面一个“学”开头，后面一个“学”收束。它是互相矛盾的，前面一个“学”，如果说学界里头有三魂的话——官魂、匪魂、民魂，它是属于那种造反的、不规矩的，由官所界定的野路子的匪魂，叫作“学匪派”。当然这是别人骂他的话，鲁迅拿过来反讽地运用。可是后一个“学”，考古学呢，又是一个非常正规的学科。我们看到他的行文里头，不断地强调：这可是学科哦，这可是一个正经的学科哦。虽然我是学匪，但还是得遵守这个学科的规则。一有机会，就不断地强调这一点。他在副标题里头，已经刻意制造了一种吊诡和矛盾。

但我们先撇开这篇重要的文章。先来看看一些不太被人引用、注意的材料。其中一篇就是《三闲集·匪笔三篇》。鲁迅找到了三篇在香港的《循环日报》上新闻里登的匪写的文字。一个是撕票布告，广东某地的河里浮起一具尸体，浮尸上面有一张纸，说潘平这个绑票者把此人杀了。杀了以后，还写张布告放在上头。这篇文字，鲁迅把它剪下来，贴到文章里头。第二篇更好玩，是广西梧州一个名叫金吊桶的相面师，写了一封信给某信女，意思是说你是命好啊，但是你要先给一笔钱给这个先生；另外呢，你要跟这个先生交合一到两回，这样你的命就更好了。第三篇是一个叫卅六友飞天虎的——江湖上的一个花名了，写了一封信给酒楼的一个端盘子的侍应叫妙嫦的，警告她说，不许对我们的兄弟不恭敬。警告信，里边有一句话“小心剑仔”，就是小心飞刀啊，再这样对我们的兄弟恶言相向的话。鲁迅列出来之后，发现非常有意思，它是有“体裁类型”的，撕票布告，相面报告书，警告信；还有“作者签名”，潘平啊金吊桶啊卅六友飞天虎啊。所以这是一个“文献学”的东西，提供出来。

值得注意的是，鲁迅在前面有一个自我检讨的开头。说我这次把这三篇东西弄出来，不太厚道的，比较刻薄，自己都觉得不太好意思。为什么呢？我是因为接到了一封某学者的信，其实就是顾颉刚的，明明知道我已经准备八月份就离开广州，去上海了，但是给我一封信说要跟我打官司，让我在广州这个地方等开审。那不是要饿死我吗。于是他就从顾颉刚的这封信想起了飞天虎的“小心剑仔”。他觉得这个联想太不厚道了。但是从这里边，我们也可以看到鲁迅所使用的这样一些完全是匪的材料，完全是社会边缘的这些人的写作呢，他特别要点出来它跟上层人，跟学者、教授，学院里的人那种思想、那种手段，其实没有什么两样的。他这个材料的重要性不是因为它属于边缘，属于非主流，而是它带有一种文化的普遍性。他接着就讲这些文章是很重要的，价值不在文人学者的名文之下。而且他从前也收集过五六篇，其中登出来的是一个囚犯的自白。这是他持续很久的一个工作了。当年，他这方面的收集除了这些犯人的自白之外，还有民间歌谣啊等等，和他弟弟一起做的。于是又引用了国际的学术背景，就是有一个叫 Lombroso 的意大利人，后来为意大利法西斯效力，当时他写了一本书叫《天才与狂人》，鲁迅引用这样一个背景，说书中也附了很多疯子的作品。但是他一闪而过了，说这个招牌，我们不要去攀附了。其实这提供了非常重要的学术背景，来证明这些材料很值得重视。中国的命名，有韵的是韵文，没有韵的叫笔。他要给它命名，就命名为“匪笔”。接着继续做广告，就是希望大家来投稿。收集，不管有韵无韵都收，无论土匪、骗子、犯人、疯子等等的都收集。但是经过加工的或者假冒的就不收了。这样来严格控制作者的边缘性。

鲁迅的思路，一定同时回顾历史，说其实同样的材料很多的。比如陈胜起义的时候不是从鱼肚子里面掏出一个帛书吗，还有米巫题字（东汉五斗米道，张陵，就是张天师造作符书），一直到义和团的传单，等等，都是这些材料。他提供了一个历史非常悠久的材料的范围，说这些都可以“抄出来编为一集，和现在的来比照”。注意这句：“看思想手段，有什么不同。”这些不是猎奇，不是从精英角度以一个所谓俯瞰的姿势去收集，而是要了解思想、手段，来做古今的对比。然后，他还注明了寄给谁，寄给“北新书局代收”，择优发表。但没有讲稿费，所以鲁迅还是不太会做广告。我们读到最后面那句话就比较刻薄了，就是说如果我因为打官司打输了，下了牢监的话，那我自己的文章就是匪笔了，不用再到处去搜罗了。重新回到开头，重新讲到这样一种写作跟学者、教授之间的内在的联通关系。但这回是引到自己的身上。就是说我在某种程度上，也是一个匪。从这样一个人家不太注意的材料中，我们可以看到，所谓“学匪派”这样一个开玩笑的名堂里头，其实有某些鲁迅认同的因素。这样一种非主流的写作，这样一种不正规的写作，其实是自己郑重其事的选择。

鲁迅一不做二不休，隔了几天，又弄了一个叫《某笔两篇》。因为这次很难命名，不是匪，而是一个很正经的广告。无以名之，只好称之为《某笔两篇》。这个广告很好玩了，“熊仲卿榜名文蔚。历任民国县长、所长、处长、局长、厅长。通儒，显宦，兼作良医，尤擅女科。住本港跑马地黄泥涌道门牌五十五号一楼中医熊寓，每日下午应诊及出诊”，还有电话号码多少多少。这次就没有太多多余的话，只是加了一个按语。这个“医”的前边加字修饰呢，是历来如此的。比如很多中医都很年轻，病人走进去一看，这么年轻的中医，就不太放心。所以这些年轻中医通常就会说“祖传”，至少“三代”，三代世医，虽然我很年轻，但我爸爸很不得了，我爷爷也是医生。所以，有世医、官医、御医等名堂，但是这个做了五个“长”，“通儒，显宦，兼作良医，尤擅女科”比较难得。

后来鲁迅还继续剪报纸，做这样一种工作，你们找《且介亭文集末编》里面有很多《立此存照》，都是这种材料。如果从学科的角度来看，这些都是边边角角的，没有写成文章，只是一个材料的罗列，加上按语，好像是一个准备的工作。但是，启发是非常大的。我也曾经想收集广告。有一段时间，我对征婚广告非常感兴趣

（听众笑）。因为我觉得征婚——当然我已经结婚了（听众大笑），感兴趣不是为了求偶——征婚广告通常都能体现一个时代对理想配偶的想象。那段时间我在北美，非常无聊，整天看《世界日报》，就看征婚广告。广告的一个特点就是按面积算钱。你给多少钱，就给你多大面积，所以很多缩略语就发明出来。比如说“大毕”意指“大学毕业”（听众笑），“有卡”就说是有居留证的，有绿卡。通常很简略的——大毕，有卡，一米八（听众大笑）。身高啊！这个男生的条件很不错嘛。我剪了一些，后来没用上，但是觉得，鲁迅那个启发太大了。如果做出来，对于某个时代的“理想的配偶”的想象，是非常充分的“学匪派”研究。

从这些边角碎料，我们转到鲁迅写得比较长比较正经的《由中国女人的脚，推断中国人之非中庸，又由此推定孔夫子有胃病（“学匪”派考古学之一）》。这篇文章，其实学问的功底是很深的。因为它有一个考证，就是到底小脚什么时候兴起的。他讲了很多，你们去看的话，有人觉得越古越好啦，一直推到宋，为了推到宋，还伪造了一个文献，等等。他说起这些伪书，都是一些文献学的考证。我们知道当年学术的一个非常重要的方法论就是要把文献和文物——当时出土的文物结合起来，所谓三重材料法。所以，鲁迅也回去找，他不是搜集很多汉代砖刻吗？他说汉朝的画像砖里头，就有一种鞋，叫作“利屣”。穿这种鞋呢，是为了跳舞的方便。尖的鞋，有点像芭蕾舞鞋那种。他说，太太们也舞，但舞得多的还是倡伎。倡伎穿得久了，那个脚会变形，会“趾敛”。这就是文化研究的一个很重要的方法，通常它会从现当代去反推古代。以今例古，倡伎通常都是时装的带头人。这在古今中外都是一律的。所以他说：“伎女的装束，是闺秀们的大成至圣先师。”开始跳舞的人穿，后来不跳舞的人也穿，就成为时尚，如同现在的高跟鞋一样。先是倡伎尖，然后是摩登女郎尖，再后是大家闺秀尖，最后才是“小家碧玉”一齐尖，等到这些“小家碧玉”们成了祖母的时候，这个时尚就稳定下来了。表面上他写得很轻松，其实是一个非常深刻的考据出来的规律。然后，你注意这一句话，“然而奇怪得很，不知道怎的（自按：此处似略失学者态度）”，这个括弧很重要，因为他要回应那个副标题，我这个是考古学啊，是正经学问啊，但这里突然出现“不知道怎的”。要是在座各位写论文出现这句话的话，导师就会勃然大怒（听众笑）。连“好像”“似乎”都不许用，还用这个“不知道怎的”，这不是一个学者的态度，所以赶紧自我检讨。古话说“如实招来”可以“从轻发落”，现代汉语叫“坦白从宽”啊。加了这一句，人家也不会追究他，生怕大家忘了他是个“学匪”。反正不知道原因，尖还不够，还要小。小到三寸为度，就是走极端了。所以，从这个小脚小到三寸，就进一步推到中庸是不可能的。这个大家都很熟悉了，鲁迅有非常重要的一个结论，就是说中国人很不中庸，要不就一塌糊涂地妥协，要不就食肉寝皮，孔子就是因为当时那个时代太不中庸了，所以才会提出“中庸”这么一个概念，来救治这个病。但是，你要是把这个药当成现实，当成中国人的本质，那就完全搞错了。所以，他在“学匪”派的讨论中，提出了一个重要的论题，就是要把话语和现实做一个非常严肃的对待，去比照。

当然，下面就是很有名的那段，讲孔子为什么会有胃病，就是因为他到处跑嘛，推销他的治国方案嘛。一般人跑跑其实对胃有好处。走走路，助消化，饭后百步走嘛。但是不幸的，孔子有一辆马车，还有马，所以在山东各地颠簸颠簸，就颠出胃病来了。那么，很多《论语》上的说法，“食不厌精，脍不厌细”，“不撤姜食”，这些都是证据嘛，所以推断出来他有胃病。“学匪”派真是匪夷所思的思路啊。但是最后，又把考古学引到现实，引到当代来，拍着胸脯说我这个“学匪”派，也是“读书得间”的结果，我是做了功夫的。但是，也有一个毛病，就是容易多疑。又自我坦白一次。然后，就引了两则当时的新闻。这两则新闻呢，表面的文章读起来冠冕堂皇，如果细读呢，就有毛病。于是，赶紧刹车。说“学匪派考古学”，“亦当不离于‘学’，而以‘考古’为限的”。又来划定这个学科的界限。当然是一个反讽的用法。其实，考古学其用意是为了考现实。所以，这篇文章是一个非常好的示范。这种对文化、观念的思考，紧扣中国人的日常生活、身体、态度等。而且，它跟现实、当代完全没有脱离开来。

二、脏话文化史

第二个要讲的问题呢，比较麻烦，要说很多脏话，可能会污染北大神圣的讲台，请大家稍微体谅一下。因为这一节的主题如此。我讲这一节呢，也觉得自己有一点“匪”，居然可以讲到这样一个主题。

脏话文化史，其实讨论的就是鲁迅那篇非常有名的《论“他妈的”》。这篇文章非同小可。我最近才读到一本《脏话文化史》(*Language Most Foul*)，是一个新西兰的女学者 Ruth Wajnryb 写的，在台湾有了中译本，不知能不能引进。你们要看的话，到新加坡去买，香港也有卖的。女学者说这个课题在整个学界开展得非常晚，几乎只有二十年的历史，大家都不好意思做这个题目。她做这本书，因为她是女权主义者，做得最大胆的就是女权主义者嘛。涉及这方面的，《阴道独白》什么的，都是她们做的。所以，如果我们从这方面回顾的话，就会觉得鲁迅太伟大了，多少年前就开始做《论“他妈的”》。因为他不是社会语言学家，不在那个学科里头，所以就放笔直干。但还是没有真正放笔直干，这里面有一个语言学的概念，就是他把主语去掉了，动词去掉了，“他妈的”后面的名词也被省略掉了，剩下孤零零一个“他妈的”，所以还是有点读书人的那种矜持，不是下等人的放笔直干。而且把这个本来应该是第二人称“你妈的”，改成第三人称，还是有点贵族气味。因为我们随处可以听到，所以这应该算是国骂。但又把上等人排除出去了，所以似乎又有些不能算作“国骂”了，但他说“国花”牡丹又是所有的人都能欣赏的吗，下等人也不欣赏。所以“国”这个东西，用现在的时髦句式，就是要问：谁的“国”。“国”不是一个本质化的统一的完整的概念，即使是国骂里头，也要分层次的。所以，“阶级”这个概念很自然就在这样一个语法现象的分歧里头引进来。

脏话是我们语言系统里边的卑贱物，或者是语言系统里介乎边缘的东西，它其实是从内部排泄出来的，但又很难回收到语言系统的内部来。对脏话这种东西的理论探讨已经多起来了。非常有趣的是，我们每日每时听到非常多脏话，但又假装听不见，不把它纳入文化研究范围之内。于是，鲁迅同样地要对脏话来一个历史的考察。这是他最拿手的了。到底“这‘他妈的’的由来以及始于何代，我也不明白”，这又是不够学者的。他看记载的经史上的骂人的话，无非是“役夫”“奴”“死公”，骂得再厉害的叫作“老狗”“貉子”，更厉害的，就涉及祖先了。“而母婢也”，翻成北京话叫作“丫头养的”，再连读叫“丫挺的”，再省略叫“丫的”。充其量如此而已。还有“赘阉遗丑”，那是三国时代陈琳声讨曹操的时候，揭他老底，说他的父亲曾给宦官当养子，揭老底揭到那种程度。陈琳的文采太好了，曹操接到声讨文书以后，本来正在偏头疼的，一下子就好了。审美效果啊，所以抓到陈琳也不杀。能够把审美和功利的目的分开来，古今中外曹操是第一人。谁能够欣赏骂自己祖宗八代的檄文的文采呢？追溯骂人话的历史，好像很难找到“他妈的”的出处，但是鲁迅觉得思想层面最早可以从《广弘明集》这样一个说话里头推见消息。这里有点牵强了，为了强行引出他对国骂的深层次的文化分析。《广弘明集》中，两人聊天谈到，我们的姓、血统能够维持多久呢，因为妇人在那样一个乱世，随时都可能改嫁，所以认为姓到五世就难保。他觉得血缘传承的这样一种不稳定性，带来的焦虑，可能就是“他妈的”后边的一个文化意义。鲁迅讨论，为什么下等人开口闭口他妈的，这些挨骂的上等人原来也是下等人，但是因为他们暴发了。鲁迅那段时间特别关心这些暴发户。在《文坛三户》里边，他归纳出来三种户，一个是破落户，一个是暴发户，第三种——暴发破落户，暴发没多久就破落了。他知道在纵向流动里头会产生这三种户。暴发户刚刚暴发的时候，穷人都很生气啊，所以暴发户有一个特点，都赶紧买古董，赶紧修族谱，找一个很伟大的人当祖先。这都是暴发户要做的事情。下等人觉得很不爽，所以就反抗了，说：“他妈的。”当然这样解释有点太快、太简单了，放在脏话文化史里边，其实他有很多很学术化的分析。哪些东西可以作为脏话，比如说卑贱物，就是跟排泄、性有关系的，就是为了扰乱话语秩序。鲁迅非常关心的就是为什么中国人骂人的时候，要当人家的祖先。在美国用英文骂人，直接就是 fuck you，第二人称，就是“你”，不会把谁的 mother、grandmother 扯进来（听众笑）。鲁迅是从这个角度来看国骂后面深层的文化意义。

但更重要的是，我们可以看到鲁迅其实并没有完全肯定下等人的反抗，这是一定要注意到的。鲁迅认为反抗有很多种，像这样一种反抗则是卑劣的，他用了“卑劣”这个词，这个非常重要。我们不能一厢情愿地，认为只要是第三世界做的事情就是对的，第一世界做的事情就是错的。鲁迅非常清醒，反抗也有很多种，这一种是卑劣的。把自己的反抗建立在充当别人祖先的基础上——当年鲁迅还不知道女权主义。像这样一种国骂里头，其实已经把国民的一半放到被侮辱被损害的位置上。国际和国内这样一种等级制度中，光靠国骂去反抗，永远没有希望。只能听到围绕上下四旁的有声无声的国骂，而且，太平的时候只是国骂而已，不太平的时候可能就变成暴动，鲁迅有这样极深沉的警告。当然，鲁迅也没有想象到几万中国球迷会在体育场上一起站起来，发出震天吼叫，两个字的国骂：“傻 ×！！！”这么壮观，鲁迅当年是绝对想象不到的。所以，国骂还是在进化之中。

我拿这篇论文出来讨论，是要指出来鲁迅这种“学匪派”的思维方式。他会做这种题目，别人一般都想不到，对语言系统里面的卑贱物做那么深入的挖掘。

三、药·酒·魏晋风度

《魏晋风度及文章与药及酒之关系》是鲁迅最著名的演讲中的一篇。这篇演讲我怀疑是先写好了，完全按照演讲的口吻写好了，再去演讲，是有备而来。当时请他演讲的是广州教育局，“四一二”国民党清党政变没多久，后来林语堂觉得那是一个陷阱，鲁迅有点单刀赴会的意思。当时就看你来不来，不来说明你心中有鬼，来了看你讲什么，林语堂佩服得不得了，觉得鲁迅那次简直比关羽单刀赴会还要棒。

所以，这一篇是有备而来。从开头介绍参考书目开始，到结尾的收场，都是非常完整的一篇演讲。我们对比一下别的一些演讲，比如《文艺与政治的歧途》《关于智识阶级》，讲得有点乱的，后来整理出来，也没有很好的加工。这一篇呢，是极为完整，可能是有稿子写下来，再去讲的。环环紧扣，纹丝不漏，讲得非常妙。他是作为中国文学史的一章去讲的。但我们马上发现他其实越出了所谓文学史的范畴，他讲到“药”去了，就是跟人体密切相关的一种物质。后来讲到“酒”，也是跟人体密切相关的一种物质。开头是讲一时代的文体风格，通脱啊，峻急啊，由于曹操执政以后产生的文体的变化。但是慢慢讲到物质方面去了，而这个物质不是一般的物质，是跟人的身体、人对生命的那种执着有关，所以它不是日常的饮食，它是一种有文化意味的物质。这份演讲呢，其实是开启了一个非常广阔的研究文学史或者文化观念史、文化史的示范性的一篇文章，这篇文章出来以后，后来再讲魏晋风度就跳不出鲁迅的那个范围了，我们中文系已故的王瑶教授，就以鲁迅这篇文章为框架写了整整一本书叫《中古文学史论》，整个就把这段的论述展开了。

鲁迅在讲这样一段文化史的时候，他有一些观察，我觉得也是跟他对当代时尚的体验密切相联系的。比如讲到当时的人，吃了药以后（那个药叫作五石散，那个配方，现在还可以找到，他当时就说在座的没有人会试的。那么现在当然有更好的代替物了，摇头丸之类的，没有必要再去吃这个五石散），就引起了一系列的生活方式的改变："行散"，吃完以后发热，要不停地走，狂奔，然后要穿宽松的衣服，不能老洗澡，长很多虱子，所以雅人们会"扪虱而谈"。讲了一系列生活方式跟吃药的关系，讲到时尚的形成，因为这些都是名人，吃得起药的人都是名人。这些人带领了一种风尚，就是说连不吃药的人也不洗澡，也宽带轻裘，身上没有虱子，也要硬找一两只出来嘎嘣咬咬，觉得这样很"酷"。这跟刚才讲伎女成为时尚的带头人一样。但是这篇文章里头有一些重要的观察，是讲到一些古人，主要是被杀的一些古人，他从头到尾讲了很多人被杀，为什么林语堂佩服他呢？因为他是暗指当时"四一二"政变以后的这样一个当代的现实，他讲到这些人因为不孝的罪名被杀了。

但是曹操何尝是一个孝子呢，他当时为了征集人才，发布命令，说不忠不孝的只要你有一技之长，赶紧来投奔我吧。等到这个时候反而以不孝的名义来杀这些人，那么这就涉及为什么要以孝治天下，本来最重要的是应该以忠治天下，但是他们自己不忠，涉及政权的合法性问题，所以他们要找到一个最高范畴——不能用忠，因为忠的话自己站不住脚，所以用孝来治天下，把孝抬到更高的这个位置上去。这讲的就是当时，当时是什么政府，国民革命政府，它的合法性是革命，所以它必须以反革命这个罪名来杀人。很明显的这种对应，当然当年听演讲的这些笨蛋听不懂。鲁迅讲到魏晋那年头其实很多人都不孝，为什么偏偏这两个人倒霉，因为他们说出来了。这就是当代我们非常熟悉的一句话，有些事可以说，不能做，有些事可以做，不能说。被杀是因为他说了嘛，大家都不孝，有人说“不孝又怎样”，就把他杀了。

其实鲁迅这个观察，用我们现在的理论来讲，是意识形态理论的一个非常重要的特点，就是说意识形态如果想要维持，就必须与这个意识形态保持某种距离。要是完全地彻底地实现这个意识形态，这个意识形态就崩溃了，必须保持一定的距离，讲的就是这个意思。举一个比较现代的例子，也不要举我们现在，举赫鲁晓夫的秘密报告吧。苏共二十大做报告当天，十二个代表因为精神错乱被抬出了会场。态度强硬的波兰统一工人党第一书记贝鲁特十几天后心脏病发作去世。苏联作协书记法捷耶夫不久后开枪自杀了。这些人都不是什么天真无邪的普通党员，本身就是斯大林主义坚定的支持者和执行者。能做，不能说，结果赫鲁晓夫说出来了，他们崩溃了。魏晋也是这么回事儿。意识形态是干什么的，意识形态需要杀一两个“不 ×”之人，来掩盖“以 × 治天下”的不可能性。

鲁迅讲魏晋风度，从物质性的文化观念一直讲到其实跟当代现实密切相关的这样一种观察，所以他提出来一个结论，就是说“中国之君子，明于礼义而陋于知人心”。从《左传》里面引过来这段话，他说这是对的，只要是明于礼义，就一定陋于知人心的。这个用我们现在的理论来讲，就是关于律法和欲望的关系的问题。人可以很懂律法，对那些程序都搞得很清楚，可是对于人的内心其实是一塌糊涂。这个可以用另外的例子来讲明，最好的例子就是耶稣了。那些法利赛人，都是《旧约》里头律法的解释人，知道哪一天是要安息的；但是耶稣呢，他是人心，大概也是神心，是要救人的，所以他安息日给人家医病了，就触犯律法了。最后，这人太危险了，被钉死了。安息日不能干活，要安息的。你们如果到以色列去旅游，酒店里的电梯安息日就不能按电钮的。设计成到了那天电梯每一层都自动停，自动开门，自动关门。你要是住四十八层你就惨了，花半个小时一层层慢慢上吧。按电钮算干活啊，违反安息日的律法。律法完全不管人情怎么样。鲁迅这篇演讲其实是讲到当年这种杀戮和礼教相关，跟政权合法性之间的关系。文化研究、文化批判它是非常政治性的，它不是非政治的，文化其实就是在政治之内，或者政治就在文化之内。

四、幻象的历史：戏法与照相

鲁迅对某个主题比较感兴趣，他会连续地写几篇的，有时候隔的时间年代比较长一点，持久地关注。其中戏法、照相这两个主题，我觉得都跟幻象、幻想的主题非常密切相关。关于这两个题目鲁迅写了很多篇文章。

戏法当然比较古一点，照相是一个现代的事物。我曾经带过一个研究生，她做的题目就是《鲁迅和摄影》，这方面其实材料非常多。我们先讲照相，照相就是这篇《论照相之类》。鲁迅写过像“论什么之类”的题目有好几篇，比如说《论毛笔之类》，涉及书写工具的现代化。某教育当局强制中小学生要用毛笔写，不许用钢笔。鲁迅自己当然用毛笔，“金不换”嘛，可是觉得小学生还是用钢笔的好。论毛笔之类，就是要讨论这些新生的“物”的。我现在想起来我为什么害怕写作呢？我们当年小学写作文的时候老师规定要用毛笔，当场在课堂上写四百字，我们那时候用毛笔很讨厌的，墨盒拧开来以后，墨汁是用牛皮熬的胶，一拧开满教室极臭，防腐剂没普及，不像现在干脆天天吃的就是防腐剂，死了保证永垂不朽。本来写作文就很辛苦，然后还要用毛笔写小楷，写完手是黑的脸是黑的，袖子是黑的，同时极臭，书写工具影响你对写作的那种创伤记忆。鲁迅这些“论什么之类”的题目，往往是对这种物质带来的新的生活方式的一种文化考察。香港一个很有前途的作家叫董启章，写的长篇《天工开物》，就是将现代的物质史跟家族史连起来写的一个长篇小说，三卷本，那些物都是现代的物。像我们第一次听收音机——半导体收音机，熊猫牌的，第一次玩游戏机，等等，这种现代的物质和我们人生的这样一种关系。其实鲁迅当年很关注这一点的，他对照相和戏法那么感兴趣，涉及我们文化研究最感兴趣的那个“象”，那个影像、幻象、幻觉，从这两个领域可以看到鲁迅是非常敏感于这些具有文化内涵的题目的。

《论照相之类》，其实是鲁迅对中国照相史的一个非常简单的回顾。它分三节，第一节是“材料之类”，第二节“形式之类”，第三节叫“无题之类”。第三节被人家骂得要死，因为他攻击梅兰芳。他讲梅兰芳的“天女散花”“黛玉葬花”的照片放在照相馆的橱窗里头，如何恶心。这一节我们按下不表。看前面的两节，“材料之类”讲到照相这种技术引进到中国以后民众的反应，他回顾说确实引起了一阵恐慌。传说洋鬼子挖了很多中国人的眼睛腌起来，有一个用人在洋人家里面帮佣的，看见那个坛子里面腌了一坛子眼睛，小鲫鱼似的快满出来了，吓死了赶紧跑了。跑出来到处跟人家讲，腌这么些眼睛是为了照相之用的。鲁迅就分析这个谣言其实很有本土色彩的，完全是用我们绍兴腌白菜的那种方式去腌眼睛。为什么眼睛腌得像小鲫鱼一样？有一种菩萨叫眼光娘娘。要是眼病好了，就贴一个眼睛。像小鲫鱼一样两头尖尖的，贴在上头，这是我们经常看见的。我有一年到五台山去，庙里有一口大钟，贴满了各种纸条，祈求高考，还有婚姻等等。贴得那个钟好像要飞起来，像长满了羽毛的钟。这个谣言强加到洋人上面去，把我们对白菜的那种腌制方法和对眼睛的那种小鲫鱼形状的形容套上去，鲁迅说这是本土化的，非常善于消化外来事物的一种操作，跟洋鬼子那生理解剖上的眼球是毫不相干。这个谣言，我们现在往深里想，是非常有文化内涵的，说出了某种真理。以本土的中国人的这样一种眼睛，经过一种化学的保鲜，某种保鲜吧，制作以后转化为他者的凝视。当然这非常理论化了，我们知道在视觉文化理论里头，眼睛和凝视是两种不同的东西，眼睛是我们自己的眼睛，凝视是他者对面望过来的凝视。所以这个谣言非常完整地预先复制了我们现在有关眼睛和凝视的这样一种辩证的分析。但是，不知为什么摄影还是无可阻挡地传进中国来了，当然中间也发生了一些事情，比如，鲁迅说当年曾经有一些会摄影的，家里就被人家放火烧了，因为大家都很担心，会不会把你的魂摄走了。记得当年义和团攻进北京以后，在大栅栏烧店铺，首先烧的就是照相馆。最后还是普及了，多多少少大家都开始照相了。鲁迅继续讨论当时照些什么相，怎么个照法。当然是全身的，没有人敢照半身相，那个腰斩不得了，腰斩谁都不愿意。全身相通常都是一个安排好的公式化的背景，有一个茶几，茶几上有帽架、茶碗、水烟袋、花盆。还有一个痰盂，证明坐在那里的人有很多痰要不断地吐出。这些描绘其实是很重要的细节，那个痰盂是一个现代化的产物，以前吐地上就得了，现在要用盂装起来，这是卫生学啊。如果你们能够回忆到七十年代中期，有一个非常重要的新闻就是尼克松和毛主席会见，在毛主席的书房里头，非常著名的一张照片。痰盂啊，痰盂在那儿。整个西方世界对两个伟人在那里坐着视而不见，盯着那个痰盂大做文章。他们已经忘了，痰盂是作为他们现代化的东西输入中国的，现在反而成了东方神秘的一个象征。这是罗兰·巴特说的照片里边的刺点。当年鲁迅看摄影，痰盂是一个非常重要的物品，证明这个人进化到非常讲卫生的阶段。痰盂就作为这样一个公式化的背景放在那里。

鲁迅进一步的分析就把当时非常时髦的照相引申到精神文化思想的层面。照两张，一张是一人穿着仆人的服装，一张还是这个人穿主人的服装，然后把它们洗到一块儿，叫作“二我图”。有时候更过分的是一个人跪下来求另外一个人，这就叫“求己图”，当时很时髦，因为很新鲜。鲁迅从这里看出来一种，用我们现在的话来说叫作自我的分裂，但鲁迅把它放到一个主奴结构里头去。在鲁迅思想里边最重要的一个结构就是主奴结构，用日本的鲁研家的说法就是“抗拒为奴”，主奴结构是贯穿到鲁迅所有的写作里头的。他回顾照相史，研究照相在中国发展的时候，一下子就来到这样一个跟主奴结构密切相关的时尚上面，这是很容易理解的。他引进了一个外国的说法，伦理学的根本问题，就是说主人是很容易变成奴隶的。位置颠倒，结构未变。为什么呢，因为他是完全认可这个结构的。突然变成奴隶以后他就会说，该我倒霉嘛，他不会质疑那个结构，他只是说自己倒霉。鲁迅举了个例子，三国时代的孙皓，就是这样，当主人的时候非常残暴，当奴隶的时候是卑劣无耻的奴才。所以如果将来要出那本洋人的书，最好就收罗这些中国的“求己图”，放到那里当插图。鲁迅对于插图一直都是很感兴趣的。如果我们写文章，达到鲁迅的思路，通常都会写到这里为止。但是鲁迅会再进一步说这个时尚过去以后，那些人就不再照这种相了，现在出现的当然有半身的了，而且都是威风凛凛的。鲁迅厉害的地方是说应该把这种图读成半张的“求己图”，就是说它好像是一个完整的自我在那里，但我们随时要看出来它仍然是主奴结构里边的某种角色。用我们现在的理论来表述，这是一个被阉割的主体啊。

他另外一篇文章是讲到他孩子的照相。就讲海婴，很奇怪，在中国照相馆里边照出来就像中国孩子，到日本照相馆那边照出来像日本孩子。他有点想不通，到底怎么回事。他想照相师抓神态的时候抓得不一样，中国人觉得那个调皮捣蛋的瞬间不能拍，一看他比较老实，拍下来；日本人觉得那个活泼的神态好，按了快门。这是一个对照相的主体性的分析。他是从照相这个瞬间讲到后边有一个发挥，关于人性加某种野兽性，用的是日本人的一篇杂文里边讲的，用我们现在的语言说就是“除不尽的余数”，就是多出来的东西。人如果是一个基本数，那么人加某种野兽或者人加某种家畜就会产生不同的人。这是一个在人身上又比人多出来的一个东西，一个新的公式，是从照相引出来的另外一种观察。

现在我们转到戏法，鲁迅连续写了几篇短的杂文，相隔时间不是很长的。但是戏法是鲁迅一直很入迷的一个题材。《中国小说史略》里边抄了很长的一段讲道士变戏法的，说部里头，道士拿一个桃核，就在当街种下去，转眼之间就长成一棵很大的桃树，结满了很多桃子，然后这个道士摘下了桃分送给各位，最后卖桃的人张着嘴巴看完戏法，回头看自己车里边，一车桃全不见了。我们觉得这有什么稀奇，但是鲁迅很感兴趣，一大段把它抄下来放在他的学术著作里头。鲁迅对这种场景特别入迷。比如说，他小学的时候看戏法，耳中听字。我当年住在北大 32 楼 334 的时候，同屋一个同学会玩这种魔术。当年全国都很走俏的就是用各种方式听字、认字，我们这个同学也会，很以为有趣。鲁迅这篇杂文《朋友》非常重要，他从小戏法一直讲到电影。小时候，同学们会变各种小戏法，耳中听字，纸人出血，他后来学会了反而索然无味。接着开始看大戏法，不幸有人告诉他戏法的诀窍以后，他就很失望。注意最后这段："去年到上海来，才又得到消遣无聊的处所，那便是看电影。"这就引进了我们现在最感兴趣的，所谓幻象的最现代的发展工具，即电影。电影后来也幻灭了，因为他看到一本书讲电影是怎么拍的：全是幻象。（当年江青一句名言，“电影片子”就是“电影骗子”，非常经典地把电影的本质概括出来。）于是鲁迅又觉得无聊，很后悔去看这本书，揭穿幻象是很令人失望的，怎样维持幻象正是戏法的魅力。

同样题材他还写了很多次。《看变戏法》，在《准风月谈》里边，这篇是鲁迅最没精打采的一篇杂文，他有意把它写得没精打采，用的都是最平常的字眼。没精打采的开场，然后一只很瘦的黑熊，一个小孩，骨头特软的小孩变的戏法。当年还没有保护动物协会，这瘦熊太可怜了，这小孩太可怜了，但这小孩好像很平安无事地、面无表情地一会儿就站起来了，一起走了。所以，结论就是，事情很简单，好像令人索然无味啊，“然而我还是常常看”。这点很重要，这么一个没劲的戏法我还是常常看，“要不让我看什么呢，诸君？”这么一个问话，假装天真。

同样，内容没有变，他又写了一篇，这篇就被我们引用得比较多了，这篇文章题目叫作《现代史》。最近《读书》杂志讨论贾樟柯的电影《三峡好人》，一开始就是一个戏法，在船上，人民币变美钞。参加讨论的人都是些理论家，马上想起了鲁迅的《现代史》。这篇杂文从头到尾就是讲戏法，然后讲看客们呆头呆脑地走了，这个戏法其实是重复的，没什么变化的，但总是有人看，给钱。当然中间要有一个沉寂的日子，跟刚才一样，说着一些很无聊很乏味的话。这篇文章精彩，就是最后说“我才记得写错了题目”，整篇文章全靠后面这一句，《现代史》题目下面写的是变戏法。这个就把中国古老的道士种桃的戏法引到了一个现代的语境里头，为什么现代史是这样的，重复又重复，大家还是看，没什么变化。

其实戏法是有很大的变化，戏法的现代化，从大上海开始，大上海的大世界开始，其实鲁迅后来也有时去看马戏团，因为周海婴老要去看。那么从大世界开始，戏法本来是在街边大家围着看的，到了大世界以后，戏法和魔术变成舞台上的东西。从此，它变成一种表演，不再是艺人在街头谋生的这么一种把戏，所以有这样一个幻象的现代化，从戏法到魔术，有学者（中文大学的彭丽君）做过对大世界里边魔术的研究。但是，鲁迅要讲的呢，就是说戏法跟观众之间的那种同谋关系，他要讨论的是这个：如果我们不配合去看戏法，这个戏法其实是演不成的，所以我们大家都有份，给钱，隔几天又去看。这就是刚才那篇《朋友》一个全新的解释，“朋友”就是维持戏法能够继续演下去的那些人，他明知道这是个戏法，这是一个幻觉、幻象，却与之同谋。

“朋友”这个词，我记得八十年代的上海非常流行。八十年代开始，很多称呼忽然失效了，我们六七十年代见谁都叫“同志”，后来“同志”不太行了改叫“师傅”，现在好像都叫“老师”。但是那段过渡时间很困难，“小姐”之类的好像不行，反正那段时间在上海就叫“朋友帮帮忙”，上海话说出来很义气的。“朋友帮帮忙”，在台湾应该叫“拜托”，通常这些词前边是一个否定句的，“别……，拜托，朋友帮帮忙”，别怎么怎么，是一个禁止的。就是说你要是干那个不应该干的事情就不够朋友，所以拜托。共同体是什么呢？共同体就是说共同去维护大家都知道但是不能说出来的某种秘密，这就是共同体。不是因为他们共有一个什么伟大的目标，才叫共同体。共同体是因为他们都共有一个不可告人的秘密。鲁迅讲过一件亲身经历的事：当年他在教育部当小官僚的时候，其实教育部哪有什么活干，一帮人经常在一起闲聊天。他们就聊北京某个地方有一个女的特漂亮，然后还可以叫出来玩，讲得津津有味，有地址什么的。鲁迅说他后来有一次偶然经过，发现那个地方根本连屋都没有，是一片空地。回到部里他们再聊的时候，就指出来说那个地方根本就是一片空地，废墟，根本没有什么漂亮的女人在那里。大家从此对鲁迅侧目而视，杀风景啊，他把人家那么好的幻觉给破坏了。不够朋友，他不属于这个共同体。所以鲁迅从这个戏法的演变讲到它的不断地重复，到最后为什么能维持，一直讲到维持、维护一种共同体的这样一种意识形态的功能，其实是这个题目做得非常深的一个地方。要把戏之先都要拱手，高叫“在家靠父母，出家靠朋友”，就是对围着的那些人、知道怎么变戏法的人，说，别出声，拜托，就是这个意思。这是现代史啊！

这个小题目讲完了，我们做一个小结。第一点，鲁迅的文化研究、鲁迅的文明批判，他有一些其他人所没有的特点，他会从边缘处思考。这有两个意思，一个意思是说，他的材料都是些边缘材料，野史啊匪笔啊什么的。没有边缘，何来中心？那些被排斥到边缘的材料最能揭示中心的秘密。后来文化研究做了很多这方面的探讨，用囚犯、疯子、骗子的这样一些材料去做。另一个意思就是说这个研究者站在一个边缘的位置上。鲁迅很知道他自己是一个读书人，是一个精英，一方面被体制排挤，成为“学匪”；另一方面他又不能完全融入边缘、非主流的层面里头去，所以他站在这么一个位置去思考文化。通常我们有一个误解，说怎么可能在文化里边批判文化呢？你就是文化里的人，你跳不出你的文化，你站在什么位置批判文化呢？这种设想是把文化看成一块石头，铁板一块。其实文化从来都不是这样子，文化从来都是一个松散的、网状的东西，所以我们完全可以在文化里面选择站在某一个位置去批判文化，我们也可以立足于跟另外一个文化的参照去批判文化，所以这是一个边缘处的思考，鲁迅把握得非常准的。

第二点就是历史的延续和断裂，就是说鲁迅做这些研究的时候，我们可以看到他对历史的那份材料的把握是非常丰富的，几乎每一个要讨论的题目他都会找到历史上的存在，虽然不能很准确地说出它的起源，但是能够看到它不是天上掉下来的东西，也不是一个纯粹现代的东西，所以他会找到历史上的这种延续性，同时，他会讲到在现代它是怎么样突然变化的。他这种延续和断裂的转换，做得非常成功。

那么第三点呢，他会注意到大众文化和精英文化的区别，同时他会讲到这两种文化的界限是很模糊的，会互相转换的，所以在《匪笔三篇》里面，他会把顾颉刚的恐吓信和飞天虎的恐吓信相提并论。这种精英文化和大众文化之间的变奏，鲁迅是看得非常透彻的。

第四点，我们可以总结出来鲁迅对物质、对物的文化史本身，是很重视的。通常说鲁迅是重视改造人的灵魂，好像他是那种高蹈的虚空的做法，其实不是的，鲁迅做这种文化观念史的时候，都是紧扣物质这个层面来做的。所以他会讲到“物”的发生学，尤其是跟人的身体相关，又跟身体和心灵的沟通相关。他会讲药，药当然是想长生吧，追求不朽的这样一种物，酒当然就是关于麻醉、关于对现实的超脱的物。这些物都不是一般的物，是非常重要的物。他还重视现代的物，像照相啊等，这新引进来的一些物，讨论它的文化意义。

第五点，鲁迅的文化批判，极为关注文化观念的呈现形式。他讲到文章的时代风格，讲到照相的布景的非常有趣的细节，这些东西他都不会忽略，他会在细节里边发现秘密，这是我们做文学研究、文化研究的人最应该掌握的基本方法。你如果没有把握住这种形式和表达里面的细节，你这篇文章其实是没有做好。

最后一点就是所谓穿越幻觉。这个说法就有点强加到鲁迅身上去了，对于鲁迅来讲，幻觉不是一个穿越的问题，鲁迅的方法还没有到这么“拉康”的层面。他是讲要揭开麒麟皮，露出马脚，所谓穿越幻觉是我们要做的，就是我们现在这些文化研究的人要做的。要进一步研究鲁迅所揭示出来的幻觉，到底应该怎么样？其实我们现在仍然在天天看把戏，仍然活在鲁迅说的那个“现代史”里边，那我们现在怎么办？这大概就是我们现在这些人，包括在座诸君要做的工作了。

附记：

二〇〇七年五月，应邀在北京大学中文系开系列讲座，总题目是“文化研究：以鲁迅为方法”。这是其中第二讲的整理稿。特别要感谢讲座的主持人陈平原教授，以及辛苦整理讲稿的陈洁女士。

（载陈平原主编《现代中国》，第十辑，
北京：北京大学出版社，二〇〇八年）

沈从文小说的视觉转换

罗岗：今天非常凑巧是沈从文先生逝世三十周年的日子，一九八八年五月十日沈先生过世。似乎是冥冥中自有安排，黄老师的演讲本来并不是今天。此次黄老师是去复旦大学做为期一个月的演讲，所以正好请黄老师过来，在五月十号这个日子给大家做一场演讲，今天这个题目可以说是非常合适且特别具有纪念意义。下面让我们热烈欢迎黄老师！

黄子平：谢谢罗岗！罗岗老师是我的“常任主持人”了。第一次是在丽娃河边华师大出版社的会议室，我讲的是鲁迅的体裁问题，突然停电了（非常幸运，我做演讲常常遇到停电），因为出版社会议室是蓝色的玻璃，所以刹那间所有人都“青面獠牙”，我印象很深刻。第二次是在这里，闵行校区刚刚建好，罗岗老师主持，我讲鲁迅的《野草》，那次很好没停电。这次也很荣幸来到“闵大荒”讲沈从文，沈从文正好逝世三十周年，这是一个巧合，因为之前安排时间与主题时没想到这一点。

我今天演讲的题目是“沈从文小说的视觉转换”。这个题目包含了好几层意思，所谓视觉转换不仅仅指电影，还有连环画、歌舞。记得前年吧，我到张家界学院去讲沈从文，那里有一个很雄厚的沈从文研究中心，很多非常杰出的沈从文专家学者，去那里讲沈从文有点“关公庙前舞大刀”的意味。他们招待我看歌舞剧《张家界·魅力湘西》，一场大型的歌舞演出，里面有一段《边城》的舞蹈，我觉得编得很好，哥俩和翠翠翩翩起舞，音乐也非常动听，但是歌一出来就觉得有点杀风景。因为歌是很难编的，歌词很单薄，总觉得词不达意。我一会儿会讲到沈从文不喜欢在《边城》电影里有什么“主题歌”。除了这种歌舞的改编外，还有连环画，但是今天我只能讲电影方面的材料。

沈从文是一个天才，他不仅在文学上天分极高，而且在绘画方面也很出彩。他没有经过任何有关于绘画的训练，但即使是随意的速写也画得非常好。《湘行漫记》中写到他在船上给张兆和写信时画一座山，仅寥寥几笔，味道就出来了。此外，沈从文的书法也极棒，那时候他把当小兵赚来的薪水拿去买了很贵的字帖，例如《曹娥碑》等。因为他的书法好，所以才会去湘西王陈渠珍那里当一个文书兵。很多年以后，有人找到一个碑文的拓片，对沈从文说：这是你写的。这时沈从文已经很老了，他一看，真的是他写的，十八岁的时候写的，写得很不错。有一个叫舒展的人经常去访问沈从文，瞅个空子就去字纸篓中搜罗他的废稿，抚平了带回家。沈从文的章草，就连香港的收藏家、书法家董桥也赞不绝口。同时，沈从文还有音乐方面的天分，他的天分不表现在作曲，而是在爱乐。在五十年代他们家最值钱的就是一部东欧波兰出的留声机，家里有很多唱片，一家人有空就在那里听交响乐。能证明沈从文这种音乐自信的是他写给一位朋友的信，这位朋友的儿子就读于某一音乐学院，因为读得不太顺心而想退学，朋友就请沈从文写一封信劝劝自己的儿子。沈从文写了一封很长的信，在信中表示他要是年轻时有机会去学一点乐理，“作点曲子或许比西哈努克先生的作品好听一些也说不定”〔1〕，那就可以和莫扎特赛跑了，由此可见沈从文的音乐自信。“与……赛跑”，这是他的常用语言，当年他写小说的时候也曾说要和契诃夫与莫泊桑赛跑。〔2〕沈从文身上有一种湖南人的蛮劲，所以才会有这么大的成就。

---

〔1〕 沈从文《复窦达因：给一个学音乐的第一信》,《沈从文全集》第23卷，太原：北岳文艺出版社，2002，页38。

〔2〕 “岁到北京时，标点符号还不灵，却想写小说，用当时人所习知的鲁迅成就，和旧俄契诃夫、屠格涅夫，法国的莫泊桑，以及唐人传奇、宋人白话小说成就看齐。而且‘一定要超过他们’。”引自沈从文《复窦达因：给一个学音乐的第二信》,《沈从文全集》第23卷，页157。

今天我要讨论的是后来的人如何将沈从文的小说视觉化。到了四十年代，沈从文在感情和情绪上有非常多的困扰和波动，其中最值得我们注意的是他对文字产生了深刻的怀疑，用他自己的说法即“文字受了历史的腐蚀”。这什么意思呢？就是说文字作为表达的媒介已经不干净了，当一个人想表达内心幽微的心思时，从媒介上来说，诗不如绘画，绘画不如音乐，所以说最好的媒介是音乐。沈从文对音乐有某种乌托邦的想象，他曾说现在民心那么坏，我要是掌了权，就命令所有县城的十字路口摆几个音响，放点交响乐，三个月之后一定民风纯粹，这是他对音乐效果的某种期待。沈从文四十年代对文字的怀疑，影响了他的创作，由此产出的一系列作品都有点不写实，《看虹》与《摘星》都有点缥缈，有很强的抒情性，读者抓不住他到底要表达什么。这里的矛盾在于一方面他否定文字的纯粹性，但同时又不得不用文字来完成所谓绘画、音乐作曲的效能。他应对这种矛盾的方法是在小说或散文中设计一个作为画家的人物，很多内心的东西就通过这个画家去表达，这是他采取的一种方法。我现在关注的是八十年代沈从文复出以后，突然间许多人都对他的小说感兴趣，尤其是对他的小说可以改编成电影感兴趣，因为他的小说确实非常具有画面感，故事也非常感人，所以当时形成了一个改编热潮。其中比较有意思的是，沈从文非常积极地参与了这些改编，因为当时他还在世，所以改编者会去询问他的意见。沈从文的意见很有意思，可以回答我们的想象：如果让沈从文自己来把他的小说拍成电影会是什么样子？沈从文的态度有时候是非常坚决和愤怒的，他的话是很激烈的。现在我们具体来看看由他人改编沈从文小说的电影，一共五部，不同时期由不同导演执导。

一、沈从文论改编

我首先要提出这几个问题：在特定的时空中，某一叙述及演映形式为何及如何主导观众的想象力？是什么样的权威力量影响形式的“传达”，或“隐藏”所谓的真实真理？我们结合几部电影来讨论。

沈从文的相关表述照例低调：“我的作品照例是目前人习惯说的极端缺少思想性的，只能当成一种‘历史’性作品看待，既已烧去三十年，我倒觉得极近情合理，还鼓励了我第二次改业的决心。在生前看不到的重现于电影上，也认为十分平常自然，并不是什么值得惋惜的事。”[3]这是一种自我贬低，通常也是一种欲扬先抑，

〔3〕 沈从文《致徐盈》，《沈从文全集》第26卷，页288。

即我的缺点恰恰也是我的优胜之处。什么意思呢？在沈从文看来，所谓“电影是强调思想性”的观念他并不在乎，他不在意在思想性上取胜，所以说在生前看不到重现电影也认为十分平常自然，并不是什么值得惋惜的事。这是沈从文历来低调的表述，但是之后我们能体会到其中那种倔强的自信。

二、严俊《翠翠》和李翰祥《金凤》

其实在五十年代的香港，已经有两部电影是从他的小说改编的，而且红遍香港、台湾和东南亚华人地区。有一位旅美的女作家李黎在八十年代后利用改革开放的机会经常到大陆拜访一些作家。一天她终于见到了沈从文，她想起她看过的两部电影，就把主题曲唱给沈从文听。这段文字是非常悲伤的：“五十年代看香港‘国语片’的年代，林黛、严俊主演的《翠翠》和《金凤》，很多年以后才知道，竟然就是《边城》和《贵生》改编的！可是电影再也拍不出那份遥远、忧伤又带着野性的诗意：孤女翠翠在睡梦中听到美丽的山歌，灵魂乘着歌声飘上江边的悬崖半腰，顺手摘了一把虎耳草……三十年后，当着他的面，我把小时候唱熟的、几十年也没忘的两首电影主题曲唱给他听。他咧开无牙的嘴，无声地笑，我感到既欣慰又悲伤。”[4]

一九五三年的电影《翠翠》由严俊导演，主演是林黛、严俊和鲍方。电影的英文名是 *Singing Under the Moon*，所以这部影片是以歌为主的，在香港的长洲和香港仔取景。林黛一炮而红，电影在东南亚发行量很大，非常受欢迎。沈从文可能看过，最大的不满是翠翠年纪太大，太成熟了，他非常强调翠翠是天真无邪的懵懵懂懂的年龄。

《翠翠》成功之后，严俊和李翰祥再接再厉，在一九五六年拍了一部《翠翠》姊妹作——《金凤》，改编自沈从文的小说《贵生》。主演中有胡金铨，后来著名的武侠片导演。影片的英文名比较忠实：*Golden Phoenix*，其实还是以唱为主，所以海报上也标明是文艺歌唱的旷世佳作。五十年代的歌舞片其实是从好莱坞那边传过来的，好莱坞在四十年代二战期间出现了几部备受我们欢迎和熟悉的片子，比如《出水芙蓉》和《雨中曲》，歌舞片在当时是非常流行的一种样式。一九五六年，我想沈从文未必能看到这部电影。

---

〔4〕 李黎《半生书缘》，北京：生活·读书·新知三联书店，2013，页83。

三、凌子风《边城》

到了八十年代，最积极要改编《边城》的是上海电影制片厂。上海电影制片厂先入为主地将《边城》电影剧本在杂志上抢先发表，并写信给沈从文说已通过宣传部门的审查。这句话激怒了沈从文，似乎是想要凭借权威来压他。其中比较有意思的是，电影制片厂想制作一首主题歌，主题歌的歌词想邀请沈从文来写，沈从文觉得不应该有主题歌，最好的音乐是由各种鸟的叫声和三种不同的劳动号子相互交叠形成，这比任何高级音乐更动人。“至于主题歌”，在“全部故事进展中，人实生活在极其静止寂寞情境中，但表现情感的动，似乎得用四种乐律加以反映：各种山鸟歌呼声及‘三种不同劳动号子’相互交叠形成”，“如运用得法，将比任何具体歌词还要好听得多”。〔5〕三种不同的劳动号子，在《湘行漫记》或《从文自传》中可以看到，他把不同的河，不同的码头，不同的号子，如上水纤夫的号子，下水过浅滩时候的号子，等等，都写得非常细致。沈从文对劳动号子所带出来的效果——由人的劳动、搏斗与自然环境之

〔5〕 沈从文《复徐盈》,《沈从文全集》第26卷，页150。

间相互交叠而形成的效果很重视，在他看来劳动号子是最动人的音乐。所以想来也是，不管是谁写的主题歌，肯定是很糟糕的，《边城》主题歌不可能带出这部电影的境界。这是沈从文对电影音乐方面的考虑。

其次值得注意的是沈从文强调电影中不要加入阶级斗争。在八十年代的话语中，阶级斗争观念是主导性的。沈从文解释说那些所谓的商人其实是平民，船总也是平民，不是特权阶级，所以他反复强调如果这时突然来一个穿夹袄的角色就毁了，这是第二点值得注意。……“商人也即平民”，“掌码头的船总”也“绝不是什么把头或特权阶级”[6]……我们的习惯是给人物做阶级定性，我问过学生，想象一下边城里的各式人等的阶级成分，学生都是一脸的茫然，觉得对《边城》提这样的问题忒奇怪了。

更重要的是沈从文对翠翠年龄的强调，他强调《边城》所有的一切，都是通过翠翠这样一个半成熟的、半现实半空想的印象式而重现，其中有很多憧憬，有很多天真，有对世间万物都不太理解的过程的进展。“应分当作抒情诗的安排，把一条沅水几十个大大小小码头的情景作背景，在不同气候下热闹和寂寞交替加以反映。一

〔6〕 沈从文《复徐盈》，页 150。

切作为女主角半现实半空想的印象式的重现，因为本人年龄是在半成熟的心绪情绪中、对当前和未来的憧憬中进展的。”[7]所以，沈从文从音乐、人物结构到镜头都有他自己的设想。这些设想反过来帮助我们理解《边城》，尤其是《边城》的抒情诗性质。那应该由谁来拍这样一部电影呢？沈从文提出了一个参考——尤里斯·伊文思，回头我们再来讲伊文思。

一九八一年《芙蓉》杂志第三期发表了上海电影制片厂改编的剧本《翠翠》，沈从文对此非常不满，“一加上原书没有的什么‘阶级矛盾’和‘斗争’，肯定是不会得到成功的”。[8]沈从文还想象湘西青年会起哄把片子烧毁，他在写给徐盈的信中表现得非常愤怒，并坚决阻止上海电影制片厂来拍《翠翠》，“这样作为电影，若送到我家乡电影院放映，说不定当场就会为同乡青年起哄，把片子焚毁”。[9]他建议的导演是伊文思。伊文思是荷兰电影大师，常以抒情性的语言，“直接电影”的手法，超现实主义地“拍摄无法拍摄的事物”。伊文思执导的影片表现手法细腻，内容虽然抽象晦涩，但富有想象力和启发性。不知道沈从文有没有看过伊文思的电

---

〔7〕 沈从文《复徐盈》，页149。

〔8〕 沈从文《致徐盈》，页288。

〔9〕 沈从文《致徐盈》，页457。

影，这很可能是汪曾祺的建议。

我们以为是一场雨，从起风到下雨到雨停了屋檐水滴滴答答，其实伊文思拍了很多场雨才把片子剪出来。我觉得沈从文有一篇讲上海的作品——《腐烂》，特别适合拍成伊文思这种类型的电影。《腐烂》是沈从文在中国公学当老师时示范给学生怎样写场景的作品，他把上海从早到晚各种阶级的状态统统写在一篇很长的散文诗中，特别符合伊文思那种晦涩、无法拍摄的事物的特质。据说伊文思看过北京电影制片厂由凌子风拍摄的电影《边城》，他印象不错，并告诉沈从文：翠翠和老船夫都好，外景也好，但是不如原作。

一九八二年，沈从文又提供了一个意见。当时有人建议把《萧萧》、《贵生》和《丈夫》三个短篇改编成一部电影，但沈从文认为应该改编成不相关的电影短片。意大利人曾如此拍过短片，得到较好效果，具世界性，比如拍电影《偷自行车的人》的维托里奥·德·西卡。其次沈从文强调“配音必须充满地方性，力避文工团腔调，可能要第一流导演且随时和我商量，才可望得到成功。你们见我作品太少，不妨看到十本作品以后再研究”。[10]最后那句话是沈从文在八十年代一再表达的，

〔10〕沈从文《复谢方一》，《沈从文全集》第26卷，页368。

不仅是对电影导演而言，也包括研究者，这是沈从文的一个心结，他觉得这些人其实不了解他，他们只读了《边城》《萧萧》《贵生》就要改编成电影，读得太少。三十年代就已经是“多产作家”了，五十年代却把全部纸型都销毁了，所以你们没读过我多少作品啊。其实很多作品他自己也没有保存，还要托朋友到香港去买盗版书。“文工团腔调”是个很有意思的概念，值得详细讨论，不过我们今天不展开。

后来终于出现了一部被沈从文首肯的电影，首肯的原因是因为翠翠还不错，符合他想象的青春蒙昧时期的形象，这就是一九八四年由凌子风执导的《边城》，他花了很长时间来拍摄。

这是凌子风的风格，翠翠在船头，为了强调她的孤单无助，连黄狗都不在船头出现。凌子风拍老舍的《茶馆》，表现悲哀慷慨的北平和北方，很出色。但他没法把握南方湘西的沈从文。《边城》的白塔倒了又重建，翠翠的爷爷死了，长辈把翠翠视为己出，整个边城的人伦秩序像白塔一样重新建立。凌子风的改编为的是突出其中的悲，但是沈从文所要表达的恰恰是那种无论发生怎样的悲剧（翠翠父母的悲剧，大佬的死，二佬的出走，爷爷的过世），这块土地上的风土人情仍然会富有生机继续存在，这一点凌子风没有理解也没有把握。《边城》

放样片的时候，沈从文没有去，张兆和去了片场，全场起立鼓掌，电影还拿了金鸡奖和加拿大的一个奖。张兆和回去和沈从文说了这部电影，沈从文最不满意是它的结尾，和我刚才说的一样。

四、谢飞《湘女萧萧》

到了一九八六年又有一部电影改编出现了——青年电影制片厂的《湘女萧萧》，导演是谢飞、乌兰，编剧是张弦。谢飞是一个红二代，他的父亲是谢觉哉，中华人民共和国法律系统的建造者之一。谢飞当时是北京电影学院的院长，这时候沈从文已经不能干预任何改编，不能提供任何意见了，谢飞获得了非常大的自由，所以他能把《萧萧》和《贵生》合起来改编成这部电影。为什么选《贵生》？因为萧萧本来是要沉潭的，但是她生了儿子所以逃过一劫，这是《萧萧》中最有意思的一个情节。然而《贵生》中真有一个人被沉潭了，所以他把《贵生》和《萧萧》结合起来，沉潭这样一个非常具有戏剧性的镜头就纳入影片《湘女萧萧》中。我们看电影时能找到非常长的镜头去摇的村民们麻木而沉默地看沉潭的画面，并且特写了村民的面孔和表情，镜头慢慢地摇过去又摇回来。什么意思呢？我在台湾中央大学讲沈从文，博士生牛毅有一个精彩的概括，说这部片子把沈从文的希腊小庙拍成了鲁迅的铁屋子。简单地说，就是启蒙主义，改造国民性，一种对庸众、落后村民的表达方式，这部片子也得了很多奖。沉潭有女性裸体远远地一闪而过，当时的影评认为是当代中国电影的一大突破，不容易啊。

谢飞和乌兰有一个创作谈：《〈湘女萧萧〉创作随想》，他们那时候对沈从文有一个判断，认为他是一个民主主义者，所以认为“他对推动历史进步的动力——生产与社会革命——缺乏足够的认识，过分沉溺于对古朴民风原始生命力的迷恋之中”。他们对沈从文的判断符合早期主流的判断，之后马上引入了鲁迅，“由鲁迅先生为先锋的新文化运动高举的战斗旗帜‘改造民族灵魂’‘改造国民性’在今天重新闪现出了它的现实意义”，于是，“比较自觉地将影片《萧萧》的创作同‘再造民族灵魂’的使命联系在一起”。[11]文学研究界早就超出这种看法很久了，这里多少显示出电影界和文学研究界的一些落差。

五、黄蜀芹《村妓》

最后要介绍的是很多人没看过的《村妓》，外文名

---

〔11〕谢飞、乌兰《〈湘女萧萧〉创作随想》，《电影新作》，1986年第6期。

字很糟糕：*Mainland Prostitute*。黄蜀芹是一位女权主义导演，她把沈从文的小说《丈夫》改编成这样一部电影。大家对小说《丈夫》的印象很深，其实也是一个抒情小品，当然其中有很多暧昧以及情义关系的表述。我们最需要理解的是丈夫如何来看当村妓的妻子，他和船主人的关系也是非常微妙的，一起喝酒、唱曲子，对现代人来说很难理解那个时代那个地区人际关系的微妙。

这是一部很激烈的女权主义电影，丈夫与嫖客打架，电影镜头的摇晃，效果很好，观众看到这里都哈哈大笑。沈从文的女性观是一个有争议的命题，这个故事的改编完全超出了沈从文的想象。后来改编沈从文的热潮退却了，但是在一个意想不到的地方出现了，并产生了沈从文更深刻的影响，那就是台湾电影导演侯孝贤。

六、侯孝贤与贾樟柯

侯孝贤早期的电影很一般，没有后来侯孝贤的特点，拍电影碰到瓶颈了，这时朱天文推荐他读沈从文的《从文自传》和其他一些作品。所以侯孝贤在没有任何突破的时候读了沈从文："有一段时间，我固执地坚持用自己的电影语言去表述，其实我知道这种方法很笨。正在烦恼之际，我无意看了沈从文的自传以及其他作品。沈从文的作品生动感人，尤其是他对家乡、对生死的描述，一下子打开了我看待外部世界的视界。书中客观而不夸大的叙述观点让人感觉，阳光底下再悲伤、再恐怖的事情，都能以人的胸襟和对生命的热爱而把它包容，突然发现看待世界的角度、视野还有这么多这么广。”[12]这就是侯孝贤看到的沈从文。沈从文的魂，他的核心观念，侯孝贤一下子把握住了。其实我们可以举一个很特别的例子，我最感兴趣的是五十年代沈从文去参加土改，他曾参加了一次上万人的斗争大会，那个会上枪毙了好几个地主，各乡人敲锣打鼓地来，又敲锣打鼓地回去。想象别的作家，比如说周立波或丁玲会怎样写这个场面，再来看沈从文，他写那些乡民回去的山路上，那些锣鼓，那些队伍打着火把逐渐消失在新翠的树林里，天地不仁，天地有大美，刚刚才发生的血腥恐怖，此时人的生命又重新融入大自然的包容之中。这就是侯孝贤从沈从文作品中领会的核心理念。从《风柜来的人》开始，侯孝贤有了一个极大的转折。

为什么说意想不到的影响呢？因为还有一个导

〔12〕转引自《北京青年报》，2007 年 11 月 8 日刊登的记者采访。

演——贾樟柯。贾樟柯没读过沈从文，但他喜欢侯孝贤，然后因为侯孝贤很喜欢沈从文就去读沈从文的《从文自传》。这个过程很曲折，先是通过侯孝贤然后是沈从文，贾樟柯弄懂了一个道理——“侯孝贤在他的访谈里多次提到了沈从文，提到了《从文自传》。他说：读完《从文自传》我很感动。……我连忙借了《从文自传》，把自己关在自习室里，一支烟一杯茶，在青灯下慢慢随着沈从文的文字去了民国年间的湘西，随着他的足迹沿着湘水四处游荡，进入军营看砍头杀人，进入城市看文人争斗……我似乎通过侯孝贤，再经由沈从文弄懂了一个道理：个体的经验是如此珍贵。传达尊贵的个体经验本应该是创作的本能状态，而我们经过革命文艺的训练，提起笔来心却是空的。侯孝贤让我了解到，对导演来说你看世界的态度就是你拍电影的方法。”〔13〕这个领悟没有侯孝贤深刻。之后贾樟柯拍了《小武》。

这就是我觉得电影史上最富传奇色彩的影响，通过如此曲折的渠道。为什么过程那么曲折？沈从文对电影，对文学，对湘西，对人性的理解，前边的几部电影几乎

〔13〕贾樟柯《侯导，孝贤》，《煮海时光：侯孝贤的光影记忆》，桂林：广西师范大学出版社，2005，页13。

没有呈现，因为电影体制里阶级斗争的话语太牢固了，已经进入了人的潜意识。即使那些导演、编剧多么热爱沈从文，多么想进入沈从文的作品，但那些根深蒂固的因素却推动他们往冲突、斗争、悲剧性方向去表现。这体现了沈从文“人性的希腊小庙”在当代的坍塌，而且无从重建。即使贾樟柯通过侯孝贤这样一个中介体会到的也没有把握那个核心，他只是回到个性，个人经验的尊贵那里。

好，今天我的报告就到这里，谢谢大家！

罗岗：谢谢黄老师！我没想到侯孝贤、贾樟柯和沈从文还有千丝万缕的联系，我们今天的问题还是对沈从文读得太少，沈从文本身的宽度还远远没有被研究者发掘，甚至一些写沈从文传记的作者也只是在一个比较窄的层面接受沈从文。之前黄老师是在中国人民大学讲沈从文，讲了八讲。这次机会非常难得，大家如果有关于沈从文的问题可以向黄老师请教，还有一点时间，大家可以举手提问。

交流与互动

同学 1：黄老师您好，我看了《村妓》感到非常震撼，前些日子也看了一部片子，是黄蜀芹导演的儿子郑大圣执导的《村戏》，感觉他们母子两人都是想用电影去表达中国社会的某些问题。

黄子平：沈从文对这种原始职业的理解很特别，和我们后来的观念相比，他完全是在另一种职业伦理道德层面去阐释这群人的生存。妓女和丈夫的情感，和水手的情感，都是真情感，完全不影响她和心爱的男人之间的爱情。那个水手冒着生命危险在水上搏命挣一些钱，几个月后回来花掉了，花在心爱的女人身上，花得心甘情愿。这种职业和情感之间的区分，除了沈从文之外没有人传达出来。挣来的钱原本是养家的钱、血汗钱，黄蜀芹却让那丈夫点火烧掉了，痛快是痛快，对乡民的生存之道的理解却狭窄了。这里带出来沈从文视界的宽、广、多。我们对人生、对世界、对湘西的现存理解其实是非常非常狭窄，狭窄到自己都不知道，并把狭窄当尖锐。

同学 2：黄老师您好，我前面在听的过程中不自觉联想到杜牧的一句诗："鸟去鸟来山色里，人歌人哭水声中。"我感觉这和沈从文所表达的人与自然的关系联系性是比较强的，但沈从文所表达的对世界和人性的理解和当代人的看法还是蛮隔的。那视觉的转换承载的电影或者舞台剧的形式能带来很大的受众面，我想问的是沈从文的个人经验，他对世界的理解有多大可能与我们当代的观众之间能够建立起联系？

黄子平：我自己觉得很难。近年有人（徐童吧？）拍过关于当下底层妓女的独立纪录片，拍得很好，那些人在城乡接合部从事她们原始的职业，把钱寄回老家，在家乡盖房子，帮父母脱贫。她们的生存之道，姐妹们的守望相助，多多少少和沈从文当年的体会有点相通，但是时代变化很大了，同时沈从文理解人性的深度当代人还是很难达到。

同学3：老师您好，您讲到沈从文对侯孝贤和贾樟柯的影响，我想请教这种影响在哪一个层面上探讨比较合适？如何用学术化的话语来表达？

黄子平：刚才讲侯孝贤和贾樟柯都来不及展开。应该放一点他们的（后沈从文）电影。我们可以看到侯孝贤在《风柜来的人》之前和之后有很大的变化，那就是长镜头的运用。当镜头不动，人物的动就融入了不动的大背景中。他经常隔着门、窗、栏杆等框架用长镜头来表现，这非常有沈从文的感觉。就像沈从文参加完土改大会后，看那些敲锣打鼓的村民融入永恒不变的天地和竹林中。长镜头表面看来是电影语言和技巧的运用，但背后是侯孝贤对世界的态度和理解，但有多少被贾樟柯所传承是需要仔细去考察的。

附记：

这是由华东师范大学思勉人文高等研究院主办的讲座，二〇一八年五月十日应邀到闵行校区所讲，谢谢罗岗教授的主持和王碧燕女士的录音整理。

（载《现代中文学刊》，二〇一八年第五期）

当代文学中的“劳动”与“尊严”

我今天讲的题目是从我的老朋友蔡翔那本书里直接挪用来的。这个题目本身很有吸引力，而且蔡翔老师做得很好，非常精彩。他这本书——《革命/叙述》，里面一章叫作《劳动或者劳动乌托邦的叙述》，他的基本观点就悬在这里。“劳动”这个概念在社会主义前三十年正如蔡翔所说，占据了意识形态的核心位置。对劳动的高度肯定蕴含着一种强大的解放力量，使中国下层社会的主体性包括这个主体的尊严得到了确定，这是蔡老师的基本主题。同时，他又把劳动的主体性引申到了所谓伦理和情感的方面，它不光是政治的和经济的地位的确定，而且是伦理的和情感的，由此展开了革命中国的德性政治或者叫尊严政治的实践。他是以讨论赵树理的《地板》、秦兆阳的《改造》、李准的《李双双小传》、柳青的《创业史》四部作品——其实不止四部作品——的方式，来观察当代文学是怎么样依据劳动概念来组织自己的叙事。蔡老师这本书是因应了当下对后三十年的现实批判，来回顾前三十年中国革命、大众革命和社会主义的经验，有一个非常切合当下需求的意图。

但我觉得有很多地方我还是可以插嘴，可以做我自己的文章，可以借题发挥，可以讨论另外的一些作品，或者对蔡翔老师洞见之外的盲视做一点补充，所以我这个题目就是这样来的。

那么，我想讲的大概是三个主题，第一个就是“因为他 / 她能劳动！”，这是完全顺着蔡翔老师的思路，即是说劳动赋予下层人民一种价值，这种价值观甚至带来婚姻、恋爱的择偶判断，进入了马克思所说的“生产力的再生产”的领域，蔡老师说创造了新的“生活世界”。第二个题目是“劳其筋骨，苦其心志”，劳动成为一种改造人的手段，不光是改造人的身体，同时也是改造人的思想。这带来了劳动跟尊严之间的非常吊诡的关系，劳动成为惩罚，用来贬损人的尊严。这是蔡翔没有讨论到的，如何使得劳动光荣和劳动惩罚并存在当代政治的概念系统之中。第三个其实是蔡翔下一章讨论工厂、劳工的时候提到了的，他叫“工匠精神”，他没有说“主人公精神”。那么，“劳工神圣”，最符合马克思的劳动价值论的其实是工人的劳动，但马克思没有展开讨论过在社会主义社会的工人劳动应该是什么样子的。蔡翔在下一章“工匠精神”用了一些长篇小说，都是跟鞍山钢铁公司有关的长篇小说来讨论，我觉得他这两章涉及的问题放到一起来说应该更有意思一点。

一、“因为他 / 她能劳动！”

好了，“因为他 / 她能劳动！”——我们会想到张爱玲的那本《秧歌》里边的开头，张爱玲二十世纪五十年代到了香港以后，预定了一笔美金的稿费，用英文写了这本《秧歌》，后来又用中文再写了一遍。金根是一个劳动模范，带着他的妹妹金花去结婚登记，登记时新郎被问了一句：

> “你要跟谁结婚？”
>
> 他很快地咕噜了一声：“谭金花。”
>
> “因为她能劳动。”
>
> 金花也回答了同样的问句。问到“为什么要跟他结婚？”她也照别人预先教的那样，喃喃念着标准的答案：“因为他能劳动。”任何别的回答都会引起更多的问句，或许会引起麻烦。
>
> 新郎新娘在表格下面捺了指印。

张爱玲写《秧歌》基本上是基于她收集的材料。在结婚那么喜庆的场面里，她强调了恐惧、害怕，如果不按照标准答案来回答会引起麻烦，这是冰冷冷的。张爱玲的这个场面直接袭用了赵树理的《登记》，她最后写完中文是一九五五年，五年前赵树理写了这篇非常有名的短篇小说《登记》，后来又改编成名为《罗汉钱》的话剧和电影：

> 很简单：助理员看了介绍信，“你叫什么名？”叫什么。“多大了？”多大了。“自愿吗？”“自愿！”“为什么愿嫁他？”或者“为什么愿娶她？”“因为他能劳动！”这一套，听起来好像背书，可是谁也只好那么背着，背了就发给一张红纸片叫男女双方和介绍人都盖指印。

跟张爱玲冰冷恐惧的气氛不同，这里边是赵树理那种惯有的温暖的，略微带有一点嘲讽的笔调。为什么会略微带点嘲讽？就是说“这一套，听起来好像背书”——这是最能够体现劳动价值的一句话，而且是标准化的、公式化的。但是两个人去结婚应该有更多的理由来回答，甚至很可能根本不是因为他 / 她能劳动。这马上提醒我们，劳动价值单独地提出来形成了一种“单维”或者说是“单向度”，一个人应该是全面的。当然能劳动是对的，嫁给他以后打的粮食多，但应该不光如此。甚至有时候娶她，或者嫁给他，恰恰是因为他/她不能劳动。我们可以想起延安最有名的婚姻——江青同志，因为她不能劳动，所以才会保有电影演员的身材，在延河边上骑着马走，那是一道风景。因为她不能劳动，她才能有文化，保有大都市来的电影演员这样一种文化气质。（当然你会问，演电影就不是劳动？我们一会儿会讨论到“劳心/劳力”的二元划分的问题。）我们依着赵树理时代的情境，举一个非常现实的例子，来对照文本里面公式化的背诵，就会发现，尊严不可能是单向度地、单维地由劳动价值来确定。

其实进一步想就会发现，《小二黑结婚》中小二黑是民兵队长，小二黑的对象是妇女队长，所以他们的结婚已经是政权，或者公权力，或者政治经济地位界定了的劳动之外的尊严。如果说未庄人夸一句“阿Q真能做”，并没有带来阿Q地位的提升，在赵树理这里，劳动价值观同样不能单维度地提升下层民众的尊严。所以在评剧《刘巧儿》中就比较全面了。《刘巧儿》里面呈现为什么嫁给他，就提供了比较像一个完整的人的形象，没有一刀切下去说“他能劳动”：

我爱他身强力壮能劳动

我爱他下地生产真是有本领
我爱他能写能算他的文化好
回家来他能给我做先生
我爱他会说会笑会歌唱
他要是唱起歌来呀
大人小孩全都爱听
我爱他来他也爱我
我们两个相爱不愿离分

排在前边的仍然是劳动。紧接着学文化进来了。学文化在二十世纪五十年代初是一个全新的高潮，办了许多工农速成中学，给底层的人学文化，学知识。这是一个执政党面临的非常严峻的问题，共和国成立时党员人数是三百二十万,百分之六十九是文盲，就是说执政党中百分之六十九是大字不识的人。这带来了一系列的道路选择、制度设置的问题，所以学文化插进来，是跟劳动一样重要的一个价值标尺。但是更重要的我们看到“会歌唱”，这是评剧里面提供的一个丰富的标准。它跟法令无关，跟尊严政治无关，会唱歌的人并不高人一等。在这里“会歌唱”这件事情又是唱出来的，这很容易使我们想到叙述层次的缠绕。“我爱他来他也爱我，我们两个相爱不愿分离”，这才是最重要的不是吗，结婚登记的时候最该问的不就是这个嘛。到了五十年代初，在一个蓬勃的建设时期，劳动的价值就显得没那么单维，显然加进了很多比较丰富的维度。

好的。这一时期的海报都比较有意思，刘巧儿戴着大红花，直接的就是劳动模范戴光荣花，参军会戴着个红花，再往上回溯就是旧戏曲里状元奉旨成婚会戴着个红花。以前没有父母之命媒妁之言是不合法的，可是才子佳人后花园定情乃至私奔，怎样赋予这个不合法以一种正当性呢？鲁迅早就指出来，“奉旨成婚”，最高权力皇帝下旨，压过了婚姻大事的基本原则。状元嘛，状元可以没事儿，就戴一个大红花在街上招摇过市。这个大红花恰恰指出来刚才我们所说的，劳动不是单一的价值，反而还需要政治和政权的支撑。

下边这个《小二黑结婚》的连环画，我自己注意到那个白毛巾裹在头上，这是北方农民的重要标记。我终于明白后来陈永贵当了国务院副总理，接待外宾、出访阿尔巴尼亚为什么还是戴着他的白毛巾，这是陈永贵在强调自己的象征符号的重要性。永贵大叔大字不识几个，可是记性好，到县里开会没问题。他是大寨里面“受”出来的。在民间没有“劳动”这个词，“劳动”是知识分子引进的欧化词，劳动，人民就叫“受”，或者叫“受苦”“受活”，都是一种无奈的生存方式。陕北直接把下层人民叫“受苦人”，从来没有赋予它那么崇高的价值，最多夸奖某某人“能受”。陈永贵——老陈，知道自己坐在这个地方其实是不太稳的，所以他一到北京就要求三分之一时间在北京，三分之一回大寨种地，三分之一去全国各地农村考察，这是非常有自知之明的。白毛巾的象征功能极好，另一位劳动模范，纱厂工人吴桂贤也当了副总理，她就没法系着纱厂围裙接见外宾。

赵树理的《地板》很值得再解读。《地板》是配合边区“减租减息”，用来“打通思想”的。打通谁的思想？被减租减息的地主老财的思想。叙述者王老三有双重身份，小学教员和地主，由他来现身说法，打通他弟弟王老四的思想。王老四虽然按法令减租，但表示不服：“都说粮食是劳力换的，不是地板换的。”——“地板”即“土地”——“要我说理，我是不赞成你们说那理的。他拿劳力换，叫他把他的地板缴回来，他们到空中生产去。”蔡老师说，王老四的“理”支撑了“中国数千年农村的基本的所有制关系”，非常强顽：“思想我是打不通的”，“一千年也不能跟你们思想打通”。于是王老三出场，讲述天灾人祸，“这庄上没人了”，只好自己来种地。蔡老师说，“当王老三被迫自己下地劳动时，才真切地感受到劳动的艰辛，并进一步体验到劳动者和粮食（世界）之间的创造关系”。大家注意，其实“粮食”作为劳动者的创造物的代表，并不能直接等同于“世界”。

按蔡老师说法，“劳动”被现代革命的力量从传统的“情理”之中“征引”了出来（尽管有点“粗暴”），提供了一种极其伟大的乌托邦想象，“并进而要求重新创造一个完全崭新的世界，包括国家政权，乃至一种完全崭新的文化形态”。我觉得这种“想象”的推进节奏有点快，相当急促。但是蔡翔老师说，这里面体现了劳动价值论的本土化，这是正面的说法，按我的说法就是庸俗化，或者叫修正主义化、去马克思化。劳动价值论不是马克思发明的，是之前威廉·配第、亚当·斯密这样一些资产阶级国民经济学的或者说是古典经济学的始祖发明的。之前重农学派、重商学派等都没有说劳动有价值，资本主义发展起来后，从资本家的角度看到劳动也是一种商品，也可以出钱买，这个时候劳动价值论产生了。以前工人也好，农民也好，雇佣劳动者也好，都没有提出劳动有价值。

马克思在批判前面提到的这些国民经济学或古典经济学的观点的时候，可以分成两部分，分别是早年马克思和后期马克思，对劳动的看法前后有很大的区别，但也有相通之处。最早的是在人类学的意义上的几个手稿，讨论的是“异化劳动”，后来是在政治经济学意义上讨论“雇佣劳动”。而且我们发现，如果离开了“生产—消费—流通—再生产”的完整过程，把“劳动”单独抽象出来，这是马克思最不能接受的。“文革”后期，毛主席说我党懂马列的不多，号召大家读点马列，印了六本马列经典。我就是那个时候开始读马列。读的其中一本叫《哥达纲领批判》。哥达纲领第一句就说“劳动是一切财富的源泉”，马克思大怒，整个批判的语气都是很尖锐的。马克思的犹太贵族脾气，说话很不客气。恩格斯多年以后磨了棱角才发表这份《批判》。实际上马克思强调了现在我们都很熟悉的生产的三要素：劳动、资本和自然。马克思早就指出来纲领这句话只把劳动这一维度提出来是一种理论上的倒退。

好的，那么我们就可以发现，在当代文学里头的绝对不是马克思意义上的劳动价值论，而是一个本土化的结果。本土化很简单，就是对以前“劳心者治人，劳力者治于人”结构的颠倒，变成“劳力者治人，劳心者治于人”。一会儿我们会讨论到，当我们颠倒一个结构时，这个结构本身的元素、关系并没有改变，只是把轻重、主次、前后或压迫/被压迫做了一点调动而已。这样的劳动价值论当然是配合了劳动人民地位的提升，相对于劳动人民的当然就是剥削阶级，所以蔡翔老师很正确地指出“劳动”这个概念是中国革命的起点。但是在这样一个抽象的概念里头还是区分出了一些等级。首先，体力劳动和脑力劳动，就是刚才讲的“劳力”“劳心”，重点放在了劳力上面了，体力劳动是优越于脑力劳动的，带出了一系列的知识分子政策等。其次，集体劳动是优越于私人劳动的，尤其私人劳动会不断地生产出小生产者的萌芽，所以即使是在土地集体所有、企业国家所有之后，建立在私人劳动上的这样一些活动仍然是必须一再铲除的。一些专门的术语叫作“割资本主义尾巴”，这是一个身体上的比喻。颠倒了以后这些都原样地保留在原来的结构里头。

赵树理作为一个既懂政策又懂农民实际情况的干部，他的写作担负起一个沟通、传达、连接的功能，所以经常会两头不讨好。我们都很熟悉当代文学里赵树理对农民劳动的描述，后来受到了很严重的批判。唯一一次能够畅所欲言的就是大连会议。那次会议是唯一没有开幕式没有闭幕式没有首长讲话、大家非常平等的畅所欲言的一个会。但是非常戏剧性的就是在大连斜对面的一个地方，叫北戴河，当时正在开一个十分要紧的会，叫作“千万不要忘记阶级斗争”。大连会议之后形势很严峻，那些发言表态都被整成了很多材料，用来批判与会者。赵树理在大连会议上有很多牢骚，他这段话概括起来就是“当个生产队长容易吗”：

> 以一个队长为例，至少要做下列一些事：决定种植、估工估产、调配人才、调配畜力、调配肥料、调配农具、安排耕作顺序、检查耕作质量、检查牲畜喂养情况、会议汇报、解决队内纠纷、收藏、分配、审核队内开支、评定和审查各种定额、评定奖惩、带头劳动等。这些事绝大部分与每个队员都有关系，因此队员懂什么队长也就得懂什么。例如，检查耕作质量一项，就包括每一个粮种从耕地到收获的一系列技术。

生产队长除了带头劳动之外还要有很多安排，用现在的术语来讲就是管理，管理也是有价值的。赵树理的意思就是说，必须是以生产队为单位的一种管理才是可能的，超出生产队之上的大队、公社，可以说就是瞎指挥。集体劳动的规模本身就带出了它的可行性问题。所以通常我们到农村里去看，生产队长都不是贫下中农，往往都是中农、富裕中农，他才有管理的能力。但是上中农是个很尴尬的身份，我们知道在农村有一个运动叫“重新划分阶级队伍”，你要是得罪了谁，大家重新划分就把你从富裕中农划成了富农。莫言的父亲是个上中农，战战兢兢当个生产队长，受很多气怎么办？回家打孩子出气呗。伟大作家的童年创伤，跟当代乡村的阶级划分有密切关系对吧。

在赵树理关于集体劳动的写作里头，最有名的就是《“锻炼锻炼”》，讲的是两个落后妇女，或者说叫中间人物，一个叫“小腿疼”，一个叫“吃不饱”，都是跟身体有关的外号，一个是劳动带来的高强度的身体疲累或伤痛，一个是粮食分配引起的。如果我们撇除外号的那种鄙视，作为一种身体状况来讲，同时代的所有人都体会到了其字面含义。当然赵树理非常巧妙地把它处理了，纳入了蔡翔老师所说的那种德性政治的标准中去讨论她们，“小腿疼”是怎么回事，装病嘛，“吃不饱”是虐待她的丈夫了。原来是政治经济学的范畴，却被纳入了劳动伦理学的范畴，用德性政治去解决这种不能解决的超规模的集体劳动带来的难题。所谓“超规模”是说原来的家庭劳动是自然地跟农村的生产力水平相吻合的，妇女和老人在家里哺乳、带小孩、喂牲口不能算工分，不能纳入我们想象的有酬劳动的范畴，还有地头地边的一些劳动都是在以家庭为单位的劳动中完成的。集体劳动之后，这些都没法做了，都要集中到地里头。这种集体劳动在什么时候是必须的呢？就是大规模的抢种抢收。比如《“锻炼锻炼”》就是说地要冻住了，棉花还没收上来，非常紧迫的抢种抢收，集体劳动的优势就发挥出来了。另外一个就是修水利，莫言的那篇成名作《透明的红萝卜》就是讲修水利。这是公社规模的一种劳动，在分配上产生了问题，出劳动力去公社修水利，工分要记，但是最后按照工分的分配，不是公社给的还是我们生产队分的，所以通常都派老弱病残去参加修水利。我们看到《透明的红萝卜》里就派了个小黑孩到水利工地去，这就是分配的问题。

所以集体劳动从理论上、概念上是个很好的东西，但具体实施起来却带来了一系列的问题。如果从德性政治或者说尊严政治上来看，还有个非常优良的传统被集体劳动取消掉了。所谓优良传统就是在每年收割的时候孤儿寡妇来拾麦穗是完全合法的，在村社宗法的制度下经常会有意留一块割得特别不干净的地给他们。《“锻炼锻炼”》讲的就是自由拾花，大家拾着拾着就“偷”，你会发现不只是这两个落后妇女，所有的妇女都会说：“那还不偷啊？她也偷，连妇女队长都偷。”这后边是有一个非常深厚的照顾孤儿寡妇的传统的。《阅微草堂笔记》记载：

> “遗秉”“滞穗”，寡妇之利，其事远见于周雅。乡村麦熟时，妇孺数十为群，随刈者之后，收所残剩，谓之拾麦。农家习以为俗，亦不复回顾，犹古风也。人情渐薄，趋利若莺，所残剩者不足给，遂

> 颇有盗窃攘夺，又浸淫而失其初意者矣。故四五月间，妇女露宿者遍野。

《周雅》讲的是公田，不是私田，公田的收割会有这样一个悠久的风俗。其实我们读《圣经·旧约》(《利未记》《路德记》) 讲犹太人、希伯来人的风俗，也是寡妇拾麦穗，一定要留很多给她拾，摘葡萄，不可摘得太干净。所以《“锻炼锻炼”》自由拾花，不光这两个人，所有人都会“偷”，因为有一个悠久的德性政治传统。但在集体化或者公社化之后这些都成了破坏公共财产，完全无法去延续那种德性政治了。

集体劳动无限扩张成人民公社之后直接带来的后果就是大饥荒。之前互助组的成功在于抢种抢收的时候发挥了集体的力量，而且利用了新的科技，密植水稻——“梁生宝买稻种”。平时还是分散为家庭进行劳作，没有产生刚才说到的大规模集体劳动产生的毛病。柳青的《创业史》写到互助组的成功时算了一笔账：高产，差两斤半就一千斤了。他对后来的初级社高级社有看法，闷在肚子里，不像赵树理老实人，给《红旗》杂志写信说真心话。我们发现农村题材的小说，特别是赵树理，会经常算账，劳动的价值直接体现到粮食的使用价值之上。跟着后边就是向国家出售余粮，劳动的价值主要还不是体现为劳动者的丰衣足食，而是体现为劳动者对国家的贡献。当代文学只提“劳动”、“生产”和“创造”，不提流通和消费，从德性政治的角度看，可能遮蔽了不公正和不公平。

贡献过了头就出现大饥荒了，在合作化的同时有两件事情很值得注意，初级社之后急遽地成立高级社，同时取消了农会。其中一项政策就是“统购统销”。关于“统购统销”陈云当时有一个讲话，非常坦率：

> 在我们之前，有两个政府实行过征购，一个是“满洲国”政府，叫“出荷”；一个是蒋介石政府，叫“田赋强实，征购征借”。我们的征购不仅性质和他们的征购不同，而且价格公道。……有无毛病？有。妨碍生产积极性，逼死人，打扁担，个别地方暴动，都可能发生。不采取这个办法后果更坏，那就要重新走上旧中国进口粮食的老路，建设不成，结果帝国主义打来，扁担也要打来。结论是征购利多害少。

事实上当时就发生了暴动。为什么把进口粮食看得那么严重？总之当时是觉得不能再走旧中国的老路。这是陈云操作具体的“统购统销”的讲话，毛主席则把它上升到一个更高的思想史的高度，非常精彩，毛主席的话总是非常有魅力的：

> 在这件事情上，我们是很没有良心哩！马克思主义是有那么凶哩，良心是不多哩，就是要使帝国主义绝种，封建主义绝种，资本主义绝种，小生产也绝种。在这方面良心少一点好。我们有些同志太仁慈，不厉害，就是说，不那么马克思主义。使资产阶级、资本主义在六亿人口的中国绝种，这是一个很好的事，很有意义的好事。

德性政治啊，良心啊……小生产也绝种，这是马克思主义么？好像不是。马克思在《共产党宣言》里边提出来的"消灭私有制"，我们是从俄语翻过来的，最近有人提出来，苏联人把德语翻成俄语的时候，把"消灭"这个词翻错了，"消灭"这个词应该是"扬弃"。马克思和恩格斯非常重要的观点是，私有制在资本主义社会高度发展使得它自己造就了扬弃自己的条件。资本主义当然是一种非常没有良心的制度，但是它高速地促进了生产力的发展，我们可以在资本主义的成就之上来建设社会主义。

恩格斯在马克思之后一再地警告当时德国工人

党——他们非常成熟，完全有条件在德国掌握政权——他们必须完成在他们那个国家不成器的、软弱的资产阶级应该完成的任务：发展资本主义。如果他们当时就来实行公有制、实行社会主义，那就是一场灾难，就是普遍贫穷。尤其是当德国工人党的纲领里面用了“劳动人民”这个词的时候，马克思很不以为然，就是说那都是一些没文化的（“政治上成熟的”）劳动者，这和他心中先进的工人阶级是不符合的。这些阶级、人民，无论前面加上多么美好的形容词，他们都没有成熟到可以掌握政权。这些都是正统马克思主义的警告，所以在中国要使小生产绝种，就带来了我们已经看到的普遍贫穷。

有一位北京大学教授，现在是当了世界银行顾问，叫林毅夫。他有一个观点，说如果当时大饥荒允许农民自由退社，那么就不会有大饥荒。这又回到什么是“尊严”的问题上，“尊严”不是说给你戴一个高帽子，或者给你戴朵大红花，“尊严”必须有一个法律上的保障。所以前面讲了政治的、经济的、情感的、伦理的，不够，还要有一个法律上的保证，保证你在私人事务中有选择的权利。公共事务的权力交给国家，私人事务的选择权利不可剥夺。当时是动员入社的，但是一路都发生了非常粗暴的捆绑、吊打，最后当然是欢天喜地敲锣打鼓，所有人都入了高级社。

二十世纪八十年代以后对这些都有了很多反思，甚至写到了大饥荒。最新的一本是莫言的《生死疲劳》，他写到单干户——他认为是全中国唯一的单干户，写到了这么一个蓝脸，所有人都经过了各个阶段的集体化，只有这个蓝脸默默的一个人，单干到底。这是莫言用了四十多天写出的一部四十多万字的长篇小说。“全中国唯一的单干户”？应该不止。我看到的材料，我们北大中文系六三级的学长马云龙，“文革”下乡在河南，乱说话被告密，关到监狱里，他的狱友就是一个姓寇的单干户，两只手已经被打折了，耷拉着两只胳膊，非常狼狈。问他为什么会坐牢，就说他扇了毛主席像两个耳光。所有人都入社了，这单干户的地好，又身强力壮，坚持不入社。后来公社干部有办法，说地是你的，但是到你那块地的路还是公社的，就不让他走，民兵把着路口，他不能蹦过去是吧？没办法只能进城，但他真是个能人，到了城里边捡垃圾、淘粪，存活了下来。到了过年居然还耀武扬威地背了半扇猪肉回村里，把那些公社化集体食堂里饥饿的农民看得两眼冒火。后来干部想起了一招，就是说肉是你的，但是井是公社的，不让打水炖肉。逼得寇老爹没办法，有一次公社开会，他跳上台扇了毛主席像两耳光，然后就被关到监狱里去了，耷拉着两只胳膊，趴在地上啃窝窝头，不久就死了。就是这么一个关于单干户，唯一的钉子户的故事。他特别能劳动，可是他的尊严何在？总之，关于农民的主体地位、他们的尊严，现实提供了更多的复杂的内容。

二、“劳其筋骨，苦其心志”

第二个问题是劳动作为一种权利。马克思在《工资、价格和利润》里，有一句很经典的话，“正如一切平等权利一样劳动必定是不平等的权利”，这个很容易理解，有些人身强力壮，比较能吃苦，比较有劳动技能；有些人，像我又瘦又弱（现在胖一点了），我在农场的时候永远完不成当天的定额，所以永远是一级农工，升不到二级。所以是，在劳动面前人人平等，但又一定是不平等。

国家主席刘少奇接见劳动模范时传祥——时师傅是北京市的淘粪工人，体力劳动的最肮脏的最底层的职业人员和最崇高的国家主席见面。刘少奇对时传祥说，“我是国家主席，你是淘粪工人，我们都是一样为人民服务的”。那么哲学家陈嘉映就接着说了一句，“这话可不能放在时传祥口里说”。就只能是国家主席说，时传祥说就不对，感觉完全不对。我们就能马上想到奥威尔的《动物农场》，套用开篇第一句的句式：“所有人都是为人民服务的，但是有一些人比另外一些人更为人民服务。”这就是平等中的不平等，明显的不平等。但是历史进一步发展，这两个人都死于非命，都是被迫害致死，这时候我们才发现，死亡面前，人人平等。

那么，在劳动面前的不平等，就是我们刚才讲的，即陈独秀说的那种颠倒（陈独秀《劳动者底觉悟》：“中国古人说：‘劳心者治人，劳力者治于人。’现在我们要把这句话倒过来说：‘劳力者治人，劳心者治于人。’”），颠倒以后其实结构没有变。当“劳动”从复杂的社会生产里边抽象出来成为一种价值判断以后，它成为劳动光荣，同时又成了惩罚的一种手段。

所以，我们发现在当代的话语里跟劳动相关的词都是好词，“劳动模范”“劳动光荣”；但是有两个词极坏，一个叫“劳动改造”，一个叫“劳动教养”。有一些比较暧昧的词，江西有一个共产主义劳动大学，胡耀邦去视察过的，是半工半读的一所大学。当然能上这个大学很光荣，但是现在没有一个大学敢叫劳动大学，会影响收生。劳动光荣，顺理成章的惩罚应该是不让你劳动对吧？你想扫厕所？没门儿，厕所只归我们扫，厕所者，我们的厕所，我们不扫，谁扫？当然逻辑是另外的一种，强调劳动的改造力量，不光改造世界，还改造人。

非常有意思是，“劳动”在符号秩序里是崇高的，但在实际客观世界——蔡翔用的“生活世界”——里头，它是贬义的。赵树理经常接到他心目中的接班人，就是农村有文化的青年给他的信，后来发现这些信都是问他怎么样通过写作离开农村，赵树理写了一封很长的信把这些青年痛骂一顿。这个我很有体会，我当年也是想离开农场，因为那个劳动太繁重了，为了脱离这种重体力劳动，我写了一些歌唱劳动的诗歌，这就是符号世界和现实世界之间激烈的反差。同样，上山下乡也是，那些要离开农村离开农场的人，拼命表态要扎根农村、扎根农场，你表态得越好越早离开，这些都是劳动改造，劳其筋骨，苦其心志。这是毛主席在延安《讲话》中非常经典的一段话，现身说法：

> 这时，拿未曾改造的知识分子和工人农民比较，就觉得知识分子不干净了，最干净的还是工人农民，尽管他们手是黑的，脚上有牛屎，还是比资产阶级和小资产阶级知识分子都干净。这就叫做感情起了变化，由一个阶级变到另一个阶级。(《在延安文艺座谈会上的讲话》)

这中间当然有一个社会卫生学的问题，“手是黑的，脚上有牛屎”，当时我们在乡下经常喊得很响的一个口号就是“晒黑了皮肤炼红了心”，红与黑的对照经常在中国当代政治里面出现。那么一九六八年十二月二十一号的最高指示说：

> 知识青年到农村去接受贫下中农的再教育，很有必要。要说服城里干部和其他人，把自己初中、高中、大学毕业的子女，送到乡下去，来一个动员。各地农村的同志应当欢迎他们去。（毛主席最新指示）

很多人，尤其是早期下乡的理想主义者，是主动申请，自愿下乡的。我是被“动员”下去了，“动员”是一个不自愿的自愿，“动员”就是天天到你家敲门，进去坐着不走，饭都没法开，让一些小学生到你门口来唱语录歌，最后说唉，烦死了——下乡吧！

另外一个跟知识青年没关系的是精简城市人口，“我们也有两只手，不在城里吃闲饭”。吃闲饭就是不劳动——凭什么说她在家里带小孩就是不劳动呢？在公有制社会的视野里，家务劳动不算劳动。吃闲饭的都得赶到乡下去。卫生部当官做老爷要赶下去，农业大学办在城里不是见鬼吗？整个北京农业大学搬到陕西，所有的标本试管都破坏了，然后又搬回来。这些都是劳动等级里边的逆向运作，“劳心”“劳力”“知识”“权威”等，在这样一种怪异的循环里头已经搅成了一塌糊涂。关于知识青年上山下乡，最后几句话就是“国家花了七十亿，买了四个不满意”，知青不满意，家长不满意，农村贫下中农不满意，国家也不满意。

但是，非常有意思的就是我们去看这些劳改的人，在这些知识分子心目中，劳动的价值比在一般“苦受”的那些人心目中更高。相对于那些祖祖辈辈受活的人，知识分子会更加把劳动崇高化，因为他已经失去了所有的依据，剩下的可安身立命之法就是成为自食其力的劳动者。我们读张贤亮的《绿化树》，先是写饥饿，饿得不行，利用知识分子的视觉原理，多捞一勺稀饭。后来稍微吃饱一点，跟作风不太正派的仓库保管员马缨花发生关系，最后发现干活能干过海喜喜，于是说“我现在是‘自食其力的劳动者’”了：

> 我想，我现在是“自食其力的劳动者”，是农业工人了，而我才二十五岁，如果在农业劳动上我不能成为一个壮劳力，成为一个内行，今后便无法安身立命。……在这里，在这个穷乡僻壤，在这个也许我会终生呆下去的地方，只有体力劳动的成果

> 才是衡量人的尺度。而从刚才干的活来看，只要我能吃饱，我完全可能成为海喜喜那样魁梧、剽悍、粗豪，放到哪儿都能干的多面手！我有充分的信心能成为一个“自食其力的劳动者”！

这就是改造好了，以劳动者的“自食其力”为自己的标准。下一部《男人的一半是女人》加进了性无能的内容，但是性能力突然恢复是在防洪救堤的场面。当他为国家贡献和牺牲的时候，突然，性能力恢复了。所以劳动还是要焊接到国家集体这样的公有制的话语系统上，主体才能得到尊严。

其实我们读到的很多知识分子下“干校”也好，进“牛棚”也好，都要强调他虽然是扫厕所，但这位老先生扫得特别干净。在劳动改造中，劳动之所以使你崇高，就是把这种价值观内化到被改造者的身上。

三、“劳工神圣”

好的，最后一个问题，“劳工神圣：主人公精神”，红歌里我最喜欢的是这一首，《咱们工人有力量》：

> 咱们工人有力量！嘿！咱们工人有力量！每

天每日工作忙，嘿！每天每日工作忙，盖成了高楼大厦，修起了铁路煤矿，改造得世界变呀变了样！嘿！发动了机器轰隆隆响，举起了铁锤响叮当，造成了犁锄好生产哟，造成了枪炮送前方！嘿！嘿！嘿！嘿！咱们脸上放红光！咱们的汗珠往下淌！为什么？为了求解放！为什么？为了求解放！嘿！嘿，为咱全中国彻底解放！

非常朴实非常令人振奋的一首歌，这是马克思主义，但在那种历史阶段里主要还是列宁主义的。马克思的观点是说“全世界无产者联合起来”，后修饰语，不是说有很多国家的无产者，号召他们联合起来，而是说他们联合起来的时候他们“成为”无产阶级，无产阶级是在世界历史维度上成为的一个阶级。他们单独地在一个个民族国家里时只是国别意义上的工人阶级，还不是真正的完整的无产阶级。所以在一九九〇年以后，俄国工人在克里姆林宫的墙上挂了一个大标语，“全世界无产者，对不起”，sorry，没搞成。区分这两个概念是很关键的：工人阶级是实然的存在，无产阶级是应然的实现。

当然，按照马克思的观点，无产阶级在一国或者数国之内是不可能搞成。在中华人民共和国成立的时候产业工人不到两百万人，按照马克思的标准，不是一个完整的成熟的阶级。一个叫裴宜理的美国学者有本书叫《上海罢工》，她分析了上海的工人阶级的构成，非常复杂。机器间的工匠——有技术的自成一个阶层，那些纺纱工人都是从苏北乡下来的女工，她们隶属于上海的青红帮黑社会的势力范围，等等。没有一个本质化的单一的工人阶级，在上海那个地方，工人也是分了很多种，而且主要还是在一个宗法的架构里头。

在新中国成立后，工人阶级在政治上经济上文化上各个系统都得到崇高的位置。那么有人认为，在社会主义前三十年，工人阶级的位置相当于美国的中产阶级的位置，经济上比较优越，又得到了意识形态的支撑，享受很多福利。它是非常优越的支撑政府的基本力量，“我们工人有力量”，这个力量不光是操作机器，而是在整个政策设计和意识形态的支撑里头，它是有力量的。所以当年穿着工作服，如果是大厂或者国营企业的工人，很神气，很有尊严。但我们会想到工人阶级的多元化和多重性。首先是合同工，他是农村来的，没有一个正式的工人的资格，是要一年或者两年定一次合同。还有临时工，还有那些不是国有企业的，里弄生产组，各种小厂，等等，工人阶级的多元化和其间的不平等很明显。同学们注意到校园里，干活的都是底层的临时工或合同工，站在一旁闲聊天的那几位才是正式工。“文革”

中有几个被中央明令禁止的组织，其中就有一个“全国合同工联络站”。后来上海工人阶级起来要求涨工资——他们长时间地劳动，不涨工资，还有种种的问题，在“文革”中暴露出来了——结果马上就被打压下去了，说这是经济主义。所以在“劳工神圣”后面，如果我们不只看符号系统里面的表述，而是看实际历史上发生的事情，工人所处的位置也不是那么崇高。

社会主义制度下的工人的生活是什么样的呢？在三十年的当代文学里头基本都是被遮蔽了的，用另外的问题来替代了。我们会想到两个剧本，一个是丛深的《千万不要忘记》，丁少纯是青年工人，在八小时以外去打野鸭子，卖了鸭子的钱去买了一件一百四十八块（当时在我听来是天价）的毛料大衣。丁少纯的爸爸丁海宽是个车间主任，觉得这小孩是走上邪路了，受到了他的丈母娘姚母——资产阶级小业主的坏影响，可是姚母振振有词：

> 姚母：“工人就不许有点私事？少干一天活少领一天工钱到头了呗。”
>
> 丁海宽：“亲家母！少纯是制造大电机的，大电机是关系到国富民强的东西。他人虽平常，可占了一个不平常的地位。”

姚母是很理直气壮的，八小时之外就是闲暇。按照马克思的观点，到了社会主义社会，衡量财富的尺度是闲暇，不是多干多得，而是你能享受多少闲暇就是能够享受多少社会的财富。在社会生产急遽发展的时候闲暇是越来越多。丁海宽的回答是顾左右而言他，说少纯位置重要，所以不能在八小时以外去打野鸭子。当年我们在农场种的是橡胶，取消星期天，大清早起来干到天黑才收工，为什么要长时间重体力劳动？因为橡胶是战略物资，林副主席有个题词，“大力发展橡胶，满足全国人民需要”。这跟丁海宽的回答是一样的，把我们的劳动纳入一个国防军事工业的环节中去，取消我们的闲暇时间。但是比较有趣的是，在呈现劳工神圣的时候突然出现了一个乡下的老农，在丁少纯的头上压上了两代的“父亲”，一代是工人、车间主任的父亲；一代是丁爷爷。丁爷爷一上场就气场很足：

> 丁爷爷：“当初我说把柱子先送屯子去放二年猪再上学，你们不乐意，怕误了他念书，念完了高小念初中，念完了初中又念技工学校，你看这念成个什么玩艺儿了？”

“知识越多越反动”，这会是乡下老人的想法？借着丁爷爷之口，还是要把劳动的最原初的德性的价值引到大都市的大工厂里面来，就是所谓淳朴，所谓勤劳，把跟使用价值不分离的劳动，引入都市中来。

在社会主义企业劳动中经常看到的一句口号就是“抓革命，促生产”，劳动竞赛，提高生产积极性。这是直接从老大哥苏联那边来的，有一个斯达汉诺夫运动，煤矿工人斯达汉诺夫，一九三五年八月三十号，创造了一班之内采煤一百〇二吨的记录，超过定额十三倍，类似于我们的王铁人或者其他先进工作者。非常有趣的是我看纪德的那本《莫斯科归来》，当时苏联觉得纪德是进步作家，出很高的报酬请他过来参观。纪德回来写了一本《莫斯科归来》，结果全苏联人包括高尔基都骂纪德是叛徒。纪德坚守他的良心，看到了不能不写。这本书里面也讲到了劳动竞赛，有人给他介绍一位叫斯达汉诺夫的先进工作者，说他用八个小时完成了五天的工作任务，纪德就很狡猾地问了一句，“那说明他以前是五天干了八小时的活咯？”那人没有回答他。比较有趣的是，听说纪德要去访问苏联，意大利的煤矿工会主席也派了个代表团去参观苏联。到了苏联以后，这些意大利的煤矿工人就跟老大哥一起干一班，结果非常轻巧地就把斯达汉诺夫记录给打破了。什么意思呢，就是说生产本身是去政治化的，革命是外在于生产的，必须抓革命来促生产。纪德的概括更厉害，工会已经不是工人自己的独立的组织，所以他们丧失了罢工的权利，“不能罢工只好怠工”，磨洋工。根据我在农场里的实践，确实有普遍的怠工。

怎样抓革命呢？就是阶级斗争，深挖阶级敌人，其实这些底层贱民早就不敢乱说乱动了，早就规规矩矩，但还是一而再再而三地把他们挖出来批斗，促生产。所以我们很容易明白当年胡耀邦代表中央组织部决定让全中国的“地富反坏右”全部摘帽子时，为什么很多生产队的干部很不解——那我们村的脏活累活苦活重活谁干呢？需要这些人的存在，这些“贱民”，这些底层中的底层才能承担社会上那些最低级的劳动。

关于抓阶级斗争来促生产，可以看看革命京剧《海港》：

> 韩小强：我的理想是当海员，可现在——（示搭肩布，烦恼地）是个装卸工。
>
> 钱守维：（假装否定地）嗳！这种思想可不对啊！（假装惋惜地）不过，话又说回来了，唉！高中生当了个装卸工，是有点大材小用。这种活，过去谁瞧得起？人家叫“臭苦力”！
>
> 韩：“臭苦力”？

钱：（煽动地）见人都矮三分！

韩：啊！（猛受刺激，冲向台口。麦包跌散）

其实韩小强不安于位，就是我们所说的职业工种调动选择的问题。装卸工是重体力劳动，两百多斤重的麦包背上还要托上十米高的轮船。阶级敌人钱守维借着麦包跌散的机会搞破坏，把玻璃纤维混到麦包里，残害非洲劳动人民——完全是匪夷所思的设计。那么这就把韩小强的不安于位，对体力劳动的不满转换到了受资产阶级思想和阶级夺权的蛊惑，以此来抓革命促生产。革命不是内在于社会主义劳动的，本来应该是政治和经济不分的，但这儿不断地要用外在的“阶级斗争”去推动它。

这就涉及要不断地强调“培养主人公精神”。我们从来都没有怀疑过这句话本身是多么的有意思：“主人公精神”是不用培养的，我是抽屉的主人，体现在我有一把锁和钥匙，钥匙就是我是抽屉主人的标记。但是拼命地说要“培养”对抽屉的主人公意识却不给他钥匙，是说不通的。在所有的工厂里头，“以厂为家”精神就是要拼命地“培养”，一不培养就不把自己当成主人。他不能参加到生产的管理里头，不能对生产提出方方面面的意见——当然我们可以读到“鞍钢宪法”等等，这些都是书面上文字上的，很快就会被“抓革命促生产”取代。所以，在“文革”后期我看到的“以厂为家”是什么意思呢，就是拿厂里的原材料为自己做台灯座啊，甚至拷一个高级的收音机，然后拿去跟另外的“以厂为家”的人交换。这时候直接看到的是物物交换，使用价值和使用价值的交换，这真正是商品拜物教的赤裸裸的体现。

好的，今天给大家讨论的就是这样一些内容，谢谢！

附记：

中国人民大学文艺思潮研究所主办，“海外名师讲坛”，二〇一二年三月二十九日讲，演讲稿由张楠整理，感谢张楠。

（记录稿刊于《当代文坛》二〇一二年第五期，未经讲者审订。这里收录的是审订稿，有所订正，并有一些补充。）

辑四　访谈之什

批评总是同时代人的批评

中国当代文学批评在过去三十年里经历了很大的变化，回顾这三十年的文学批评史，我们会发现，无论是强调“回归文学”的上世纪八十年代，还是文化研究热的九十年代，抑或学院批评蔚然成形的新世纪，在每一个十年，您虽然都著述不多，却始终立在潮流的前沿，当然有时，这前沿也是边缘。作为一位见证当代文学批评不同发展阶段的当事人，以及作为一位至今依旧活跃的文学批评家，您对这三十年来中国当代文学批评的变化是如何理解的？进而，面对这样的变化，您最深切的感受是什么？

答：我想我也就在八十年代“活跃”过一阵子吧，后来就安于边缘，安于在香港一间大学里“以教为主，兼做别样”了。当然，对三十年来的中国文学批评，也不是毫不关心。最深切的感受就是我那些活跃在八十年代的老朋友，后来都不太做当代文学批评了。记得九十年代初，我刚刚从南美北美辗转到了香港，读到吴亮写的一篇《批评的缺席》，对《曼哈顿的中国女人》发出犀利的批评，最早提醒我们注意“商业民族主义”的兴起和批评的无动于衷。后来他自己也从文学批评里“缺席”了，做美术批评去了。若干年以后，我在上海碰到吴亮，问他怎么回事，他说批评是写给几个朋友读的，你都不在此地了，我还写什么？我想起本雅明说过，“批评家的更高权威是其同仁，不是公众，更不是后人”。老朋友们太早淡出江湖，最是令人感慨万千。

T. S. 艾略特曾经说，一个合格的创造者也一定是一个合格的批评者。作家文论，始终是西方文论的一个相当重要的构成。如果说五四以来我们还有鲁迅、茅盾等一批作家和批评家兼备的人物，到了新世纪，似乎作家和批评家完全成为两种职业，除了诗人们还会互相写一点评论之外，我们很少看到真正的、堪称优秀的作家文论。对此，您是怎么看的？

答：印象中诗歌批评一直非常热闹，而且有深度。我甚至觉得诗人们的诗评比他们的诗歌还棒。当然其中有许多意气之争或“宗派”口水，而这正是诗歌批评生气勃勃的表征之一。我读古代文论，《文心雕龙》体大虑周，可是读来闷死人，历史上影响并不大；“愤青”严羽的《沧浪诗话》，以“妙悟”反“学问”，矛头直指当时的诗坛主流，触发历代如冯班等人的“纠谬”，这才是中国古代批评中的大线索。以古例今，为什么诗歌批评比较有生气，而小说等其他受众更广泛的文体，批评却较为沉寂？这就涉及批评家的身份构成了：诗人就是批评家，批评就是诗歌创作的有机组成。他们成立诗社，发表宣言，赞赏同辈的诗作，张扬一己的诗学，攻讦看不顺眼的他者，反而因为受众少而有所成就。我一向认为批评总是“同时代人的批评”，你看茅盾当年写的一系列作家论，正是及时针对当下发言。八十年代我写的第一篇评论，是评《早晨》文学社里小楂的小说《最初的流星》；然后评北岛的《波动》、刘索拉的《你别无选择》。小说家有点单打独斗，没听说他们会成立什么“小说社”，发表“小说宣言”。（韩东、朱文他们原是诗人，写起小说来就比较有“宗派”意味。）小说家的同辈批评家都到哪里去了呢？考研去了，读完了硕读博，即使是“当代文学专业”，导师也不太准许你做还活着的作家的题目。读完了博士出来脑子就基本坏掉了，只能写体大虑周的《文心雕龙》，很闷，写不了生机勃勃的、能刺激创作的《沧浪诗话》。小说家得不到年轻时志同道合的同辈批评家的支持，荷戟彷徨，只好听谁的？一是权威“文学奖”的评委们，二是文学书籍销售排行榜。前者由文化官员与文学博导组成，即你所说的“学院派”（文化官员都有高学位，而博导们也相当于“处级”干部，官学合一）。后者，就属于你所说的“文化研究”的范畴了，从前说谁谁谁有“文化”，意思是说他多少是个“精英”，如今呢，唯有“大众文化”才有资格“文化”。

《二十世纪中国文学三人谈》把文学从对二十世纪下半叶社会历史的附属中解放出来，新的谈论文学的方式“仿佛一道闪电把某些事实、事实之间的联系、评价事实的方式等都照亮了”。您也曾说过，三人谈是您最重要的批评收获，而当时其实二十世纪还没有结束，谈论二十世纪中国文学的“三剑客”还在二十世纪之中，在《三人谈》发表后的二十世纪中国，其实又发生了很多故事。如今，新世纪都已过去了十余年，就已经真正成为历史的二十世纪中国文学整体而言，您的看法有什么变化吗？可否给我们简单谈谈在您心目中最能代表二十世纪中国文学水准的作品和作者有哪些？

答：我记得我们当时区分了“物理时间”和“文学史时间”。为了设立一个谈论“现代中国文学”的坐标、范围和边界，我们可以把“二十世纪”的起讫定为“一八九五——一九八九”。这样，你所说的“又发生了很多故事”就可以摆到“新世纪文学”里去讲。当年我们的想法很天真，以为三个人各自有限的专业阅读，融汇互补，就可以拼接起来斗胆谈论“二十世纪中国文学”的“整体”。那年日本学者丸山、伊藤等人来北大座谈，我印象很深的就是，他们最大的疑惑是——概括整整一百年的文学史，怎么可能？我体会到实证的、科学的、考据的方法，尤其是我的弱项。讽刺的是，身在时间段的“庐山中”，胆子不小，敢于妄言文学史“整体”的种种。待到出了山，才想起杨万里的诗了：“正在万山圈子中，一山放出一山拦。”历史的“总体观”是从卢卡奇那里学来的，他用的不是“科学”、实证的方法，而是辩证方法。实证方法是一种“纯粹的肯定叙事”：某事发生了，实情如此如此，等等；它不能处理陌生的、暧昧的、自相矛盾的现象，同时拒绝对“整体”的想象。其实即使是“不带价值判断”的阐释，也需要某种距离感，某种跳跃的推测，来理解和设定叙述的总体。那么有了“新世纪”的后见之明，是否更有把握来谈论“二十世纪中国文学”的整体了呢？我自己后来的思路比较怀疑“整体”和“总体”，这种怀疑不是从科学、实证的角度，而是从知识—权力构成的角度。无论我们怎样“多元包容”，“整体”和“总体”还是由排斥和压抑来设立的。具体到学术实践，我近年来比较注意那些“讲不进文学史”的文学作品和文学现象，那些“历史的碎片”——譬如“新文艺家的旧体诗”（聂绀弩、启功、杨宪益、邵燕祥等）和大量的传记文学与“亚传记”（回忆录、日记、书信等）。

一九九〇年，您开始在芝加哥大学东亚图书馆交叉阅读海峡两岸的“革命历史小说”和“冷战时期台湾小说”，您发现，两者的“立场虽然相反，情节、人物、修辞却同出一辙”。而在您后来出版的与这次集中阅读有关的《“灰阑”中的叙述》(《革命·历史·小说》大陆增补修订版）中，您的主要关注点放在了大陆的小说创作上，几乎没有涉及对岸的作品，也很少有两者之间的比较阅读。这样的选择是与对作品的判断相关还是源于对读者的预期？您愿意谈谈如此选择的内在原因吗？

答：你知道东亚图书馆的书的摆法很有意思，譬如《论语》吧，它把全世界众多语种译本的《论语》和繁体简体中文《论语》全部摆在一个书架上。所以当我看见“革命历史小说”和“冷战时期台湾小说”肩并肩亲兄弟一般站在一起，绝对带给我从未经历的视觉震惊。这种效果是我所陌生的分类法带来的。后来我读到福柯引用博尔赫斯的“中国动物分类法”，明白分类法是一切知识体系、思维方式和意识形态的基础。一九九三年我参加了台北的一个叫“四十年来中国文学”的学术研讨会，我跟王德威被安排在同一个环节发表论文，他谈“冷战时期台湾小说”，我谈“革命历史小说”，巧得很。王德威后来被资深小说家攻得很厉害，说“夏虫焉能语冰”，他写了回应的文章，题目好像就叫《一只语冰的夏虫》。我想德威的文章已经写得很好了，我连“夏虫”的资格都没有啊。很多年以后我读到王愿坚（《党费》）跟姜贵（《重阳》）是亲堂兄弟，发现你说的“比较研究”还真值得继续做。

一九九三年在香港出版的《再解读：大众文艺与意识形态》，对日后的学院批评影响巨大，当然也不免带来诸多问题。对此编者唐小兵曾经回忆道：“《再解读》当时一个很清晰的宗旨就是文本解读，走进文本，再从文本里走出来，这和同时代的一些流行的文学批评方法是有一定距离的。现在看来，走进文本是很有意义的，而且带来很多启发，但再走出来却不那么容易，恰恰是因为文本和语境、文本和历史的关系，并非完全是作家或批评家所能预定、把握和说明的。”作为《再解读》的重要作者，以及相关的新的研究方法的重要实践者，您对此是怎么看的？

答：我想八十年代的方法学源自韦勒克的《文学理论》，把文学批评分为“内部研究”和“外部研究”，这是西方认识论里主体/客体二元划分的延续，这样才会有对文本的“走进”和“走出”的说法。我自己对“文本解读”的理解是从罗兰·巴特那里学来的，是把社会、历史等对象不再看成我们有待努力去认识的现实、存在或实体，而是跟文学作品一样也是我们破译或诠释的众多“文本”。社会、历史、现实作为“文本”，它们的语法、语义和语篇的“组织生成”，跟文学文本一视同仁地成为破译的对象。这就不存在“走出”的问题了，只有文本与文本之间的关系了，“文本之外无物”了。这种方法在“策略上的优势”，是可以化解“主客二分”带来的诸多解释学难题，使得各种“决定论”变成虚假的问题，而批评家自己作为“读者”的位置，以及他的破译行为本身，成为关注的焦点。同时过往被压抑的那部分“真实”，即众多“文本”的呈现方式（“形式”）的进化，得以揭示出来。我在一九八九年的时候尝试用这种方法解读王安忆的《小鲍庄》(《语言洪水中的坝与碑》)，想办法讨论小说中多种“语码”的多声部交织，不太成功，不过自己觉得是一次有意思的尝试。

《再解读》中收入了您的一篇《病的隐喻与文学生产——丁玲的〈在医院中〉及其他》，这篇文章后来收入您的《革命·历史·小说》一书。我记得您曾经在某次访谈中提到过这篇文章，您说“这篇文章做得比较粗糙，只是把几条线拉出来了，其实很多细的东西，可以更进一步去做的都没有来得及做”。然而，就我的阅读体验而言，这种拉几条线的方式，这种提纲挈领的方式，对您而言，似乎不是一种缺陷，相反，它或多或少成为您文学批评的一个特色？

答：当年我待在伊利诺伊州州立大学的香槟分校，那里的东亚系很弱，图书馆里的中文藏书也可怜。互联网刚刚发明（香槟分校正是浏览器 Netscape 的创生地），远未普及，我跟北岛、唐小兵联络还是用传真机。总之写这篇论文在资源方面受到很大的限制，不像现在依靠网上图书馆你可以寻得任何资料，连《四库全书》也不过几片光盘而已。回想西南联大的学者也是在非常艰难的环境里写作，不得不佩服他们自小打下的“文史记忆”基础之顽强。资源不足，文章写得很粗。拉几条线的方式，好处是话都没有“说满”，留下了很多空白，很多讨论空间。《在医院中》涉及的许多课题，如“社会卫生学”“生物学话语”“整风必然变成抢救”等，后来的研究者都有很多的进展，看了令人高兴。缺陷嘛，你说反而是“特色”？那就只好说自家有病自家知，如鱼饮水，冷暖自知了。

您曾经说过，您是最不尊重经典、不崇拜经典，也不把经典当回事的人，您关心的是它怎么样成为经典。然而，事实上存在两种经典，一种是时间中自然形成的共时性的经典，一种是某个时间段意识形态制造的经典，这两种经典的经典化，是不一样的。和西方诸多解构经典的学者不同，《再解读》以及您的《革命·历史·小说》解构的，其实只是后一种经典，作为一个当代文学的研究者，似乎能够面对的，只能是后一种经典。这似乎是很无奈的事情。您也曾引述过本雅明笔下的历史天使，它面对着过去，被进步的风暴吹向未来。那么，我的问题是，您觉得在中国目前的情况下，一个合格的文学批评家，他能够和应当面对的过去，究竟有多大？

答："经典"对我来说是个动词（即"经典化"）而不是个名词。经典化的过程把意识形态、教育体制、印刷市场全部卷了进来，非常复杂。其实并非只是当代这样，你想想赵家璧主编的"良友版"《新文学大系》，胡适、鲁迅、周作人、阿英，这些于公于私都早已分道扬镳的五四文化人，为何能集合起来做这个出版业的大项目？正是要把"新文学十年"经典化，其"导言集"奠定了后世对五四文学史叙述的基础。更远的例子，《四库全书》，想想鲁迅对"馆臣"的批判就行了。当代文学的研究者面对的"经典"，正如你说的，时间的"自然”支撑很弱，靠的是政治权威的支撑。在我的前半生，就亲眼见证了两次“经典”的轰然坍塌。一次是郭沫若、周扬主编的《红旗歌谣》(贺敬之当年撰文说：“使风骚失色，建安低头，盛唐诸公不能望其项背，五四光辉不能媲美。”)，一次是“革命样板戏”(“无产阶级革命文艺的顶峰”)。这给研究“经典化”过程提供了近距离考察的便利。正是本雅明在他的《历史哲学论纲》里写道：任何一部记录文明的史册也同时是记录野蛮的史册。这就是“经典”的双刃剑效果。当代批评家，还是要担当本雅明意义上的“拾荒者”(捡垃圾的人)，在历史的废墟上拾掇碎片，尽管野蛮的“进步”之风吹得他踉踉跄跄。可是，还是本雅明说的，批评的时代早就过去了，如今广告的光影才是真正的批评。

您在香港主持了十年的周末“理论经典读书会”，标示着您对理论的热情和熟悉。但除了一本薄薄的《文学的意思》(那还是在主持“读书会”之前的作品)，您绝少专门写作讨论理论的文字，甚至在您的文章中也很少引用某种文学理论来结构自己的文章或证明自己的观点。您的文章中偶尔会提到福柯、本雅明、萨义德，包括这些作者的著作在内的理论书籍的阅读对您的文学批评产生了怎样的影响？很少引用某些理论是否是您的一种自觉选择？这其中包含了您对当代文学批评写作怎样的思考？

答：我害怕理论，同时又被理论吸引。这是卡勒说的：理论引起无穷的焦虑。你读完了福柯？还有许多卷法兰西学院的讲课记录正在整理出版。而且福柯说，德勒兹才是哲学的传人。后起之秀鲍德里亚还说，“忘掉福柯吧”（福柯反唇相讥：“要记住鲍某人也不容易。”）。这两位你也得读。拉康，还有拉康的传人，怪杰齐泽克，你居然没听说过？全是法国佬，欧洲帝国的白人知识分子？这不对。你得读萨义德、霍米·巴巴。全是男人？更不对了。汉娜·阿伦特、克里斯蒂娃、斯皮瓦克，这都得读。还有完没完啦！这种焦虑证明了两点：第一，理论是互相解构的，谁都想去抽他人釜底之薪来煮自家的理论之汤；第二，理论变成了时尚，日新月异，层出不穷。坚持了十年的周末读书会，正是为了缓解我和年轻的朋友们的理论焦虑。十年了，读得还真不少（以上提及的几位全读了）。读得多了，你就明白，理论只是思考问题的诸多方式之一。而且，理论有时启发、有时则是误导你思考问题的方式之一。这就是为什么要读得多，长时间坚持读，各家各派都要读，才不会“死于句下”，被它们误导。这也是我们应对时尚的态度。具体到文学批评的写作，我不会用理论来鸣锣开道，理论是你的“后勤支援”，而不是开路尖兵。

相对来说，八十年代您有较多的宏观研究，九十年代更倾向于文本细读，进入二十一世纪之后，现代文学中物质文化引起了您较大的关注，您的研究对象越来越具体，对细节的关注也越来越细致。这样的变化是自觉的选择还是无意的巧合，跟您对文学的认识有怎样的关系?

答：除了卢卡奇的总体观，我在八十年代的“宏观研究”主要是受了钱理群、陈平原他们两位的影响。老钱的关注是思想史方面，“亚洲的觉醒”奠定了“二十世纪中国文学”的世界史视野。平原君特别关注文体史的连续与断裂，他的博士论文讨论的正是“中国小说叙述模式的转变”。我一向不善于从宏观上想象“整体”，在芝麻与西瓜之间的选择常常觉得芝麻很小很香浓。九十年代我失去了对他们宏观视野的依傍，单打独斗，只好回归我自己的文本细读。“文本性”这个概念带给我一种策略，就是把个别“乐句”或“音符碎片”视为通向想象的“历史总谱”的通道。罗兰·巴特区分了“可读的文本”和“可写的文本”，所谓“可写的文本”，按詹明信的解释，就是指某些句子，其形式唤起了对之模仿的欲望，使你也想据之写出自己的句子。强调这些句子的“丰富表情”和“多样姿态”，也是使它“经典化”的途径。世上本无所谓经典，引用的人多了，也就成了经典。经典者，“可写的文本”是也。发现文学作品中可堪经典化的片段（即你所说的“细节”），乃是批评的一大乐趣。譬如鲁迅的“月光”、张爱玲的“脏”，都是极好的例子。至于“现代文学与物质文化”这个课题，天工开物，在我并未真正展开，还是停留在胡乱吆喝的阶段，惭愧。在马克思开辟的对现代社会的批判中，“物化”是一个非常重要的概念，发展这个概念来考察中国现代文学，应该有点意思吧。

您的文学批评非常关心叙述本身的问题，即所谓叙述是如何被建构和被生产出来。我觉得您在这方面的批评实践对学院批评家影响巨大，因为您为他们提供了一整套行之有效的方法论和操作样板，同时又在每个环节留有很大的拓展余地。然而，对于新一代学院批评者来讲，被建构和被生产的，不再仅仅只是他们的评论对象，还包括他们的评论本身。对于这样一个当代文学研究工业流水线的普遍存在，您是如何看的?

答：我研究生毕业被安排到北大出版社当文史编辑，参与校对的第一本书就是布斯的《小说修辞学》中译本，他指出采用“第一人称”或“第三人称”产生的修辞效果，叙述者具有“伦理责任”。这本书使我对叙事学发生了浓厚的兴趣，我读了所有能找到的论著，除了某些太繁琐的分析，大部分都读进去了。但如何在具体的批评中运用叙事学，还是很有挑战性，并没有什么现成的三板斧让你一路劈过去搞定。“行之有效的方法论和操作样板”？我很怀疑。我自己都不知道下一篇文章该如何开头哩。我上课，很自觉地严禁把自己的著作列为参考书目。学生写论文、交作业，第一堂课就警告了：一旦出现类似“正如黄子平老师指出”这样的句子，立即红笔删除并且扣分，因为黄子平“指出”过些什么我已经知道了。有些教授，喜欢把自己的书列为“必读”（即“必买”），考试出题以该书章节范围为准，框死了学生的思维方式，我想这里边是有“伦理责任”的。不过我猜你的大概意思，是要质疑当下“当代文学研究工业流水线”的生产方式。好吧，我只想说，我对流水线上的生产者深表“同情的了解”，因为我自己也在这“不发表，就被炒”的体制中挣扎求存多年。大家都不容易。当然你很难期待它生产出生气淋漓的“沧浪诗话”，多半只能生产“体大虑周”的雕龙或雕虫。

哈罗德·布鲁姆对学院中文化研究代替文学研究的趋势深为反感，称其为憎恨学派，而针对当代中国文学，除了文化研究替代文学研究的趋势，似乎还有一种文学史研究替代文学研究的趋势，而这两种趋势背后共同的特征，是学科建设的激情代替了审美判断和道德判断的激情。就您的经验而言，未来有可能出现一种和八十年代不同的、非政治化和非历史化的、纯粹的审美批评或者说道德批评吗？

答：由于传统的原因，我读本科时的北京大学中文系，“文学史”的课程比重是最大的。古代文学史（从先秦到明清）两学年，现代当代各一学年，都是每周四节课。还有俄国文学史、欧洲文学史、东方文学史，全是必修课。古代文学批评史，必修。从北大中文系毕业的人，往好的方面说，是文史知识基础扎实。往坏的方面说，因为涵盖的作品太多，连“作品选”都根本读不过来；为了对付考试，你集中精力只读了最糟的“作品”：那一本一本的文学史教材。我相信北大的教材是编得最好的，但是不读作品光背教材，就是你说的，用“学科建设的激情”代替了审美判断的激情。我赞成一种相当激进的说法，克罗齐“一切历史都是当代史”在文学领域的激进版，说“文学史”并不存在，只存在文学批评：“文学史”无非是古代作品的当代阅读——一切都是当代文学批评。这是解构主义文论的基本观点：作品是在阅读的瞬间才“生成”，在此之前只不过是些白纸和黑字。这是令做当代文学研究的朋友们兴奋不已的理论，不过隔壁古代文学教研室的同仁恨不得过来把你掐死。

您曾经连续数年编选年度中国小说，和当代小说一年到头结结实实地活在一起，如今，这样的编选工作虽已停止，对于小说的阅读恐怕还在继续。近年来您最有印象的当代中国小说作品和作者都有哪些，可否和我们分享一下？

答：编小说年选不容易，但读小说永远是一种享受。以前我天天读小说，尤其是新出的小说，在图书馆期刊部坐一整天，享受小说。所以你问我最近有什么好小说，我能说出个子丑寅卯。如今角色颠倒过来了，轮到我一有机会就问人“最近有什么好小说”了。王安忆是不多的仍然大量阅读新出小说、关心小说新秀的作家，我每次有机会问她，她总能说出个子丑寅卯，我就特感激，回去找来享受。虽然“文学的时代”已然远去，中国的小说生产量还是世界第一，产能过剩。享受精品，必须仰仗批评家的鉴别、同行的赞许和读者的口碑。而“选刊”们的眼光又一向不敢恭维，对做当代文学批评的人，必须付出的代价就是读很多不值得享受的作品。人生苦短，你读这本书花掉的时间就不能用来读另一本书。有一年我来上海，一位复旦毕业不久的记者问我“对当代作家有什么期待”，我想都这年头了，谁还敢对作家有什么期待，心里一急，顺嘴说了一句：“我希望他们写少一点，因为我读不过来。”你知道新闻的做法，记者把后半句掐掉了，拿前半句去电话采访上海诸作家，“黄子平说希望作家写少一点，你怎么看？”王安忆、陈村都说作家爱写多少就写多少，您管得着吗？后来我听安忆说，年轻的文艺版记者，上个版面不容易，逮住你这半句话，他这个月工作量有着落了。王安忆有她同情的理解，慈悲心肠。

您早年写诗歌，读研究生时谢冕老师开列的两百本必读书单中也大部分是现当代的诗集，后来您写诗歌评论，从公刘到黄灿然，都有过深入的分析和阐发，前阵子您也提到正在阅读台湾诗人的诗集，如痖弦、商禽、洛夫、夏宇、陈黎等。但是，相对于小说评论，您的诗歌评论并不多。这是否包含着您对当代汉语诗歌的某种判断？您是否愿意对两岸三地现代汉语诗歌的现状做一点比较？

答：好几次碰到北岛，他都会谴责我，说我是“诗歌评论的逃兵”，我都点点头不吭声。我曾经把诗歌比作城市里的公园绿地，文学呼吸的“肺”。每次读理论读小说读得不那么享受了，就到诗歌里喘口气。读小说，你必须一点一点把作家虚构的“世界”慢慢地建立起来，才能明白这些人物在里头走来走去，说话，打架，求爱，到底在干些什么。如果不是一气呵成地读，第二天你就必须重新建立这个“世界”。其实小说家写作的时候就已经天天重复这个程序，每天必得把头一天写的读一遍，然后才接着往下写，维持这个“世界”的相对的连续性。读小说的“累”就在于需要不断重建，不断签订为“假定性”背书的阅读契约，当然乐趣也在于此。读诗歌不一样，你漫不经心，随便挑一首开始读，随便挑一句开始读，突然有一句砰一下“击中”了你，你才回过头来把整首诗读一遍，想弄明白这一句的“打击力量”从何而来。所以每次读到一句这样击中你的诗，就很开心，咂摸半天，像吸到新鲜氧气一样很“嗨”。这时候你还要写诗歌评论，多累，多杀风景呀。我忘记了谁说的，诗歌只能引用，不能分析。太对了。我上课讲当代文学，诗歌部分，基本就是朗诵，最多点评一下，说说这句的“打击力量”何在。当年俞平伯讲诗词，写黑板，吟诵，闭着眼睛享受，完了睁眼说：“好！真好！”然后擦了黑板写下一首。我觉得这是诗歌教育的正道。——你让我举一个曾经击中我的例子？痖弦、商禽、洛夫、夏宇、陈黎他们就免了，好吧，这是小学语文课本里的："秋天来了，天气凉了。一群大雁往南飞，一会儿排成个'一'字，一会儿排成个'人'字。"好，真好！

您曾参与香港中学语文教育的某些事务，我还看到您接受过某中学刊物的采访，并困惑于大学文学教育的趋势与前景，感叹高等教育"麦当劳化"的历史潮流。您对这样的窘境有怎样的建议，一个从事文学评论写作的人在这样的困境中又能做些什么？

答：我的很多学生毕业以后都在香港各中学教书，他们不定期回来跟我相聚，谈起中学教育的种种，实在令人担忧。我自己在高校任教二十多年了，也或长或短访问过别的高校，总的来说，高等教育的现状与前景也不容乐观。"麦当劳化"倒也罢了，如今直接就是腐败和堕落。香港的一位朋友甚至提出了"如何在大学的废墟上教与学"的严肃问题。单是"从事文学评论写作的人"，倒是不必为此操心。作为从事"文学教育"的人，就兹事体大。可是又能做些什么？我想起佛经里的故事，说一只小鸟用翅膀沾了水去参加扑救山火，人问干吗呢你，它说，我在此山住过，不忍心。

在您的文学批评中，鲁迅很明显地占据了一个最重要的位置，但您的批评路数跟现在的大部分鲁迅批评并不相同。您也在文章中谈到自己少年时代对鲁迅的阅读。您是否愿意更具体地谈谈鲁迅对您的影响和他对现在的文学和文学批评的意义？

答：少时读鲁迅，深深吸引我的是他的旧体诗，“惯于长夜过春时”，“城头变幻大王旗”，“花开花落两由之”。我也说不明白，与诗境合拍的少年心境竟会如此沉郁悲凉，大约跟父辈、同辈当年的艰困处境有关。后来我发现鲁迅的文体对我影响极大，尤其是文言虚词的运用。最初只是直觉“倘若”啦“然而”啦，比“如果”“但是”多点蕴含，遒劲凝重。多年以后我读到鲁迅研究的文章，说这种句式联系着鲁迅的“多疑”或“多重否定”的思维方式。重重叠叠的条件句和转折语，是复杂思维最好的呈现。“他结巴了”——我想借用德勒兹一篇短文的标题来概括鲁迅的文体特征。旧的语言系统坍塌了，新的语言系统还没建立起来，任何一个词都发生了倾斜和震颤。鲁迅是极少数能从文体上（即语言的根底上）感应这一历史大变局的现代作家。鲁迅对我的意义就在于，生活在一个人人把陈词滥调说得越来越顺溜的年代，如何习得一种“结结巴巴”的言语？

在《二十世纪中国文学三人谈》中，您引用过一些马克思的言论。除了鲁迅和马克思，我们很少看到您写作文学批评之前的阅读经历。在这两位之外，还有哪些作者和哪些书构成了您的“阅读前史”，又对您的写作造成了怎样的影响?

答：这会是一个极为庞杂的乱糟糟的书单了。少年时我参加老家粤东小镇的数学比赛，拿过初中级别的全县季军。自以为有点数学天分，除了做题无数，还读了一系列的数学家写的小册子，华罗庚的《统筹学》什么的。放学回家总要绕到一家新华书店去，现代文学的一些名著，《雷雨》《家》都是在那里站着看完的。书店的老职员古先生看我天天“打书钉”，悄悄塞给我一张小板凳，我是所有顾客里享有这特权的唯一者。别人以为我是古先生的亲戚，我就恬然坐在小板凳上读完一本本现代文学名著。“文革”时我看见古先生挂着“反动资本家”的黑牌在门市部售卖“光辉宝像”，情形滑稽而又悲伤，不敢进去见他。我父亲的藏书在被抄家之后就只剩下毛选和鲁迅全集可读了。七十年代中后期，最高者说要“读点马列”，我读的马列可不止一点，收获是，你再也不能用经典作家语录糊弄我了，而且有点明白，为什么马克思说他不是个“马克思主义者”。还有批林批孔、评水浒、评红楼梦，这些政治运动的益处是你可以合法地读了一大堆文史古籍。总之，我的“阅读前史”是缺乏指引的杂学旁搜。那年头饥不择食，逮什么读什么。讲算命的手抄本《子平真诠》，蝇头小字密密麻麻，也读得津津有味，光是想知道这位宋代的同名者到底说了些什么。鲁迅把他的读书方法归结为四个字："随便翻翻"，深得我心。回顾这“阅读前史”，第一，我很庆幸在那“玉宇澄清万里埃”的年代，还能接触到些许“污泥浊水”，使思想保持了“不纯净”的正常状态；第二，我初步了解了人类思想的多元复杂性，在每一种“圣明”的学说旁边，总有一些“不严肃”的叙述跟它平行，在那里伸舌头做鬼脸，污染它的“圣明”。对我最直接的教益就是：那个时代一直鼓励的纯洁了自己又去纯洁别人的冲动消失了。这一切汇集到后来的批评实践会有什么影响？我想乱看书的坏处是缺乏扎实的系统训练，好处是不拘泥于一家一派，偶尔还能来点野路子，至少给自己来点意想不到的惊喜。

您的写作一向注重可读性，在您二〇〇五年出版的《害怕写作》一书的后记里，您提到，“最喜欢读的一向是那些讲理论的故事书和讲故事的理论书”，能和我们分享一下这些有趣的故事书和理论书吗？

答：就在《害怕写作》那本书里，我回忆到高小毕业那年的暑假，到梅南林场去探访父亲。在那里“劳动改造”的文化界教育界的老右们出工的时候，我就去大通铺翻他们的枕边书来看。其中就有孟德斯鸠的《波斯人信札》（罗大冈译）和伏尔泰的《老实人》（傅雷译），看得我稀里糊涂的，只觉得比一般的小说有意思。后来就喜欢上了这些“讲故事的理论书”和“讲理论的故事书”。最喜欢的是卡夫卡，他的短篇小说，一些小故事，譬如中国皇帝信使的故事、门的故事，百读不厌。拉康、德里达，借爱伦·坡的《失窃的信》这个故事，讲出一套又一套的理论来，读来真是过瘾。《维特根斯坦的拨火棍》，哲学家吵架的故事，也好玩。至于解构“解构主义者”，伯格的《一个后现代主义者的谋杀》，或日本人的《文学部唯野教授》就未免有点等而下之，还不如读同胞赵一凡，用“华山论剑”说书体讲《西方文论》，上下两大卷，精彩绝伦。

您的“三十年集”命名为《远去的文学时代》，并在“小序”中说：“文学所蕴含的反抗实存的力（摩罗诗力），它所追求的语言乌托邦（恶之花），在某一历史瞬间倏然幻灭。”在这样一个时代，文学创作和文学批评除了成为无数消费品中较为不重要的一类和必须填写的表格中的一项，还存在着怎样的可能？或者，两者在这样一个时代会出现什么不同于以往的特征？

答：文学时代远去，新兴媒体的替代是根本原因。有一次在芝加哥遇见舞蹈家兰兰，她说，你那些文学系里的年轻同行怎么回事，全都教起了电影电视，捎带着讲点文学？我说学院里一般规定，选修人数少于十人（以前是六人）的课不开；开不成课，非炒鱿鱼不可。如今一代新新人类，图像思维优于文字思维，一看见必读书目，哇，那么多字，先就退修了。文学副教授们只好讲开了电影、动漫，不忘本的，讲点文学改编。大势所趋，很多大学里各语种的文学系都正在以“经费压缩”的借口裁撤中。在这样一个时代，文学创作和文学批评，还存在着怎样的可能？这就需要重复那句陈腔滥调了：“文学死了，文学万岁！”就是 J. H. 米勒说的，只要语言存在，以词语来创造一个虚拟世界的方式就不会衰亡。文学作为一种重要的想象方式，是在印刷文化主导的历史时期中发展起来的，经由文学写作和文学阅读，我们想象世界并“重新进入世界”。在香港城市大学的一次会议中，台湾作家张大春提醒我注意文字对影像的顽强抵抗，他说电影剧本是用文字写的，电影评论还是用文字写的，互联网上，文字的量仍然远超影像。我想补充说，从小学到大学，文字运用的训练仍然是主要的课程；最要紧的，大部分考试，都还是“笔试”（连体育课也有笔试！）。我最近稍微接触了一下中国的网络小说，蔚为大观，甚至对网络小说的“学院派批评”也正在北大中文系发轫。——希望犹存，且让我们耐心观察，文学的创作和批评，还将如何在这样一个时代“万岁”着。

答《上海文化》张定浩、黄德海问

二〇一二年九月十二日

（载《书城》，二〇一二年第十一期）

文学批评和文学史

胡红英（广州中山大学）：黄老师好，很高兴有这个跟您访谈的机会。通常把中国当代文学的起点定在一九四九年，从某种意义上说，您是当代文学的“同龄人”。所以在讲当代文学的时候，您的亲身经历会不由自主地渗透进来。我记得黄老师在人民大学课堂讲“知青文学”，解释什么叫作“来一个动员”时，说到您去海南岛做农场工人之前，为了动员您下乡，居委会组织了小学生每天在您家门口唱语录歌。文学作品无数次描述过的历史生活，或者“无可选择的选择”这样的哲学命题，在您个人化的叙述中，好像又有了新鲜的内容，我听了一直很感兴趣。而你在农场的经历，譬如一帮农友穿过橡胶林漏夜去看《智取威虎山》电影，就直接写进了你研究“革命历史小说”的学术论文之中。因此，首先我想问一下黄老师，您去海南岛以前，都是在广东梅州度过的，不知您青少年时期在梅州的生活是怎样的？梅州知青的际遇与我们在文学作品中看到的，比如王安忆小说中上海知青下乡前后的故事，有什么相通或不太一样的地方？

黄子平（香港浸会大学）：我想一个人的生命历程，和他的学术实践之间的关联，其实很难说得清楚。

青少年时期的梅州，我记得是以“华侨之乡、足球之乡和文化之乡”相标榜的。但我对这几个“之乡”的体认都不太一样。“华侨之乡”不言而喻，那些能收到国外汇款的人，可以兑换“侨汇券”，在“华侨商店”买到一般国营商店根本看不见的货品。每次放学我会到新华书店去站着看一会儿书（香港叫“打书钉”），都要经过华侨商店门口，那些一串串的香肠、鱿鱼干，就诱人地挂在那里，提醒你注意到在贫困和匮乏之外，还有别样的生存和生活。“文革”中我读到一本书，《苏联是社会主义国家吗》，是揭露“苏修”的，收集了好些政治笑话，其中说有一个工程师在电视上介绍他的新发明，形容它的形状就像一截香肠，“如果你们还记得香肠是什么样子的话”，结果录完节目就进了监狱。我心想，幸亏我们有华侨商店，真还记得香肠是什么样子哩。

“足球之乡”就亲切多了，民国时就踢出了名堂。我的几个初中同学所在的少年足球队打进全国决赛，拿了冠军还是亚军，轰动一时。不过我一点体育细胞都没有，课后同学们踢球，我的主要任务就是看管书包和衣服。后来爆出“丑闻”说是少年队好几位主力超龄，年龄造假。这使我第一次对官方宣传产生“不可尽信”的怀疑。

“文化之乡”就非常模糊了，当年标榜的名人是武人（乡人言必称叶帅和萧向荣中将），文化名人一概不知。很多年以后，我才知道林风眠这样的国际大师的祖籍和我是同一个乡镇。黄遵宪的后人、张资平的侄子，都是我的同学，一起住在中学的科学馆编了一年的油印小报，我对这些前辈竟然一无所知，他们也绝不提起。丘逢甲、李金发这些名字，也是多年以后读大学的时候才知晓。我说这些，是想说明在我的青少年时代，“文化”的呈现是经过了相当严厉的过滤机制的。但将这几个“之乡”粗浅地拼贴一番，也还能大致看出我生长的那个地域文化的某些轮廓吧。梅州文化的底蕴，可能就体现在乡镇左邻右舍的日常闲谈之中，每每引经据典，出口成章。回想起来，我的中学语文老师、历史老师都是饱学之士，吟诗作对，常在大小报刊发表文章。虽然我是个“理工男”，对数理化更感兴趣，但是作文写得好，文史老师总觉得我读数理化天天做题有负文化之乡的滋养似的。

这就说到“上山下乡”，去了海南岛的农场种橡胶，那时候是叫“广州军区生产建设兵团”。对“知识青年”

这个概念很有必要做具体分析。回乡的知青、下乡的知青和到兵团的知青，差异非常大。一九六九年成立兵团的时候，为了凑够人数，除了广州、湛江、汕头等大一点的城市来的是中学毕业生，各地小县城很多没读过什么书的待业青年，也一概“动员”进来了。所以，“梅州知青”作为一个想象的群体，到底有何特点，真是不好说。“知青文学”是注意到了知青中的阶层分化和利益冲突的，但文学批评却视而不见，一厢情愿地帮着制造“青春无悔”“苦难辉煌”的神话或鬼话。我是从来不参加“下乡若干周年纪念”一类活动的。有一年，梅州知青很隆重地搞了一个周年纪念活动，据参加的农友告诉我，主席台上就座的都是回城以后当了官的。台下坐着的发了财的老板们很生气，都说到了这个场合大家唯一的身份就是“农友”嘛，农友人人平等。他们决定再开一次，到了会场一看，这回主席台上就座的全是大老板了。

讲当代文学，讲进自己的亲身经历，在课堂教学，可以拉近学生与课题的距离，我觉得效果是很好的。但是直接写进学术论文，显然有违“理性、客观、中立”的学术原则。这在我倒是有意为之。个人的人生经验，给当代文学的研究者带来的利弊，洪子诚老师思考得很多也很深。我认为，在尊重事实的基础上，既然每一个研究者都有自己的理论预设、情感偏向和价值立场，亮明自己的“偏见”就是一种诚实的态度。这当代文学，跟你一起生一起长，却要与之剥离，相见不相识，很假嘛。这同时也是一种尝试，想打破一本正经的学术论文和随意闲谈的“知性散文”之间的界限。我写《七十年代日常语言学》，明明是一篇回忆随笔，偏要起一个很学术的题目，也是这个意思。

胡：查建英在《黄子平印象》中说，您在知青期间写过诗，而且还小有名气。您自己在访谈中也谈过，您和陈平原教授的联系，最初由海南时期的好朋友促成。黄老师知青阶段的文学生活似乎挺丰富的。您能否谈谈您当时的阅读、写作和文学方面的交游？吴亮在《我的罗陀斯——上海七十年代》中说，他在七十年代“读书不是为求知的饥渴，而是为逃避的饥渴”，您当时的阅读和写作是否也伴随了这样苦闷的心境？您到北大之后为何没有再坚持诗歌写作呢？

黄：广州兵团（和黑龙江兵团、云南兵团，以及最早的新疆兵团一样），出了不少文学人才。小说家有孔捷生、苏炜、伊始等人，诗人也有好几位。分散下到农村的知青，通常要到了县城文化馆，才会有写作、演奏、表演等一展才艺的机会。像王安忆就是到了县文工团去拉大提琴。而兵团一个农场就相当于一个县的规模，人才济济。成立文艺宣传队，随时可以集合起十二把小提琴。我隔壁的一个农场，湖南某艺校的整个班下乡到了他们那里，师部宣传队从编、唱、演到舞美，半壁江山都是他们的人。我呢，据说组织上有断语，“此人可用，但不可重用”，直到七十年代后半叶，有门路的知青回城，走得七零八落了，我才被借用到场部、农垦分局写材料，写报道，写歌词、相声、快板书，也写点所谓诗歌。不像北岛他们，可以读到洛尔迦和戴望舒，我的诗歌资源贫乏之极，除了贺敬之，没读过什么“大”的诗人。当年比较喜欢的诗人是李瑛，写的诗有点模仿他，后来才知道他是北大四十年代末的学长了。老钱，钱理群带的博士，有一位是做“文革”诗歌的，收集资料很齐全，把我七十年代写的那几首歪诗也找着了，惨不忍睹，当然更烂的诗他没找着。八十年代朦胧诗一出来，我就明白，我根本不是玩儿这个的料。

写作的可能性来自阅读的视野，我真是报不出什么像样的书单。我带到海南岛的书有一本《牛虻》，爱尔兰作家艾捷尔·伏尼契的作品，就是刘心武《班主任》里被好学生谢慧敏视为“黄色书”的那本。我用它交换了一些书来看，罗曼·罗兰的《约翰·克里斯朵夫》什么的：“江声浩荡，自屋后升起。”——傅雷的名译。后来受工伤（伐木，大树砸到腿了），《牛虻》跟一个梅州来的农友换了一瓶跌打药酒，救命要紧。读书比较多的是借用到农垦分局宣传科和广东人民出版社文艺室的时期，读了范文澜的《中国通史》，侯外庐的《中国思想通史》，还有《第三帝国兴亡史》，一大批供批判的苏联当代小说《多雪的冬天》《你到底要什么》，等等。我最近读完了瓦西里·格罗斯曼的《生活与命运》，六百多页的大部头，有人称之为二十世纪的《战争与和平》是有点过誉了，但那种"社会主义现实主义"的气息扑面而来，非常熟悉，就是当年读《多雪的冬天》《州委书记》累积的体验。追根溯源，我是到了北大才日日夜夜补读托尔斯泰、陀思妥耶夫斯基、契诃夫和屠格涅夫。台湾的一位研究俄国文学的学者告诉我，三大主题，也是三本书的书名：在俄罗斯谁能过得快乐而自由？（没有人。）谁之罪？（不知道。）怎么办？（你说呢。）我觉得这些时代主题也延续到了中国的现当代文学，但都没有俄国经典作家挖的深，尤其是"谁之罪"的问题，涉及忏悔和救赎，深刻的宗教背景，中国作家追问不到这一层。

回想起来，七十年代的阅读，除了求知、解闷，隐隐约约的，"文革"这种史无前例的、残酷的社会实验的悲惨失败，带出来的一系列时代主题的求索，也一直伴随着书本的传递、交流和"无限交谈"吧。

胡：您近年常在各种场合谈论文学批评与“同时代人”的关系：二〇一二年接受上海批评家的访谈，在人大担任客座教授期间给学生上课，二〇一五年接受深圳商报的访谈，今年五月份在广州暨南大学开会、八月份在上海思南公馆讨论吴亮的《朝霞》，您都“鼓吹”了“批评总是同时代人的批评”这一看法。据我了解，您最早在一九八三年写《当代文学中的宏观研究》已经提到“同时代人”，一九八五年引起轰动的《二十世纪中国文学三人谈》中您也使用了这个说法。不知“同时代人”这个说法，有没有具体的出处，或者它原本是您创造的一个命名？您最初使用“同时代人”，是基于怎样的历史语境和个人的文学批评追求？您在暨南大学的发言中，对“同时代人”做了比较深入的探讨，我发现您在阐释“同时代人”的时候，偶尔会用“当代人”去取代它，“同时代人”是否就是指“当代人”？

黄：对我来说，“同时代人”这个概念最初应该来自俄罗斯的“别车杜”（别林斯基、车尔尼雪夫斯基、杜勃罗留波夫）。老温，温儒敏老师提到过，如今考现当代文学研究生，出“别车杜”这题，答得上来的同学极少。我们那时候除了《马恩列斯论文艺》，“别车杜”是不多的可读到的文论了。历史上，某些时代，天才人物一个两个孤零零地出现，荷戟彷徨；某些时代，天才人物雨后蘑菇似的，成批冒出来，像欧洲文艺复兴时代、十九世纪的俄罗斯、拉美的文学爆炸时期。这时候讨论任何一个大作家都得扯上他的“同时代人”。你现在还能不断读到像《同时代人回忆契诃夫》《陀氏和他的同时代人》这样的大部头著作。我对这个概念感兴趣，多少是它在“时空”上的两重性：既是“介入”的又是“超越”的。先说“超越”，按我们当时的叙述框架，鲁迅和周作人是不能相提并论的，即使是哥俩亲兄弟也不行，他们分属先进和反动不同的阵营；而“同时代人”就超越了这一限定，提供了一个超越的视野。鲁迅和他的同时代人，不可能不谈周作人。“介入”呢，对批评家，或当代文学史的研究者而言，他跟作家、作品站在同一个时间点上，分享“对未来的无知”，不像古代文学的学者，可以依赖所谓“后见之明”。这是一种冒险，也是一种承担。当然这个概念还折射了那个年代的自我意识，总觉得此时此刻，我不是“一个人站在这里”，也不是“一个人在这里倒下”。八十年代的历史语境下，“同时代人”构成了某种集体无意识。顾城写过只有两句的《一代人》，舒婷写过《献给我的同代人》，没人觉得这种大言不惭的表述有多么愚妄。

时过境迁，八十年代之后，这个概念对我来说就有点儿变味了。还是哪次专访里提到过，有一年在上海，被一位七〇后作家问到，为什么不写当代作品的评论了。他所谓的“当代作品”，即七〇后八〇后的作品。我沉思良久，回想自己九十年代以后，确实主要的精力都去研究“革命历史小说”了，充其量写点鲁迅、张爱玲，对同时代人的阅读也就到格非、苏童为止。反省的结果是，七〇后八〇后作家，不再是我的同时代人了。但奇怪的是年轻一代的诗歌一直都能触动我。这个概念就成了我抗拒某些与我格格不入的作品的理由，另一方面，也是一种激励，激励年轻一代批评家进行与他们所处的时代“搏斗”的写作。

进一步的反省就发现我自我辩护的同时把这个概念狭窄化了，狭窄到了“同年龄人”，即如今不假思索地到处套用的“七〇后八〇后”标签，“代”的时间单位缩减固化为公元日历的“十年”。从前给作家划“代”是看他们出道的时间。我举过一个很切身的例子，梁左是我们北大文学七七级的同学，跟我住同一个宿舍（他后来成了有名的喜剧作家），他母亲谌容（成名作《人到中年》）跟我们班另一位同学陈建功同属于八十年代的“北京作家群”。跟着梁左同学，建功应该叫谌容“阿姨”对吧？可他们是同期出道的，就大大咧咧直接称呼“谌容”。如今呢，就只看出生证明书（香港叫“出生纸”），代际交替全看年代标记的嬗替。后来我读到意大利学者阿甘本的一篇文章,《何谓同时代人》,也有译作《何谓当代人》,给我启发很大。

他讨论的重点是人和他的时代的关系,何种关系可以把人看作“当代人”,即“同一时代一人”。第一点,所谓同时代人,或者当代人,他是尼采的那个概念——不合时宜的人。同时代人,当代人,一方面他是如此密切地镶嵌在时代之中;另一方面他又是不合时宜、格格不入的人,他跟时代有一种非常复杂的关系,他既属于这个时代,但是又要不断地背叛这个时代、批判这个时代,这种人才能叫作同时代人。如果你紧贴着时代,顺应着时代,不假思索地以出生纸证明自己的当代性,那就错了。他是不合时宜的,这是非常重要的一点。阿甘本说,不合时宜是什么意思呢,他跟自己的时代有一种奇特的关系,这种关系依附于时代同时又跟它保持距离,这种跟时代的关系是通过脱节或者时代的错误而依附于时代的。所以,那些过于契合时代的人,在所有方面都顺应着时代的人,并非当代人,最重要的一点——他们没法审视时代——用我比较爱用的粗俗的话来讲——他们紧贴着时代的大屁股,根本看不清时代。

这是第一点,第二点呢,阿甘本指出来,当代人是什么呢?当代人是紧紧地凝视自己时代的人,是感知时代的黑暗、感知时代的晦暗而不是光明的人。“他将这种黑暗视为与己相关之物，视为永远吸引自己的某种事物。与任何光相比，黑暗更是直接而异乎寻常地指向他的某种事物。当代人是那些双眸被源自他们生活时代的黑暗光束吸引的人。”所有那些经历过当代性的人，深知所有的时代都是晦暗的，都是黑暗的、暗淡的，所以当代人是那些知道如何观察这种暗淡的人。他用很文学的话说：这些人用笔像蘸墨水一样蘸着这一时代的晦暗来书写。但同时，他又把这些黑暗看成是跟光有关系的，他把它叫作黑暗的光束。他用了天文学的比喻，我们仰望星空的时候，看到了很多星光，但是整个大背景是黑暗的，而这些黑暗之光是由那些不断地远离我们的星系发出来的。但是，到底什么是时代的晦暗？它是时代之光的对立面吗？对阿甘本来说，晦暗和光密切相关。晦暗并不意味着绝望的深渊。相反，晦暗也是一种光，它是试图抵达我们但从未抵达我们的光。时代的晦暗深处，还是有光在临近，即便是遥遥无期的临近。感知和意识到这一点的人，或许就是当代人。做一个当代人，就是要调动自己的全部敏锐去感知，感知时代的黑暗，感知那些无法感知到的光，也就是说，感知那些注定要错过的光，感知注定要被黑暗所吞噬的光。所以，感知这个时代的黑暗之光，也是只能感知，而这些暗淡的光永远不能抵达我们，但是我们可以想办法去凝视它。

第三点，他指出来时代的一种断裂（我们都记得哈姆雷特的经典台词：时代脱节了……），就是说，当代人，他是有意地去关注这个时代的断裂，甚至有意地去制造这种时代的断裂，由于这种时代的断裂，使你可以把你的古代，或者你的晚近的古代，带到这个时代的断裂里头去。古代和当代有一种显而易见的距离，但是“在最近和晚近时代中感知到古老的标志和印记的人，才可能是当代的”。一个当代人不仅要在空间上拉开他和自己的时代的距离，他还要在时间上不断地援引过去：“当代人不仅仅是指那些感知当下黑暗、领会那注定无法抵达之光的人，同时也是划分和植入时间、有能力改变时间并把它与其他时间联系起来的人。他能够以出乎意料的方式阅读历史，并且根据某种必要性来‘引证它’，这种必要性无论如何都不是来自他的意志，而是来自他不得不做出回应的某种紧迫性。”

阿甘本有一个很有意思的观点，认为不同的人都是选择从不同的“自己的古代”进入当代的。你可能是由“李白的盛唐”来进入当代，也可能由“苏轼的北宋”来进入当代。像洪子诚老师，可能是从“契诃夫的十九世纪的俄国”进入他的当代。温儒敏、钱理群老师他们，可能是很固执地从“鲁迅的五四”进入当代。这就跟文学史的写作和教学有关系了。我们写文学史，不是为了去关注那些遥远的或者晚近的文学现象，而是要把这些文学现象带来当代，带来跟当代对话。

所以，什么叫当代人，批评家跟时代的关系应该是什么样子的，这首先给我一个非常严重的警惕——这些人不再读小说了、不再关注当代作品，他已经不是一个当代人了，还想拿出生纸来蒙混过关。

胡:《论“二十世纪中国文学”》和《二十世纪中国文学三人谈》中，您和陈平原教授、钱理群教授描述了一种打通近代文学、现代文学和当代文学分期研究格局，“将二十世纪中国文学作为一个不可分割的有机整体来把握”的文学研究想象，于今还使青年研究者读来热血沸腾、心潮澎湃。但是，我们都知道，目前这种分期研究的格局，可能比一九八五年更难撼动，想要超出这一分期格局有所作为显得格外艰难。您如何评价你们当初的研究想象和当下的研究状况，对于想要超出分期研究格局驰骋想象力的青年研究者，您有何建议？

黄：三十年前，学术界普遍存在的欲望和冲动，就是追求一种摆脱了依附于政治史叙事的文学史框架。“分期”这个概念之所以凸显出来，是因为政治史叙事是建立在“社会发展史五阶段”论和新旧“民主革命”阶段论的权威虚构之上，这些“阶段”一个推翻一个，一个压倒一个，构成了激烈的进化论链条。依附于这种叙事的文学史，也是以无休止的“决裂”、不断抹杀自己的“过去”而建构起来的。总体论、系统论的哲学观念带给我们的启发是，寻找某种文学现象之间的普遍联系是可能的。“二十世纪中国文学”的设想就是这样提出来的。以前互相割裂，残缺不全，讲不清楚的文学现象，在新的叙事框架里突然获得了叙述的可能。

举例来讲，“新文化人写的旧体诗”，无论在哪个阶段的文学史都没有摆放的位置。我们知道鲁迅、郁达夫等新文化人写很好的“旧体诗”，但五四新诗完全排斥了它。当代，最高领袖的诗词全国诵唱，但他也说青年人不要学。直到聂绀弩们的新式打油诗出来，人歌人哭大旗前，这一被“新文学”摒弃的“旧文体”才重新获得其“文学史价值”，可以在“二十世纪中国文学”的框架里做一个连贯的叙述。别的例子，譬如从晚清直到二十一世纪的“海派文学”，或者“没有晚清何来五四”的话题，都是可以在这个框架里展开。我想这个叙述框架大概仍然有点生命力，但这也很令我失望：三十年了，早该有新的文学史叙述后来者居上了呀！总体论的宏观叙事，很容易构建颇有气势的论述，但都依赖于大量的假设和联想，有些比较靠谱，有些只是捕风，经不起推敲。宏观叙事往往以淹没或遮蔽大量的精彩细节为代价。所以也很容易理解，当既有的叙述框架仍然可用的时候，研究者会致力于捕捉精彩的细节，充实那个总体框架的细部，并不急于寻求新的叙述格局。但是，忘了谁说的了，“一代人有一代人的文学史”，早就到了推陈出新的时候了。

胡：《论“二十世纪中国文学”》认为二十世纪中国文学美感特征的核心是“悲凉”，这个看法让我感觉非常新奇，用一个词概括近百年文学的美感特征也极具胆识和野心。《二十世纪中国文学三人谈》对这个观点的论述——认为即使作家没有意识到二十世纪的“历史内容”，这一“历史内容”也“在那儿摆着呢”，一旦意识到了，作品便会表现出此种美感特征。这里逻辑上可能稍微有点本质化倾向，却不妨碍它的个性魅力和启发性。这种天马行空的文学研究的想象力，当下已经很少见。这个观点是如何“谈”出来的？“悲凉沧桑”在当下跟张爱玲近乎是固定搭配，你们当时有否受到张爱玲流行的影响？您现在怎么看这个观点？

黄：“总体美感”这个概念主要是我执笔写初稿的时候，从“意识到了的历史内容”“逻辑地”铺陈出来的。那时节，老钱新任中文系讲师，开讲鲁迅周作人，备课任务很重；平原正读博，王瑶先生盯得他很紧。我在北大出版社每天看看书稿，比较有空，执笔的活儿就落在我头上。花了一个星期写出初稿，准备讨论以后再斟酌修改。没想到老钱和平原都说，“很好，就是它了，寄走吧”。拿到《文学评论》那里，编辑部的前辈们也说“很好，就是它了，发头条吧”。就这样来不及再细加讨论修改，初稿即成定稿，所有的简陋仓促之论都摆在那里了，没法子懊恼。论文发表之后，争论最大的就是这个“美感特征的核心是悲凉”，一个世纪的文学现象千差万别，怎能一言以蔽之曰“悲凉”，尤其是“十七年文学”，战歌和颂歌的年代，高歌猛进，跟“悲凉”毫不搭界嘛。所以我对这一部分的论述要负主要的“文责”。当年除了老钱他们能接触到张爱玲的作品（凭王瑶先生签的条子能进北大图书馆书库），我还没机会读张，不知何为“苍凉”的“参差美学”；“悲凉”这个词应该来自鲁迅对《红楼梦》的经典概括：“悲凉之雾，遍被华林。”悲凉、焦虑、忧患意识，这些词在八十年代用得相当频繁。存在哲学、美学和悲剧心理学的书，我那时读了不少。这些都可能影响了这个“大胆的”“富有想象力”的论断的提出。更重要的还是我们三位都刚刚从浩劫里活过来，劫后余生，心境一直悲凉得很。平原倒一直很庆幸我们当年的率尔操觚，说是尽管“简陋粗糙，却也生气淋漓”。要是我们一直在那里如切如磋，如琢如磨，越改越不满意，可能到最后就拿不出来了。有一个说法叫“写不过自己”，意思是写不过年轻时候的自己。写不过别人你倒也认了，写不过自己，就心有不甘。其实我挺羡慕年轻时候的自己的，那时候胆子比较大。

胡：比之两位合作者，读者似乎更经常把您跟“三人谈”联系起来，这可能跟您后来的文章、著作依然有着浓烈的八十年代精神气质有关系，尤其一如既往地保持了对文学性的高度重视。文学性应是文学具有的神秘性魅力的承担者。目前学界谈论文学性，一般指向对文学内部研究的重视，经常把它跟文本细读结合在一起，将文本细读视为揭示、描述文学性的一种重要手段。您的文章似乎没有很强的对文本展开细读的热情，好像倾向于追求以“碎片化”片段提纲挈领地勾连出观点，却又使人感觉文章本身的文学性也很强，我感觉《“灰阑”中的叙述》这个特点还比较明显。黄老师对文学性有着怎样的认识？

黄：我注意到九十年代以后，不少学者清理了八十年代的“审美主义”意识形态（康德意义上的“非功利”），又不愿回到过往的“庸俗社会学批评”，因而试图提出一种非本质化的、更包容或更有阐释可能的概念，称之为“文学性”。这是一种非常艰难而且英勇的努力，要在“文化研究”、“解构主义”和“消费主义”的汹涌怒潮中站稳“文学研究者”的脚跟。我钦佩和赞赏他们，但自己却没有这方面的承担，即你所说的“一如既往地保持了对文学性的高度重视”。

说“艰难而英勇”，是因为我们试图界定不可界定之物。逻辑上，我们总是无法回避同义反复的表述：“文学性就是使文学成为文学的那些因素或理由”，或者说“小说性就是揭示除了小说无法揭示的存在”。同义反复绝不是空洞的，苍白无力的，恰恰相反，它是强烈的、决绝的表述。只需想想黑帮电影里那句经典台词，Business is business，你就明白，同义反复总是以一种语词的循环，来呈示封闭、排他和理所当然的心态。“文学性”的提出，有时是为了重新安置被“审美主义意识形态”强行驱逐的“十七年文学”或左翼文学，其策略就是阐明：即使它们是宣传、是工具，但也独具某种“西方标准”所无的文学性。

在文学史的各个阶段，“文学性”（正如“纯文学”“纯诗”）总是多元的政治角力的场域。在我自己，是不把文学视为无信仰时代的信仰，也不把文学看作是保存工具理性时代的感性、生命体验的逋逃薮。但我特别喜欢“作为方法的文学”，即面对任何文本，要是放弃了对它的语言、修辞、意象和虚构的感受和分析，就感到非常可惜。你会说文本层面的技巧分析，背后的感性和生命体验就不管了么？表面即深度。读出任何文本的语言、修辞、意象和虚构（以及视点、韵律、节奏等），就是把它读成了某种“文学”，乐趣于焉而生。方法生成文学，生成之后“有用”与否，就是另一回事了。“作为方法的文学”，是文学对人文传统的最大贡献。

胡：在《“灰阑”中的叙述》中，其实能看出您对“三人谈”时期的文学观念的坚持，比如您在书中并没有依照文学的分期去讨论作品，致力于超越文学分段甚至地域限制去探讨文本之间的脉络关系，像《水浒传》《阿Q正传》《林海雪原》《红高粱》，像巴金的《家》和王文兴的《家变》都放在同一个章节去讨论。这种以文本为主体的研究方式，怎么把文本从各自具体的历史语境中“解放”出来，让它们跟不同时期、地域的文本建立更亲近的关系？

黄：我一直对两个概念着迷，一个是“主题学”，另一个是“互文参照”。

前一个是我读文化人类学（和比较文学）的书时学到的，人类学家考察一个“观念”或“主题”，在漫长的历史时期的延伸和衍变。做这种扎实的田野考察和史料搜集是我的弱项，变通的办法是美其名曰所谓“抽样”，然后建立某种“互文参照”，把文学母题的历史链条贯穿起来。譬如我写《同是天涯沦落人》，就是从张贤亮的《绿化树》回过头来追溯到郁达夫的《春风沉醉的晚上》、马致远的《青衫泪》和白居易的《琵琶行》，一直到屈原《离骚》里的芳草美人，讨论“风尘女子”如何成为中国读书人的“自我镜像”。这是一种“弱”的人类学写法，勾勒出来的线条很粗，叙述仓促，但是因为之前没人讨论过这个母题的历史衍变，仿佛就有点新鲜。钱理群很赞赏这种写法，说是别开生面，突破了“文学史的断代藩篱”，其实还是因为他对人类学和比较文学不熟，被我蒙住了。陈平原、葛兆光这两位朋友私下就有很到位的批评，说我的文章的毛病就是，每一个论点都只举一个例子，孤证嘛，明明有许多互相补正的例子摆在那里，无暇他顾，急匆匆往下说。我在北大开过一学期的《主题学》选修课，讨论过“自杀”“疾病”“流亡”等主题，修过的学生都说虽然线条太粗，但给他们自己后来的研究留下了很大的发展余地，等于是开出一大堆研究的题目给他们。而我自己，关于“自杀”，只写了一篇《千古艰难唯一死》，讨论三篇写作家自杀的短篇小说。对“疾病”主题的关注，则一直延续到对丁玲《在医院中》和张爱玲“华丽与污秽”的讨论中。

胡：八十年代，如今已成为后来者向往的一个文学时代。我们惯于从精神上去肯定八十年代，从情感上去回忆八十年代，但是八十年代的文学作品一样充满了精神的孤独、困顿与挣扎，这点在诗歌方面表现尤为明显。八十年代，文学界是否也处于安顿过去和想象未来的焦虑之中，对当下充满否定？您把八十年代命名为“远去的文学时代”，这样一个让过来人盯着它的背影，显得格外深情地看着它越走越远的文学时代，究竟是怎样的一个文学时代？

黄：“八十年代遗民”，这是我的学弟孙民乐老师发明的词，可以很准确地用来概括这些八十年代“出道”的学人。按照王德威在他那部《后遗民写作》里的说法，遗民的“遗”有多重意思，既是“遗失”，又是“遗留”。二〇一〇年，复旦大学出版社出一套丛书，《三十年集》，请八十年代上大学和读研的文史学人，三十年来每年选一篇文章，文体不拘，编一本集子。第一辑很成功，第二辑里有钱理群和赵园等人。编辑到北京组稿，到了老钱家聊得兴高采烈，老钱一拍大腿说黄子平正好也在北京，叫他也编一本。复旦的编辑大喜，说我们正要找他。

我那年从香港浸会大学退休，回北大客座两年，见这种书的编法很有意思，可以把完全不相干的文章编在一起，就答应了。可是想书名的时候就犯了愁了，书是有回顾性质的，好书名都被第一辑里的学人们起完了：《三十功名尘与土》《后而立集》。从《诗经》里找到两句，颇合我二十年后重回北大的心情：“昔我往矣，杨柳依依；今我来思，雨雪霏霏”。准备要么《昔我往矣》，要么《今我来思》。不料赵园也在为书名犯愁，我历来有帮朋友起书名的义务，就写了这两个让她选。赵园喜欢《昔我往矣》，她的老伴王得后，也是我的老朋友，他说干脆，《今我来思》就给他做新杂文集的书名好了。好嘛，复旦来催报书名的时候我一急，就报了个《远去的文学时代》，报完马上就后悔了。如何界定这个时代是一个“文学时代”？又如何判定它已然“远去”？这是写一万字也讲不清楚的题目。本来就是一个隐喻，只能用隐喻的办法来表述。结果这本书的《小序》，写成一首短短的散文诗。我现在就引来这里，不知道能否回答你的问题：

> 那年梦中有人嘭嘭拍门，白盔白甲的，乱纷纷叫道，同去，同去！于是就攘袂同去。同去的结果呢，道路多歧，人生实难，三十年，只剩得一堆芜杂的文字。梦醒时分，一一检点这些文，这些（幸乎不幸乎）被后来者归入“新启蒙知识档案”的文

字，抚案凝神，心中一片微茫。

启蒙时代（或文学时代）已然远去，欢迎来到“蒙启时代”即“再蒙昧时代”。你我亲历了这样的时刻：文学所蕴含的反抗实存的力（摩罗诗力），它所追求的语言乌托邦（恶之花），在某一历史瞬间倏然幻灭。很多年以前就有人预言：再没有大写的文学了，只有写作——办公室写作和广告写作。文学下降到了他所说的零度。而我此时检点个人贫瘠的写作，竟也用了抽象空泛的逝者如斯，来为自己的歧路彷徨作解，也就难掩身内身外的渐入迟暮了。

昔我往矣，杨柳依依；今我来思，雨雪霏霏。身处后文学时代你将如何写作？在印刷资本与教育产业的话语秩序中，在新一轮的太平盛世中，我每每想起鲁迅当年梦幻般的吟唱。说是王纲解纽、地火衰弛之际，边缘曾有惨白细弱的小花萌放；待到整饬纲常，油沸火吼，钢叉和鸣，那曼陀罗花就立即枯焦了。早春二月的梦游者却依稀记得，生命中，真的曾见沙滩上铜色的月亮，还有那大片大片的白色花。山阴道上结伴同行，看见过那些好的故事。

我重读这首五年前写下的散文诗，堆砌了太多《野草》式的语词和意象，未免有点阴郁；但又固执地觉得，从隐喻的层面，还是写下了我对八十年代的怀恋和幻灭，写下了（仿佛预言和寓言）对未来的悲观和颓唐。

胡：您一九九〇年离开北大，之后在美国的大学辗转几年，一九九三年到了香港浸会大学任教，其间有思考“幸存者”境遇的《幸存者的文学》，写就了《“灰阑”中的叙述》这本“自我精神治疗的产物”，进行“对少年时期起就积累的阅读积淀的一次自我清理”，后来又出版了《边缘阅读》《害怕写作》等。我感觉您在八十年代颇为活跃的时期写的文章洋溢着一股乐观的情绪，其时尚未意识到“自我清理”的必要，尚未“害怕写作”？

黄：写作是一种“治疗”，但同时也是一种“疾病”，所以才会有害怕和欢喜。北京太热闹了，八十年代太热闹了。身处八十年代的北京和北京大学，那个时空位置会潜在地放大你的声音，左右你的心态。这一点只有在移至边缘之后，才能谦卑而自觉地意识到。反讽的是，那些年“边缘”一词正成为学界热词，中心得很，一点都不边缘。但“边缘”却确确实实是我的处境、心境的真实写照。

“九七”前后，从“过渡期”过渡到了“过渡后”，是一个政治动荡不安的年代。其时香港高校中有“大陆背景”的学人，没有几个。在南国边陲，在香港的一个小小学院（那时还未升格为大学），老老实实地在一个助理教授的职位上教书写作，沉静而谦卑，是我当时追求的理想状态。后来我从爱德华·萨义德关于“格格不入”的论述得到启发，发现身处“边缘”也有其积极的有利的方面，即能够“看到”身处中心时无法认知之物。早在内地“红色经典”热潮之前，我在图书馆翻阅“革命历史小说”，看着这些少年时期读物泛黄的书页，心想这年头，全世界大概只有我一个人对着它们来细读、摘抄、做笔记呢。“叙述与时间”、“身体与革命”、“宗教修辞”和“土匪传奇”，这些我觉得还算有点儿发现的章节，若非身处边缘，即使写得出来，也不会是现在这个样子吧。作为一个做文学批评的人，我还很自觉地以为，一定要参与“在地”的文学实践。所以那些年还写了不少与“香港文学”相关的文章，结识了不少香港的文艺前辈和新秀。后来我才发现，我的文章也传入内地，为师友以及他们的研究生所喜欢，有的也被像洪子诚老师的当代文学史这样的教材所引用、讨论和批评。这说明“边缘”和“中心”绝不是僵硬的对立，而是时时处在转化和移位之中。

胡：您以前在访谈中质疑过大学将文学史教材作为

主要授课内容的做法，指出“文学史叙述的危险就是出而不入，作品往往淹没在宏观叙事里消失了”。对于在大学上过系统文学史课程的研究者，确实容易惯性地把文学史视为文学研究的主体，将文学批评视如为回应当下创作实践和文学史的编写服务。您似乎是将文学批评看作是有独立价值的文学研究方式，它不是为文学创作和文学史编写服务的，它本身是一种与它们地位平等、面目和功能不同的书写形式？您如何理解文学批评及其与文学创作和文学史的关系？

黄：“文学史”是现代的产物，是建构现代民族国家的主体想象的重要论述，因而在现代高等教育中占有不可动摇的位置。我听陈平原说，北大中文系的前辈老师，毕生的愿望就是写一部文学史，无论是通史还是断代史。对学生来说，文学史课程在整个北大中文系四年的教学中是分量最重的。你想想“美国文学史”充其量二百年，我们却从先秦讲到晚清，两千年，讲四个学期。紧接着，现代文学史讲两学期，当代文学史又讲两学期。还有“古代文学批评史”，全是必修课。我读本科的时候，还要请西语系的老师来讲“欧美文学史”，俄语系的老师来讲“苏俄文学史”，东语系的老师来讲“东方文学史”。问题在哪里呢？作品太多了，根本没法读。即使是跟教材配套的“作品选”也没法读完。最坏的结果就是，学生不读作品，只读了那本最差的“作品”，即文学史教材，记住了很多人名书名。中文系古代室编的三套书，《先秦文学史参考资料》《两汉文学史参考资料》《魏晋南北朝文学史参考资料》，我从中学到的东西远比“文学史教材”要多。我主张应该倒过来，以这三套书做“教材”，以文学史做“参考”。或者不再讲通史，而是开很多专题课，讲“盛唐诗”“北宋古文”“海派文学”“延安文艺”“寻根文学”等，讲深讲透，然后学生触类旁通，再去开掘属于自己的专题研究。表面上看这是教学时间安排的实际考虑，其实是对“文学史叙述”的“不可动摇”的位置的总体反思。回忆一下文学史所用的“概念工具”：作品、作家、社团、文学运动、思潮、时代，都是逐步把分散的独立的“作品”一路收纳到越来越宏观的体系中去。“作品”消失了。

那么文学史跟文学批评是什么关系呢？我的一个激进而有点虚无的想法是，并没有什么“文学史”，只有“文学批评”；准确地讲，文学史只是“一种”特殊的文学批评，尽管它有成套的概念工具，有历史形成的叙述传统，有高等教育体系的支撑，但未必就比别的感性的、偶发的、随风飘逝的文学批评优胜。这里的关键，自然是追随福柯，用“文本”的概念取代“作品”的概念，建立在“作品”的基本范畴之上的一整套体系就都消解了。

胡：您八十年代给赵园老师《艰难的选择》一书写的小引，有一节“题目选择了我们”，谈了题目和研究者的关系。最近几年您好像主要在研究沈从文，在人民大学做客座教授期间还开了“沈从文八讲”系列讲座，讲录稿也将要出版，沈从文研究这个题目是如何选择了您？

黄：人民大学的系列讲座快要结束的时候，在答问环节，同学问了一个类似的问题：沈从文最打动你的是什么？——沈从文的微笑！我看沈从文的照片，全集的出版会把一个作家自幼年到老年的照片排列在一起，我发现，除了那张离开湘西赴京前青涩的后生，所有的照片里沈从文那温文的微笑几乎一成不变地贯串始终。然后我就读到他在天地玄黄之际写的自白：你们只看到我嘴角的微笑，又有谁能懂我多少年的心头之痛？这句话令我震撼，直接击中了我，就一直想要弄懂这“沈从文之痛”究竟何所指。黄永玉说表叔“捏着几个烧得通红的故事，不写，也不说”。我觉得“沈从文之痛”，也是湘西之痛、苗民之痛，更是中国的现代性之痛，但却以“沈从文的微笑”这种方式呈现出来。这就是“题目选择了你”的瞬间，触电似的。

从学术的角度，阅读沈从文的最有意思的一点，就是他自嘲说的“出土文物”。简单来说，前三十年，他是被“中国现代文学史”排除出去的文学家，后三十年，则是想把他重新安放到现代文学史又始终不容易安放的文学家。这就使沈从文成为一个测试仪，反过来用以探测“现代文学史”出了什么毛病。以沈从文为“坐标”，产生我们常说的“问题意识”，来反思质疑那个解释系统，就比单纯解读沈从文更有意义了。沈从文和解释系统之间的这种相容相抗，就是我想研究的重点。

胡：林岗老师告诉我，他当年毕业到北京，看过您的大论，出门拜访的第一人就是您。您也是现在许多青年研究者喜欢、敬佩的前辈学者。身为青年时期到退休阶段都深受同行喜欢的前辈，您对作为同时代人的青年研究者有何建议？

黄：我非常幸运。在北京，在芝加哥，在香港，在东京，一直有师友提携我，用广东人爱用的说法，他们都是我生命中的“贵人”。学生们给我的教益和温情，更是言语无法表达的。有一年在上海，跟几位青年学者餐叙，不知怎么的，他们竟然开始比赛谁记得我的文章多，最后有一位，说出某一小报上的一个豆腐块文章的题目（我自己也忘记了），很得意地说：这篇你们就不知道了吧！还有一次，北大中文系的孑民讲座，请我回去讲“再论二十世纪中国文学”，正好碰上理科楼停电，同学们跑去买了很多蜡烛，烛光闪闪，在黑暗中听演讲。他们都说像开烛光晚会很好玩，我却无端忆起年轻时生产队里点起汽灯开大会。生命中有这样的情景，你会毕生记得，而且心怀感激和谦卑。所以从这点出发，我觉得对年轻的朋友来说，当然写论文、评职称、出专著都很重要，但最重要的还是《诗经》里说的“嘤其鸣矣，求其友声”。布朗肖说，文学共通体，是一种“不成其为共通体的共通体”，而呼唤共通体的理由，是因为每一个人都是“不充分的存在者”。这种文学共通体，当然不是什么“学会”“协会”这样的群体（有时演变为极可怕的官僚机构），也不是某一师门子弟的抱团取暖。这是一种“知识友谊”，他们之间一辈子也见不了几次面，彼此之间是以写作和阅读的方式，关注对方，评论对方，和对方彼此交流。

（载《新文学评论》，二〇一七年第一期）